Tuer les morts

TANITH LEE	*ŒUVRES*
VAZKOR	*J'ai lu* 1616***
CYRION	*J'ai lu* 1649****
LA DÉESSE VOILÉE	*J'ai lu* 1690****
LA QUÊTE DE LA SORCIÈRE BLANCHE	*J'ai lu* 2042****
LA FORÊT ÉLECTRIQUE	
LE JOUR, LA NUIT	
LE MAÎTRE DE LA MORT	
NE MORDS PAS LE SOLEIL	
SABELLA OU LA PIERRE DE SANG	
LE VIN SAPHIR	
VOLKHAVAAR	
LE SEIGNEUR DES TEMPÊTES	
LE RÉVEIL DU VOLCAN	
TUER LES MORTS	*J'ai lu* 2194***

TANITH LEE

Tuer les morts

TRADUIT DE L'AMÉRICAIN
PAR GÉRARD LEBEC

ÉDITIONS J'AI LU

A Valentine

Ce roman a paru sous le titre original :

KILL THE DEAD

1

– Cilny... un danger nous menace.

Les ténèbres s'abstinrent de répondre.

Une seule route descendait de la montagne, ruban bleu acier raide et tortueux qui, quatre lieues plus bas que le col, virait sur lui-même pour se redresser non sans répugnance à l'horizontale et gagner une haute vallée où poussaient de concert un gros village et des arbres. Un quart de lieue avant d'atteindre la bourgade, la route faisait un brusque crochet pour aller longer le mur d'une curieuse bâtisse toute de guingois.

Des arbres poussaient également à proximité de cette demeure. Leurs racines s'étaient insinuées sous les fondations à la recherche du cours d'eau souterrain dont un puits, visible au delà du portail de fer forgé, manifestait la présence. Peu à peu, tel un levier, ces racines renversaient l'édifice entier. D'extravagantes fissures couraient sur les murs, soulignées par la luxuriante végétation vert sombre qui s'y cramponnait. Sur sa face nord, toutefois, la demeure elle-même avait offert au lierre en quelque époque une solide excroissance à enserrer sous la forme d'une tour de pierre haute de trois étages.

Il était vraisemblable qu'à l'origine cette tour avait un caractère défensif car, par-dessus la cime embrumée des arbres, ses trois étroites fenêtres regardaient le nord-ouest et la montagne.

Le soleil étant déjà fort bas, le massif prenait à cette heure l'exacte couleur crépusculaire du ciel qui lui servait de fond, et semblait fait d'un verre légèrement bruni et rempli d'impuretés. D'autres sommets plus lointains s'étaient modestement réduits sur l'horizon à de simples esquisses au fusain.

De la plus haute fenêtre de la tour, il était possible d'observer les moindres détails de cette route, même dans le demi-jour, et mieux encore après que les étoiles, tels des cierges au contact d'une flamme promenée de mèche en mèche, eurent parsemé de minuscules brillances blanches la voûte dominant le paysage et qu'à l'est, un pâle quartier de lune eut entamé son ascension.

Une silhouette descendait du col, enveloppée dans une cape noire au capuchon rabattu, mais sa forme générale et sa démarche permettaient d'affirmer qu'il ne s'agissait pas d'une femme. Il était également manifeste que ce voyageur boitait. A chaque enjambée – car ce pas décidé se comptait en enjambées – on sentait une hésitation relative du côté gauche.

Lorsque le boiteux au manteau noir qui descendait avec détermination de la montagne fut à quelque soixante-dix pas de la maison, la jeune fille postée à la plus haute fenêtre de la tour s'en écarta vivement. Puis elle se tourna vers l'ombre qui baignait l'intérieur de l'édifice et réitéra son murmure avec une sorte de désespoir contenu dans la voix.

– Cilny... un danger nous menace... un terrible danger. M'entends-tu? Es-tu là? Cilny, je t'en prie, réponds-moi.

Cette fois, elle obtint une réponse. Les plus épaisses ténèbres qui se nichaient dans l'un des extrêmes recoins de la pièce parurent se fendre pour livrer passage à la forme qui s'y glissa, pâle comme le quartier de lune dans le ciel.

– Je suis là, fit une voix dans un chuchotement plus ténu que le bruissement des feuilles au-dehors. Que se passe-t-il?

– Cilny, ma bien-aimée, mon unique et la meilleure des sœurs, dit la jeune fille qui avait fait le guet à la fenêtre. Un homme vient par la route. Il boite de la jambe gauche et il est vêtu de noir. Je puis me tromper mais je crois le connaître.

L'ombre d'une pâleur lunaire eut un rire très doux, pareil au frémissement du feuillage dans la brise.

– Quand donc l'occasion t'aurait-elle été donnée de rencontrer un tel homme, Ciddey?

– Je n'ai pas eu besoin de le rencontrer. Ma route n'a jamais croisé la sienne; et j'espère qu'il en sera de même à l'avenir; mais je ne suis pas sans avoir entendu parler de lui.

– Que de mystères... Me laisseras-tu dans l'attente?

– Si cet homme est bien celui que sa réputation précède, il se nomme Parl Dro. Mais il est plus fréquent de l'entendre mentionner sous le nom qui correspond à son état : tueur de fantômes.

La pâle ombre lunaire – une mince jeune fille, dotée comme la première d'une longue chevelure mais, à sa différence, d'une transparence étrange – recula quelque peu puis porta sa main translucide à ses lèvres tout aussi diaphanes.

– Nous ne souhaitons pas la présence d'un tel homme, chuchota-t-elle de sa voix de bruissante verdure.

– Non, elle n'a rien de souhaitable. Alors, cache-toi, Cilny. Cache-toi bien.

Sur la route qui descendait du col, Parl Dro ne cessait de river ses yeux de jais sur la maison, essentiellement parce qu'un tel édifice témoignait de la proximité du bourg qu'il s'était fixé pour but à atteindre avant qu'il ne fît nuit noire. Non qu'il craignît de dormir sur la dure; il s'y était accoutumé tout autant qu'à l'implacable et déchirante douleur de sa jambe infirme. Et, de toute façon, les années mêmes où il n'avait pu ignorer le mal, il s'était convaincu que toute familiarité, y compris celle de la souffrance, engendrait le mépris. Il y avait aussi ces petits ennuis, pas très loin derrière lui, sur lesquels il ne désirait pas s'appesantir, sans doute parce que, pas très loin devant lui, d'autres ennuis similaires l'attendaient.

Lorsqu'il se présentait dans quelque communauté rurale à l'écart des voies fréquentées, il n'était pas rare que Parl Dro – boiteux longiligne et tout de noir vêtu – fût pris pour la Mort, d'autant que cartes et autres techniques divinatoires annonçaient généralement sa venue par le tirage du Roi d'Epée de sinistre augure, ce qui, compte tenu de sa fonction, n'était pas trop inadéquat.

Bien qu'inconsciemment averti depuis près d'une demi-heure du regard qui, depuis la demeure, suivait sa progression, il n'avait pas songé à s'en inquiéter, ne trouvant rien d'anormal à ce que, dans ces solitudes, l'arrivée d'un étranger soulevât la curiosité. Toutefois, après le tournant, parvenu au niveau de l'antique portail de fer, quelque chose le fit s'immobiliser, peut-être cet extraordinaire septième sens qui lui était propre et qui avait fait de lui ce qu'il était, peut-être seulement le sixième, nettement plus ordinaire et plus commun, simple antenne interne sensible aux atmosphères troubles ou magiques du domaine strictement humain. A ce stade, il ne pouvait avoir de certitude. Avec son air penché et la végétation qui le recouvrait, l'édifice suggérait en soi le bizarre et forte était la tentation d'attribuer cette soudaine alerte à la seule imagination. Mais Dro n'était pas homme à négliger un fait, quand bien même c'eût été l'un de ses rares fantasmes.

Il poussait à présent la lourde grille et pénétrait dans la cour pavée.

Un figuier mort surplombait le puits. Jaloux de sa proximité de l'eau, les autres arbres lui avaient sucé la vie. Pensée malveillante, à vrai dire. Au fond d'un porche de pierre, se blottissait la porte de la demeure au bois blanchi, gauchi par les ans. Parl Dro s'en approcha et frappa deux fois.

Alors qu'il attendait, le scintillement des étoiles s'intensifia sur le velours de la nuit et la lune spectrale, à la manière des spectres, se donna plus de consistance pour mieux faire semblant d'être réelle.

Un scarabée escalada le lierre grimpant le long du mur.

Personne n'avait encore répondu quoiqu'il y eût de toute évidence quelqu'un dans cette maison dont, maintenant, la masse entière donnait l'impression d'être à l'écoute, de retenir son souffle, de se pencher sur Dro pour l'examiner. Peut-être n'était-elle occupée que par une personne seule qui, à bon droit, hésitait à ouvrir sa porte à des voyageurs inconnus après le coucher du soleil.

Quoiqu'il en fût parfaitement capable si les circonstances l'exigeaient, Dro ne comptait pas au nombre de ses pratiques la terreur systématique exercée sans nécessité sur des innocents. Il recula de quelques pas puis s'éloigna de l'antique porte.

La cour était à présent tendue de sombres rideaux d'ombre. Toutefois, la clarté des étoiles transperçait les frondaisons pour faire miroiter l'eau du puits. Il y avait quelque chose à propos de ce puits... Quelque chose.

Parl Dro s'en approcha... puis se pencha par-dessus la margelle et vit sa propre silhouette sans visage occulter les ténèbres illuminées du ciel. Une chaîne rouillée plongeait dans l'eau et, obéissant à une impulsion, il commença de la rembobiner sur le tambour en tournant la manivelle. La chaîne se tendit depuis le seau qui en lestait l'extrémité cependant que le silence était rompu par le grincement aigre de la manivelle. Dro ne pouvait à présent douter que son septième sens fût à l'œuvre. Le seau cogna contre la margelle du puits à l'instant même où, dans un grand fracas, la porte s'ouvrait.

Et ce, sans le moindre signe avant-coureur, sans qu'aucun bruit ne lui fût parvenu de l'intérieur de la maison. L'instant précédent, l'étang calme de la nuit ne s'était étendu dans la cour que pour se fendre, l'instant suivant, lorsque la porte s'était ouverte, sur le mince rai de lumière brillante émané du lumignon blafard que tenait une jeune fille debout sur le seuil.

La plus forte impression qu'elle lui donna fut celle d'une intense pâleur qui, l'espace d'une fraction de seconde, lui fit courir sur l'échine un frisson familier. En fait, il ne s'agissait pas tout à fait de la même pâleur; ce n'était que celle de la robe pastel, de la chevelure de lin divisée en cinq nattes – trois retombant dans le dos, les deux autres roulées en macarons sur les oreilles et lui encadrant le visage –, la pâleur aussi de son teint blanc, de ses mains blanches, la droite tenant l'étroite flamme dans son tube de verre glauque, la gauche un couteau dont la longue lame nue accrochait un reflet blanc.

Dro avait interrompu la remontée du seau, les muscles de son bras s'étaient raidis pour retenir la manivelle. Figé dans cette attitude, il la regarda. Il s'attendait aux questions habituelles, à une tentative d'intimidation : « Qui êtes-vous? Comment pouvez-vous avoir l'audace...? Mon homme sera bientôt de retour; il s'occupera de vous. » Il n'y eut rien de tel. La fille se contenta de lui hurler d'une voix suraiguë :

– Sortez d'ici! Fichez-moi le camp!

Il ne répondit pas tout de suite, laissant les mots de la jeune fille en suspens. Puis, plaçant sa propre voix de sorte qu'elle portât juste et clair, il demanda :

– Ne puis-je auparavant tirer de l'eau de votre puits pour me désaltérer? J'ai frappé, mais sans obtenir de réponse et j'ai cru qu'il n'y avait personne.

Il avait une voix superbe, une extraordinaire diction qui opérait fréquemment comme un charme sur les gens, surtout sur les femmes. Pas sur celle-ci, de toute évidence.

– Hors d'ici, vous ai-je dit! Et tout de suite!

Il laissa de nouveau planer un silence puis lâcha la manivelle. La chaîne se dévida dans un hurlement grinçant et le seau heurta l'eau dans un éclaboussement sonore. Il voulait la surprendre et y réussit. Papille frémissante, son septième sens était sur le qui-vive. Il contourna le puits et s'avança vers la jeune fille. Il voulait en avoir le cœur net, et se résolut d'éliminer tout ce qui pouvait prolonger cet accueil inamical. D'abord, il fit glisser le capuchon de sa tête. Il marchait avec lenteur et, sa claudication n'étant presque plus sensible, seule demeurait l'extrême grâce de son port. Il s'attachait également à garder les mains en évidence hors de la cape, révélant ainsi qu'elles ne tenaient nulle arme et n'en avaient aucune à leur portée.

Parl Dro était un homme d'une prestance remarquable. Plus aussi fringant, sans doute, que deux lustres auparavant, il n'en conservait pas moins cette extraordinaire beauté qui avait déposé des fleurs de velours sombre sur un visage au modelé vigoureux. Lèvres, nez, pommettes et mâchoires étaient dignes de ces profils d'empereurs légendaires à l'effigie desquels on avait frappé monnaie. Les yeux, avec leur impénétrable et fabuleuse noirceur d'obsidienne étaient en harmonie parfaite avec les longues mèches aile-de-corbeau de la chevelure. Tout un ensemble de particularités tant corporelles qu'impalpables qui suggérait son appartenance à une latitude zodiacale quelque part entre le signe de terre du Taureau et celui de feu du Serpent.

Alors qu'il pénétrait dans la lumière de la petite lampe, la jeune fille dut embrasser du regard tous ces aspects. Elle dut également remarquer le pli caustique et froid de la bouche qui excluait tout débordement sexuel et, par conséquent, toute intention menaçante de cet ordre, la ligne invisible quoique précise comme un trait à la règle qui semblait marquer le point d'équilibre entre les deux yeux, signature de la réflexion posée, de l'intelligence et d'une maîtrise de soi très supérieure à la normale. Il aurait fallu être idiot pour confondre cet homme avec un voleur, un violeur ou quelque praticien du même acabit. Et la jeune fille n'avait pas l'air idiote. Or, elle était terrifiée, agressive, et conservait cette double attitude en dépit de ce que, manifestement, discernait son regard.

Aussi brusquement qu'elle avait ouvert la porte, elle fit décrire un arc de cercle à la main qui tenait le couteau.

Parl Dro fit un pas en arrière, un pas déjeté de boiteux mais si parfaitement minuté que la blanche lame ne trancha pas l'air à moins d'un pouce de son flanc. Il était d'une taille supérieure à la moyenne et la jeune fille, n'étant pas très grande, avait fait de son mieux pour viser le cœur.

– Maintenant, allez-vous passer votre chemin! hurla-t-elle dans une panique provoquée tant par ce qu'elle se sentait capable de faire que par l'échec de son attaque. Vous n'êtes pas le bienvenu.

– C'est l'évidence même.

Il resta hors de portée du couteau mais continua de regarder fixement la jeune fille.

– Que voulez-vous? cracha-t-elle enfin.

– Je vous l'ai déjà dit : boire un peu d'eau.

– Ce n'est pas de l'eau que vous voulez.

– Tiens, bizarre. J'aurais pourtant cru que tel

était mon désir. Mais je vous remercie de m'avoir ouvert les yeux.

Elle cligna des paupières. Ses longs cils étaient presque gris, ses yeux d'une nuance ardente et cendreuse, proche du vert sans être tout à fait de cette couleur.

– N'essayez pas de faire de l'humour. Allez-vous-en; c'est tout ce qu'on vous demande. Sinon, j'appelle les chiens.

– Sans doute parlez-vous de ces fauves qui ne cessent de grogner et d'aboyer depuis que j'ai franchi votre portail?

Sur ce, elle lança le couteau droit sur lui. Pas vraiment d'ailleurs. Il s'en aperçut et ne fit pas un geste pour esquiver la lame qui effleura sa manche avant d'aller percuter la margelle du puits. Quelques jours auparavant, il lui avait fallu essuyer un assaut plus rude et plus adroit.

– Dommage, dit-il. Il vous manque encore un peu de pratique.

Puis il lui tourna le dos et s'éloigna, la laissant plantée sur le seuil de sa demeure, les yeux écarquillés. A la grille, il parut hésiter et jeta un bref regard en arrière. Elle n'avait pas bougé, sans doute en raison de sa stupeur mais aussi parce qu'elle s'imaginait s'être débarrassée de lui. Sur ce dernier point, elle allait trop vite en besogne.

– A demain... peut-être, lui lança-t-il.

Sans se donner la peine d'aller ramasser le couteau près du puits, elle rentra précipitamment chez elle et referma violemment la porte. Dans le silence revenu, on put entendre grincer le pêne de plusieurs verrous.

Parl Dro rabattit le capuchon sur sa tête.

Ce fut avec un visage austère et méditatif qu'il se réengagea sur la route et reprit sa progression vers le gros village.

Celui-ci ne différait en rien d'une centaine d'autres agglomérations de même importance. Il était desservi par une large rue centrale qui partait à angle droit de la route et le milieu de cette rue était occupé par un cours d'eau, naturel ou dévié, qui assurait l'évacuation des égouts et dans lequel on voyait évoluer la nuit d'étranges poissons phosphorescents. Par intervalles, des pierres disposées dans le lit du ruisseau permettaient de le franchir et, par intervalles aussi mais sans correspondance avec les passages à pied sec, des ruelles étroites comme des aiguilles s'enfonçaient entre les maisons. La plupart des bâtiments qui donnaient sur cette artère centrale étaient des boutiques dont les devantures non vitrées se barricadaient pour la nuit derrière des grilles verrouillées. Les quelques habitations sises sur la grand-rue, gardant leurs fenêtres pour l'arrière, ne lui concédaient que des murs aveugles percés de rares meurtrières qui projetaient de minces barres dorées sur le sol de terre battue.

Les trois auberges, toutefois, compensaient largement par leur débauche de lumière et de vacarme ce dont manquait la bourgade, obscure et muette dans son écrin de champs moissonnés et de vergers, dans ses senteurs vineuses d'été finissant. Le premier établissement devant lequel Dro passa était trop bruyant, nettement trop débordant d'activité pour ses exigences. Le suivant n'était qu'à deux portes de distance et faisait manifestement office de bordel local. Dro n'avait déjà eu que trop d'ennuis avec les femmes. Alors qu'il dépassait la deuxième auberge, une fille aux yeux sournois et à la chevelure bouclée lui lança depuis le seuil l'immémoriale invite puis, voyant qu'il l'ignorait, lui hurla une insulte qui suggérait un lien de cause à effet entre la virilité – ou son absence – et la claudication. Un moment, cela fit fleurir un sourire sur les lèvres de Dro. Enfin, la dernière auberge apparut, occupant l'angle formé par la grand-rue et une venelle adjacente. Elle aussi était trop bruyante et trop éclairée, mais à un degré moindre. En s'en approchant il constata que l'inscription de l'enseigne était illisible, découvrit une porte close qui semblait dire : « En fait, je n'encourage personne à entrer. »

Lorsqu'il passa outre ce conseil et poussa la porte juste ce qu'il fallait pour s'introduire dans l'auberge, la salle entière se retourna, curieuse d'apprendre qui était l'intrus. L'acquisition d'un tel savoir se solda par un trouble certain dont l'expression, toutefois, resta vague et mesurée.

La renommée de Parl Dro – sinistre aux yeux de certains – tendait à le précéder. Qu'on ait pu soupçonner son identité dès son entrée dans l'auberge n'avait rien d'invraisemblable, ce qui d'ailleurs avait été le cas de la jeune fille de la maison penchée. Toutefois, si dîneurs et buveurs devinèrent qui se joignait à eux, ils n'eurent pour autant nul désir – ou peut-être nul motif – de modifier leur comportement. Même les chants qui s'étaient concentrés à l'autre bout de la salle, près de l'âtre et de ses broches à la rotation malaisée, ne connurent pas la moindre défaillance.

Dro lâcha la porte qui, mue par son propre poids, se referma derrière lui. Quelques secondes encore, il demeura debout, immobile, offrant à quelques bouches supplémentaires une occasion de béer stupidement. Puis d'un pas que sa lenteur préservait de toute claudication, il gagna tranquillement l'une des longues tables. Alors qu'il s'y installait, le plus ténu, le plus doux, le plus involontaire des soupirs lui échappa, saluant la réduction dans sa jambe invalide de la douleur atroce à une simple et ordinaire souffrance.

Un remous parcourut la table entière, tel un vent soudain couchant de hautes herbes, et chacun rectifia sa position. Dro vit ses voisins échanger des regards par-dessus leurs gobelets ou leurs bols, par-dessus les os qu'ils nettoyaient consciencieusement, par-dessus les cartes, les dés, les dominos à rébus. Survint un garçon qui faisait plus vieux que son âge; équipé d'un tablier de cuir et d'un couteau de cuisine passé dans sa ceinture, il tenait à la main une bouteille et une timbale.

– Et pour vous, qu'est-ce que ce sera?

– Ce qu'on trouve ici.

– En ce cas, c'est ça. (Il fit claquer le cul du gobelet sur la table et y versa une mesure de ce que contenait la bouteille : une espèce d'eau-de-vie de glycérine.) Et ça, ajouta-t-il en montrant du doigt les broches, la marmite et les étagères où venaient s'entasser à leur sortie du four oignons et miches de pain.

– Ne perds pas ton temps, lui lança l'un des joueurs de la table. Ton nouvel hôte n'est pas de ceux qui mangent.

Sur ce, il ramassa la carte qu'il venait de distribuer pour la montrer. C'était le Roi d'Epée avec quatre pointes noires pareilles à des épines du sein desquelles semblait surgir la silhouette encapuchonnée du monarque à la haute couronne. Carte fatale, présage de malchance.

– Il veut dire, commenta le gamin au visage d'adulte, que vous ressemblez à la mort.

– Que je ressemble à la mort? C'est à coup sûr la sensation que j'ai, fit Dro qui ôta sa capuche, saisit sa timbale et la vida. Le tiers d'une miche, dit-il ensuite. Et quelques tranches de ce mouton qui carbonise sur le feu.

– C'est que, fit spirituellement remarquer le garçon, nous avons coutume ici de prolonger la cuisson des moutons afin d'être sûrs qu'ils sont bien morts lorsque nous les mangeons.

– A mon grand soulagement, je constate que les mêmes précautions sont prises avec le pain.

Quelqu'un éclata de rire. Un autre mima les efforts d'un homme cherchant à prendre une bouchée d'une miche de pain vivante. Le gamin resservit un nouveau gobelet d'alcool à Dro puis s'éloigna en direction de l'âtre qu'il finit par atteindre après s'être frayé un chemin dans la masse des chanteurs à grand renfort de coups d'épaule et de menaçantes exhibitions de son couteau. Alors qu'une partie du chœur éraillé se brisait, Dro perçut quelques mesures d'une musique parfaite, pure et délicate comme les évolutions d'un poisson d'argent dans des eaux bourbeuses. L'admirable mélodie lui parut d'abord due à des instruments à cordes dont la tessiture se serait étendue jusqu'au-dessus des nues mais, soudain, une flûte s'en mêla, plus haute encore. Dro inclina légèrement la tête, goûtant par anticipation l'accord délicat qui allait suivre, mais les beuglements avinés reprirent, submergeant les harmonies célestes.

Le garçon était de retour et, d'un geste théâtral, déposait une écuelle devant Dro.

– Plantez-y votre fourchette et, s'il fait *bèèè*, je le remmène immédiatement pour quelques tours de broche supplémentaires.

Au premier coup de fourchette de Dro, une douzaine de voix sur toute la longueur de la table entamèrent un concert de bêlements.

– Mieux vaudrait quérir le berger, dit-il, avant que le loup ne dévore tout le troupeau.

Puis il commença de manger, par petites bouchées. Un silence s'installa... que l'on ne tarda pas à rompre.

– Un loup boiteux, sans doute?

– Ferme-la, imbécile! fit le voisin du petit malin. Je sais qui c'est maintenant.

– Moi aussi, fit un autre. J'y ai pensé tout de suite mais je croyais qu'il s'agissait d'un personnage légendaire.

Dro continuait de faire frugalement honneur au mouton. L'un des hommes trouva le cran de s'adresser directement à lui :

– Nous avons deviné qui vous êtes.

Il se redressa sur son siège. Le sourire énigmatique qui flottait sur ses lèvres n'était destiné à personne en particulier.

– Serai-je le dernier à l'apprendre?

Un nouveau coup de vent parut s'abattre autour de Dro. Comme précédemment, il se trouva quelqu'un pour l'interpeller :

– Je ne tiens pas à rester à la même table que vous.

Mais, de cette table, personne ne se leva. Bien au contraire, il y en eut deux ou trois pour quitter la leur, au fond de la salle, afin de se rapprocher, comme attirés sur les lieux d'un crime spectaculaire. Dro continua de manger et de boire avec la même lenteur, étrangement isolé du tourbillon dont il était le centre. Il y était accoutumé, comme à la dure couche des lieux où le surprenait la nuit, comme à la douleur lancinante qui lui emboîtait le pas lorsqu'il repartait le matin. Il en avait pris son parti et, le cas échéant, savait en tirer avantage.

Les réflexions montaient, prudentes et dénuées de violence, suscitant dans l'air chaud des vaguelettes d'émotion.

– Quel regard portez-vous sur vous, compte tenu de ce que vous faites?

– Vous arrivez quand même à dormir la nuit?

– Il dort très bien. Nombre de gens ont motif de le remercier.

– Beaucoup d'autres n'éprouvent certainement pas la moindre gratitude à son égard.

– Et nombreux sont ceux qui le maudissent, n'est-ce pas, tueur de fantômes? Combien de malédictions voyez-vous voler autour de vous sur les routes? Sont-ce elles qui vous conservent une éternelle jeunesse?

– Dites, c'est bien une malédiction qui vous a rendu boiteux?

– Non, ça ne s'est pas passé comme ça. C'est une

de ses victimes qui lui a planté ses griffes au moment de franchir la dernière porte. Depuis, il n'a pas vieilli d'une seconde.

Par-delà le cercle de ce maelström de saillies qui demeuraient sans réponse, la salle se fit de plus en plus silencieuse. Dro entendit les chants rauques s'amenuiser puis disparaître, mais la subtile musique s'éteignit avec eux. Il s'abstint de regarder autour de lui et se contenta d'attendre l'inévitable remarque. Il parvint au terme de ce qu'il désirait manger et, tandis qu'il s'octroyait la brûlure d'une ultime gorgée d'alcool, une voix l'apostropha :

– Toujours est-il que vous avez fait ce voyage pour rien, Parl Dro. Ici, nous n'avons pas de morts-vivants.

– Sur ce point, vous êtes dans l'erreur, dit-il, et sa voix immaculée qui était restée si longtemps muette les fit sursauter. Pas ici même, je vous le concède, mais à moins d'un quart de lieue sur le bord de la route; la maison penchée avec sa tour de guet!

Après avoir prononcé de telles paroles, il aurait pu prendre le grand couteau du garçon et découper le silence en tranches. Il ne s'agissait pas exactement de quelque chose qu'ils auraient su et qu'ils lui auraient caché mais d'un soupçon dont la confirmation les glaçait. Il pouvait à présent se dispenser de leur dire qu'un tout autre motif l'avait amené à traverser leur bourgade et que ce à quoi il venait de faire allusion constituerait en fait une tâche imprévue.

L'homme qui avait été le premier à bêler fut également celui qui rompit le silence pour annoncer dans un chuchotement :

– Il parle de la maison Soban.

– Celle de Ciddey, précisa un autre. Mais qu'y a-t-il là-bas? Rien, sinon la main de la misère et, peut-être, un doigt de folie.

Près de son épaule, Dro sentit le garçon en tablier de cuir qui se penchait pour lui remplir son gobelet.

Il posa la main dessus pour l'en empêcher et, à la place d'eau-de-vie, entendit ces paroles :

– Il y a cinq ans, ici, les Soban étaient les maîtres, le vieux Soban et ses deux filles. Mais ils se sont trouvés ruinés et la commune a racheté leurs terres.

– C'est le père qui les a ruinés en buvant. Ciddey n'avait pas encore sa première dent qu'il commençait à boire le patrimoine.

– Puis il s'est mis à vendre des choses, reprit celui dont la langue s'était déliée la première. Des espèces de bricolages lamentables... des trucs totalement inutiles.

– Ah oui, ça me rappelle cette merveille qui était censée provenir d'une contrée lointaine... en fait, il s'agissait d'une paire de vieilles faux soudées ensemble. On l'a su parce qu'un jour le forgeron est monté chez lui l'aider à je ne sais quoi. Il avait toujours besoin de quelqu'un pour lui donner un coup de main... le charpentier, le maçon, tout le monde y est passé...

– A ce qu'on raconte, dit un autre, il aurait vendu les dents de lait de Ciddey montées en collier. Il aurait prétendu qu'il s'agissait d'un talisman.

– Il faut dire que ça ne tournait pas très rond dans sa tête.

– Dans celle de Ciddey non plus. Dommage, car elle est plutôt jolie fille. Nous la laissons tranquille en souvenir du temps passé. Elle vit toute seule dans cette grande maison.

– Pas vraiment toute seule, dit Dro.

– Oui, le père a fini par s'expédier au cimetière à force de boire, dit l'homme qui avait commencé de parler. Est-ce à lui que vous faites allusion?

– Non, je ne pense pas.

– On dit des choses, reprit l'homme. Les deux filles allaient cueillir des simples. Qu'en faisaient-elles? Des onguents de sorcière, des poisons peut-être. Elles en auraient eu assez de voir leur père soûl... et s'en seraient occupées.

– Et c'est un mensonge, lança quelqu'un, formel.

Du coin de l'œil, Dro vit les membres de la chorale braillarde se détacher de la cheminée pour traverser la salle et approcher. Entre les épaules et les gesticulations de l'attroupement qui se formait autour de Dro, le ménestrel commençait d'apparaître par bribes, tantôt une manche écarlate élimée, tantôt sa sœur verte d'une propreté douteuse, tantôt une chevelure d'or sombre et un long nez.

L'auberge était à présent le théâtre d'une excitation tendue. L'événement surgissait du sein même de la banalité. Le musicien, à l'écart près des broches, penché sur son instrument qu'il réaccordait, manifestait ainsi son désir de rester en marge de toute agitation et, par voie de conséquence, sa non-appartenance à la communauté villageoise.

– Il y avait aussi la cadette, dit finalement quelqu'un, juste derrière l'oreille gauche de Parl Dro.

– La sœur de Ciddey? Mais rien d'étrange ne la concerne.

– Si. Est-ce que Cilny Soban ne s'est pas enfuie pour aller se noyer dans le torrent sur le versant nord de la montagne? Ce n'est pas exactement ce que j'appelle une mort naturelle.

– C'est la vérité, Parl Dro, dit le gosse au visage d'adulte. Ce sont deux vachers qui l'ont trouvée au petit matin alors qu'ils conduisaient le troupeau aux alpages.

– Cilny gisait tout au fond de la rivière, expliqua d'une voix où perçait une note de tristesse l'homme qui avait amené la conversation sur la seconde fille Soban. Mais, au printemps, l'eau est si limpide qu'on y voit jusque dans les trous les plus profonds. L'un des deux pâtres est un peu simple d'esprit. En la voyant vêtue de sa chemise de nuit, couronnée de fleurs et avec des poissons qui nageaient dans sa chevelure, il a cru qu'il s'agissait d'une ondine endormie.

– Alors, Parl Tueur de Fantômes, qu'en dites-vous?

Dro retira la main de sur son gobelet, permettant au garçon de le remplir. L'assistance, estimant la phase informative correctement engagée, manifestait clairement son attente anxieuse d'une réponse. Ils avaient commencé de lui apporter en présent des rumeurs et des miettes de souvenirs et souhaitaient qu'il gratifiât d'un chant guerrier ces témoignages de loyauté à l'égard de sa cause. Mais le Roi d'Epée, imperturbable sur son trône, les laissa faire bonne mesure.

Pour grossir l'importance de leurs révélations, ils prononçaient le nom des jeunes filles en détachant exagérément les syllabes, expliquant à Dro comment Cyd-dey et Cil-ny pouvaient, d'une heure à l'autre, se tomber dans les bras ou se sauter à la gorge. Une ou deux fois, l'une des sœurs ayant accepté les hommages d'un gars du village, l'autre était devenue comme folle et s'était mise à hurler qu'une telle cour, sans parler d'un mariage, était indigne du sang des Soban. Lorsque, printemps dernier Cilny s'était donné la mort, cela n'avait étonné réellement personne. Puis, lorsque Ciddey avait exigé l'incinération du corps au lieu de sa mise en terre et demandé que les cendres lui fussent remises dans une urne de pierre, même le curé n'avait pas trouvé grand-chose à redire. Les Soban avaient la solide réputation d'être un clan païen, amoral et fantasque. Depuis la mort de Cilny, on voyait rarement Ciddey; tout au plus quelqu'un la surprenait-il parfois se promenant au bas de la montagne ou les yeux fixés sur cette dernière depuis la plus haute fenêtre de la tour. Avec cette tête de cochon qu'elle avait sans doute héritée de son père en même temps que ce grain de folie, elle attendait des gens du bourg qu'ils vinssent déposer à sa porte victuailles et produits de première nécessité sans la moindre contrepartie, telle une dîme à laquelle ils auraient été soumis en tant que vassaux des Soban. Non sans une grimace d'ironique fausse modestie qui pouvait exprimer tout autant la fierté que la honte, ils avouaient satisfaire cette attente. Personne n'avait jamais sérieusement envisagé que la noyée pût revenir hanter sa demeure mais, à présent, toute réflexion faite, l'hypothèse leur paraissait digne d'être prise en considération.

Dro les écoutait en sirotant sa troisième timbale d'eau-de-vie.

Une mort violente dans un torrent proche pouvait expliquer l'aura qui émanait du puits, la puissance surnaturelle qui semblait liée à l'eau. L'urne de pierre dans laquelle avaient été recueillies les cendres de Cilny constituait également un indice significatif. Le temps était venu d'octroyer à l'attroupement la réaction qu'il réclamait, puis de doucher son impatience. Alors qu'il goûtait ses derniers instants de silence en se représentant la nymphe aquatique avec sa couronne de fleurs étendue dans le lit du torrent sous des draps de cristal, il prit conscience de ce que le ménestrel s'était à son tour détaché de la cheminée pour se rapprocher furtivement. Il se glissait à présent dans la cohue qui cernait Dro, la fendant et s'y fondant avec l'extrême aisance d'un homme rompu à l'art de ne jamais trop attirer l'attention sur lui. Intrigué, mais nullement surpris de le voir faire, Dro ne bougea pas.

– Qu'en dites-vous, Parl Dro? s'enquit le garçon d'auberge.

– Je dis qu'un fantôme hante la maison penchée, lui répondit Dro reprenant à peu de chose près ce qu'il avait dit au début mais suscitant à présent dans son entourage un petit remous de satisfaction.

Le musicien, son instrument dans le dos, poursuivait sa progression dans la masse des curieux, telle une volute de fumée polychrome.

– Et que comptez-vous faire?

– Eh bien, je compte aller me coucher... à la condition, bien sûr, que vous ayez une chambre à mettre à ma disposition.

Un murmure déçu courut dans l'assistance. Ils avaient sans nul doute espéré le voir bondir sans attendre vers l'accomplissement de sa tâche.

– Mais vous n'allez pas rendre visite à Ciddey Soban?

– Apparemment non, leur dit-il.

Puis il se leva sans se préoccuper du fulgurant accord que ce mouvement plaquait dans sa jambe infirme. Le musicien s'était immobilisé à guère plus d'un pied de distance dans le moule étroit de deux robustes journaliers comme s'il avait poussé là d'une graine minuscule semée entre les dalles. Presque aussi grand que Dro – un pouce ou deux seulement les séparaient – il en différait par sa minceur qui, ajoutée à sa blondeur, lui donnait une allure de roseau.

Dro fit peser son regard sur le garçon au tablier de cuir.

– Et cette chambre?

– Je vais vous la montrer. Mais à propos de Cilny, la mort-vivante?

– Oui, qu'y a-t-il à son propos?

Le murmure se teintait à présent de colère. Alors qu'il commençait de se frayer un chemin à travers l'attroupement, Dro le sentit qui se resserrait autour de la table, manifestement déterminé à ne pas le laisser partir comme si de rien n'était maintenant qu'il avait porté la tension à son comble. Toutefois, même au plus dense de la presse, il ne manqua pas d'être conscient du subtil mouvement de doigts agiles qui s'introduisaient dans la poche intérieure de sa cape pour y escamoter une bourse. Il s'abstint cependant de regarder dans la direction du musicien. L'adresse d'un pickpocket n'était pas une compétence pour laquelle il avait du mépris, pas plus qu'il ne rechignait à lui accorder sa récompense.

Le garçon conduisit Dro jusqu'au bas des marches.

– Tout en haut, la porte à gauche. Mais vous ne faites rien à propos de Cilny? Allez-vous faire mentir votre légende?

La clientèle de l'auberge reflua, boudeuse, détournant les yeux de Dro comme une amoureuse qui vient d'essuyer une rebuffade. Le ménestrel était de nouveau penché sur son instrument, innocemment absorbé dans la tâche de le réaccorder; sa chevelure d'or terni lui faisait un rideau devant les yeux.

Le garçon affecta un petit sourire narquois en suivant du regard Dro qui commençait de monter l'escalier à cloche-pied, tel un corbeau sautillant à terre.

– Ma foi, dit-il, vous nous avez considérablement déçus.

Lorsqu'il eut atteint le palier, Dro tourna vers le garçon le plus éblouissant, le plus affable des sourires que, selon toute vraisemblance, ce dernier ait jamais eu la chance de se voir adresser. Puis, derechef, le Tueur de Fantômes parut se figer dans l'attente, décontenançant le gamin qui ne put que répéter sur un ton qui se voulait railleur :

– Oui, vous nous avez déçus. Je souhaite qu'il ne me soit jamais donné d'assister à un spectacle aussi décevant.

– Abstiens-toi de te regarder dans une glace et tu n'auras rien à craindre.

Puis il franchit le seuil qui se trouvait sur sa gauche.

2

Le jour ne se lèverait que dans une heure et Parl Dro se trouvait sur un étroit pont de bois qui enjambait le cours impétueux d'une rivière. Grossi par la fonte des neiges sur les hautes terres, le torrent s'engouffrait en rugissant entre les piles de pierres sèches et claquait des mâchoires affamées vers quiconque s'aventurait à le franchir. Mais, sur ce pont, l'obstacle était quelque chose de bien plus redoutable que des eaux déchaînées. Une chose qui jadis avait porté le nom d'homme et qui n'était plus maintenant qu'une forme décharnée aux ongles démesurés que des années de manifestation postérieure à sa mort avaient dotée d'une apparence aussi solide et aussi réelle que le tumultueux cours d'eau qui bondissait sous le pont – plus solide et plus réelle en tout cas que ce dernier dont les solives, rongées par la pourriture, n'étaient par endroits qu'un simulacre de charpente. La chose, en revanche, n'offrait pas de prise à la morsure du temps, conservée qu'elle était par sa haine envers tous ceux qui lui avaient survécu.

Depuis le lever de la lune, on assistait en ces lieux à l'affrontement de deux volontés, à un conflit qui, longtemps, avait cantonné le fantôme sur une extrémité du pont et Parl Dro sur l'autre. Ce n'avait été que sur un mode infiniment progressif que chacun d'eux s'était trouvé en mesure de percer les défenses aphysiques de son adversaire, sur un mode infiniment progressif qu'ils avaient pu se rapprocher l'un de l'autre et, partant, de la phase ultime et décisive du combat. Dro avait acquis la certitude que l'attache médiumnique devait être quelque part au milieu du pont, là où le spectre avait coutume de s'abattre sur les passants pour les mordre de ses longues dents dénudées par le racornissement des gencives, et les éviscérer de ses griffes posthumes.

Des heures durant depuis le lever de la lune, Parl Dro s'était violemment forcé un chemin vers la partie centrale du pont sans pour autant négliger de faire barrage à la progression du fantôme vers le même territoire. Dans des hurlements, des sifflements de perverse douleur et de rage, celui-ci lançait des assauts que l'homme repoussait, baigné de sueur et couvert d'ecchymoses psychosomatiques comme s'il luttait physiquement au corps à corps. Il avait l'impression d'escalader une paroi verticale dans les affres d'un accès de fièvre. Mais, à présent, il n'était plus qu'à trois pouces du madrier disjoint sous lequel il avait déduit que devait se trouver l'attache.

Rassembler ses dernières forces pour faire sauter la planche et atteindre son objectif lui fit grimper un nouveau palier dans l'horreur et dans l'exténuement, son être entier, corps et âme, emporté dans des tourbillons de nausée. Il sentit toutefois sa main s'agripper solidement au bois, les muscles de son bras et de son épaule se bander comme s'ils obéissaient à quelque ordre magique émané de très loin. Il arracha le madrier et ses doigts, s'enfonçant dans la spongieuse charpie des solives pourries, rencontrèrent l'os isolé qui s'y était logé. Cet os avait appartenu au fantôme du temps où celui-ci avait eu forme humaine; il s'était trouvé détaché du squelette après que son propriétaire eut péri là de mort violente. Au travers de l'essence concrète de cet os, le fantôme, nullement désireux de quitter ce monde, avait conservé sa hideuse attache avec la condition des vivants. Il avait depuis entraîné dans la mort une centaine de personnes. Il avait joui de leurs cris de terreur et de souffrance. En aurait-il eu la possibilité qu'il aurait tué l'humanité entière. A présent, la distance qui le séparait de l'anéantissement – ou, du moins, d'une métamorphose – correspondait à celle qui séparait les deux mains de Parl Dro... car l'une tenait l'os et l'autre une petite mais fatale paire de tenailles qui allait broyer l'attache et la transformer en un millier d'esquilles dénuées de signification.

Mais, durant ces instants où les immenses facultés de Dro s'étaient concentrées sur l'acquisition de l'attache, la créature morte-vivante avait trouvé la brèche susceptible de lui assurer la victoire.

Alors même que Dro levait l'os vers les mâchoires de la pince, le spectre fut sur lui. Et la matérialité qu'il avait héritée de sa longue pseudo-existence lui donna la masse et l'énergie nécessaires pour renverser son adversaire humain.

Dro perçut comme à grande distance le fracas de poutres qui se brisaient et, dans le même moment, le tonnerre explosa dans son crâne. Puis il prit vaguement conscience, alors qu'un ouragan liquide lui fouettait les yeux, que le fantôme l'avait physiquement précipité au travers des entretoises pourries du pont. Il était à présent suspendu la tête en bas mais miraculeusement retenu par les mollets et les genoux à la poutrelle de bordure. Son corps se balançait et cognait contre la pile médiane dans le bouillonnement du torrent qui, toutes les trois ou quatre inspirations, montait à l'assaut de sa tête, le submergeant, l'aveuglant, le forçant à ingurgiter de l'eau. Toujours par miracle, il n'avait pas lâché l'os qu'il sentait logé au creux de sa main, mais les tenailles lui avaient échappé, sans doute dans la stupeur occasionnée par sa chute.

Le temps qu'il passa là lui parut durer une éternité mais il lui fallut moins d'une minute pour comparer mentalement la texture cassante de l'os à la dureté des blocs de pierre de cette pile contre laquelle la rivière ne cessait de le jeter. Le fracas de l'eau résonnait dans sa tête, lui donnant l'impression que son cerveau même en était imprégné, se confondant avec le tambourinement du sang dans ses artères. Ballotté comme ces corbeaux morts que l'on suspend à des poteaux pour servir d'épouvantails, tour à tour au sein de la douleur et en dehors d'elle, à demi inconscient, à demi noyé, il garda suffisamment de présence d'esprit pour marteler le fragile os médiumnique contre la pile du pont.

Comble d'absurdité, son hébétude lui avait ôté tout souvenir de la créature qu'il combattait. Lorsque le fer acéré d'une torture nouvelle lui transperça la jambe gauche, il se demanda contre toute logique s'il ne venait pas de se la casser.

Le mort-vivant, telle l'image en miroir, tendait à porter de sa dextre inversée des assauts senestres, ce qui lui rendait le cœur des mortels particulièrement vulnérable. Il vint à l'esprit de Dro, d'une manière tout à fait soudaine, que le spectre venait de refermer griffes et mâchoires sur le mollet de sa jambe gauche et qu'il était en train de le déchiqueter, de le ronger.

Connaître la cause réelle de sa douleur la lui rendit insupportable. Il entonna d'étranges cantiques de souffrance, rauques et prolongés. Au sein de leurs discordances désespérées, le fantôme imperturbable poursuivait son labeur sur la chair de Dro qui, hurlant et forcené, cognait et recognait l'os contre les pierres de la pile, cognait et recognait du même coup sa main, si bien que tous deux furent bientôt badigeonnés d'un sang vermeil.

L'os vola soudain en éclats mais le supplice de Dro ne s'acheva pas pour autant. Longtemps après avoir détruit le vampire, il continua de penser que celui-ci le rongeait encore. Pensée qui le poursuivit bien après qu'on l'eut tiré de sa périlleuse position pour le transporter loin du pont sous un blanc soleil matinal qui l'aveuglait.

Et très souvent par la suite cette pensée allait le hanter et, comme à présent, lui faire revivre l'horrible épisode sous la forme précise et récurrente d'un rêve.

En un temps, il lui aurait fallu rester une heure ou plus en sueur et secoué de tremblements avant d'être remis de son cauchemar. Cette fois, le retour à la réalité fut presque instantané. Seule prolongea son rêve l'étrange impulsion qui le fit se courber pour vérifier si son mollet était toujours solidaire de sa jambe. Mais en moins d'une minute ce fut fini. De nouveau la familiarité. De nouveau le mépris. Et, de toute façon, l'étroite fente d'une lucarne révélait à l'est du village, dans la cuvette des toits, un lac bleu pâle et serein qui n'en était pas un mais simplement les prémices de l'aube.

Rien ni personne à part lui ne semblait donner signe de vie dans l'auberge. Il usa des commodités qu'elle avait à proposer, y compris l'eau plate au goût de métal qu'il puisa au rez-de-chaussée dans une barrique et le quignon de pain brûlé qu'il prit sur l'étagère. Sur le matelas où le spectre lui avait rongé la jambe, il n'avait pas omis d'abandonner une poignée de pièces qui réglait généreusement sa note. Dro n'était pas plus à court d'argent qu'il ne l'avait prévu. Ce dont le ménestrel-escamoteur l'avait soulagé avec un tel art s'était révélé n'être qu'un sac de petits cailloux plats. Il semblait d'ailleurs qu'il ne fût pas le premier voleur à se voir donner une leçon par le butin prélevé dans le sinistre manteau noir de Parl Dro.

Dehors, les oiseaux sifflaient et gazouillaient pour séduire le soleil. Le niveau du lac ne cessait de monter, se haussant même au-dessus des toits sans pour autant déborder. Dans ses profondeurs un lotus rose commençait de s'épanouir.

Dro remonta la rue centrale vers l'acier bleu de la route. A l'entrée d'une ruelle qui s'enfonçait entre les maisons vers une cour dotée d'un puits banal, quelques femmes se chuchotaient des commérages autour de leurs seaux. Dro voulait être vu, et elles le virent, s'octroyant même le luxe inutile de se le montrer l'une à l'autre du doigt. Une jeune fille au teint de lys le regarda fixement puis rougit et détourna les yeux.

Il se félicita de cette rencontre qui lui épargnait la tâche d'avoir à claironner lui-même son départ de quelque manière.

Le jeune lys qui le suivait à distance respectable fut même témoin de ce qu'il s'engageait sur la route en direction de l'est, s'éloignant ainsi de la bourgade et, fait plus essentiel, de la demeure penchée flanquée d'une tour de guet.

A présent la route s'élançait à l'assaut d'une barrière de collines par-delà lesquelles roulaient jusqu'à l'horizon les longs plis adoucis d'une région vallonnée qui s'éveilla des pastels gorge-de-pigeon pour exploser dans les verts alors que le soleil prenait son essor dans le ciel avant de se voiler dans le bleu de rêve des lointains. Par ces terres passait l'itinéraire qu'il s'était fixé, qu'il allait suivre. Mais pas encore. Pas dans l'immédiat.

Il s'assit à flanc de colline près d'une colonnade d'arbres qui, tels des panaches ferlés, redescendaient majestueusement vers la haute vallée, vers la bourgade. Ces arbres ombraient et coloraient le paysage, le dotaient de sa musique d'air bruissant au sein du feuillage. Au bas de la pente, Dro distinguait le village, minuscule mais fort net. Il apercevait aussi l'embardée que faisait la route autour de la vieille maison avant de grimper dans la montagne, cône de marbre poli par la lumière du jour.

Alors que le matin gagnait en maturité, il vit la bourgade revenir pleinement à la vie. De petites figurines se répandirent dans la rue, des colliers de bétail s'étirèrent vers les prés. Lorsque la brise soufflait du bon côté, il percevait les beuglements des vaches, les bêlements des moutons, déformés au point de ressembler à des miaulements, les aboiements des chiens, le chant rythmé d'un marteau sur une enclume, les roues d'une charrette.

Peu avant midi, un groupe d'hommes et de femmes descendit jusqu'à la route et gagna la maison penchée aux abords de laquelle ils restèrent un long moment. Une saute de vent permit à Dro de saisir un lointain enchevêtrement de cris et de ce qui ressemblait aux chocs sourds de pierres s'abattant sur du bois.

Il n'était pas particulièrement favorable à ce genre de manifestation qui, toutefois, ne l'inquiétait pas outre mesure, tout comme la beauté de Ciddey, insidieuse et loin de sauter aux yeux, avait suscité son intérêt sans l'émouvoir d'emblée.

Au cours du trajet qui ramenait chez eux les participants de cette chasse aux sorcières, Dro repéra pour la première fois la livrée contrastée du musicien-larron. A peine le groupe eut-il atteint le carrefour où la grand-rue de la bourgade se raccordait à la route que le ménestrel s'en détacha. Quelques villageois semblèrent discuter avec lui mais, apparemment, sans trop d'animosité. Puis Dro le vit passer de l'autre côté de la route et s'enfoncer dans les champs qui la bordaient. Il le perdit de vue alors qu'il coupait plein sud au travers d'une terrasse de blé d'automne en herbe.

L'après-midi ruissela sur le paysage, teintant toute chose de ses modifications d'éclairage nettement tranchées.

Détendu quoique sans nulle somnolence, Dro s'adossa au tronc d'un arbre et observa le petit bourg entre les longues fentes de ses paupières. Il avait retiré sa cape pour la poser à ses côtés, révélant ainsi que chausses, bottes et chemise étaient également noirs, noirs comme ses yeux, noirs comme l'eût été sa chevelure si le soleil n'y avait mêlé ses reflets. Il avait l'air exotique, radicalement autre, et dangereux. Seul un fou aurait songé à se glisser furtivement dans son dos. Il apparut que l'homme qui, depuis quelques moments, rôdait sur le flanc sud de la colline n'était pas si fou que ça.

Le vert sale de son vêtement se fondait certes dans l'herbe mais il n'en était pas de même du rouge écarlate, et si le musicien avait en un temps espéré surprendre le tueur de fantômes, il avait manifestement fini par admettre qu'il n'était pas en tenue pour ce petit jeu. Il fit donc irruption sur la gauche de Dro d'une manière tout à fait flamboyante et l'examina d'un œil franchement accusateur.

– Je suppose que vous m'attendiez. (Le regard que Dro posa sur lui n'était ni menaçant ni encourageant.) Vous auriez pu faire au moins semblant d'être étonné. Vous n'en seriez pas mort.

– C'est vous qui auriez pu en mourir.

Le musicien haussa les épaules et acheva péniblement de grimper le restant de la pente. Puis il sortit le sac de cailloux qu'il avait dérobé la veille au soir et, d'un geste théâtral, le jeta aux pieds de Dro.

– C'était un tour de cochon, dit-il.

– Ce n'est pas très joli non plus de voler.

– Vous y auriez survécu. Vous êtes célèbre. Je ne vole jamais rien à qui ne peut se permettre de perdre quelques pièces. Comment étais-je censé payer mon dîner? Vous vous imaginez peut-être que j'ai table ouverte dans cette auberge? Eh bien! non. La musique ne leur suffisait pas; il leur fallait aussi de l'argent.

Dro fixait de nouveau le bas de la pente.

Le musicien se débarrassa de l'instrument qu'il portait dans le dos, suspendu à une bandoulière brodée toute effilochée, puis le déposa dans l'herbe avant de s'asseoir à un ou deux pieds de Dro.

– En fin de compte, reprit-il, j'ai dû faire la cour à je ne sais quelle fille pour avoir un lit où passer la nuit. Et comme j'étais crevé, ça ne s'est pas révélé être une idée lumineuse. Mais mieux vaut que j'en reste là, sinon je vois bien que vous allez fondre en larmes.

Dro continuait de regarder la bourgade.

Le ménestrel se renversa dans l'herbe et parut s'absorber dans la contemplation du feuillage au-dessus de sa tête, mouchetis de vert vif sur fond bleu vif. Son visage au long nez, casqué de cheveux d'or sombre, avait une expression plutôt triste et, sans conteste, soucieuse. Sous certains angles, il était tout à fait quelconque, sous d'autres, d'une extrême beauté, sous d'autres encore simplement morose.

– Vous désirez probablement savoir pourquoi je suis là? dit-il à la longue.

– Pas spécialement.

– Bon. Alors vous désirez savoir pourquoi je n'ai pas l'intelligence de m'éclipser?

Le silence s'éternisa.

– Très bien, je vais vous le dire. C'est qu'en fait nous allons dans la même direction.

– Ah! bon. Laquelle?

– Allez donc! Celle que prennent un jour ou l'autre tous ceux qui exercent votre métier. Bien sûr, ce peut n'être qu'une légende mais, même alors, je reste concerné, car j'aurai toujours la ressource de composer une ballade. Je parle de Ghyste Mortua.

– Une personne de votre connaissance? s'enquit Parl Dro.

– Un lieu, et que nous connaissons tous deux. Cela fait déjà pas mal de temps que je roule ma bosse dans ces contrées à sa recherche ou, du moins, à la recherche de quelqu'un qui connaisse le chemin. Je donnerais ma tête à couper que vous savez où c'est.

– Votre tête à couper?

– Voyez-vous, dans ma partie, on a besoin d'une chanson pour se faire un nom. D'une œuvre exceptionnelle, merveilleuse, que personne ne saurait plagier. Un soir que j'étais vraiment très bas – je pourrais dire au trente-sixième dessous – il m'est apparu que ma chanson devait m'attendre à Ghyste

Mortua. Non que je sois de ces idiots téméraires qui, pour quatre sous, sont prêts à se passer la tête dans un nœud coulant. Certainement pas. Myal Lemyal – c'est moi – est plutôt du genre circonspect. Et je sais quand j'ai besoin d'un guide. Quant à vous, il se peut que vous appréciiez d'avoir de la musique en chemin.

– Il se peut également que je n'apprécie pas.

– Certes, il se peut... Entre parenthèses, à propos de cette fille de la vieille maison, c'est plutôt moche de votre part de lui avoir causé de tels ennuis. Je suis descendu avec eux jusque devant chez elle. Ils lui ont braillé que si vous étiez parti, eux étaient encore là, et ils ont jeté des pierres contre sa porte. En fait, vous n'êtes pas un héros si splendide que ça.

– Comparé à vous, peut-être?

– Parfait, si votre intention est de vous lancer dans les insultes...

Avec nonchalance, Myal Lemyal se redressa et ramassa son instrument dans l'herbe. L'objet sortait de l'ordinaire. Sa caisse de résonance en bois peint aux couleurs criardes et incrusté d'ivoire en constituait la partie la plus massive d'où jaillissaient deux manches tendus de fines cordes métalliques dont le croisement se faisait à mi-longueur. D'un manche à l'autre courait une barre sur laquelle des chevilles d'argent terni épinglaient apparemment au hasard certains jeux de cordes. Mais, traversant la barre et pénétrant dans la caisse, apparaissait également un chalumeau à embouchure d'ivoire dont les trous étaient disposés de telle manière que, comme ne tarda pas à le démontrer Myal Lemyal, des doigts agiles étaient en mesure de presser et de pincer les cordes tout en bouchant les trous. Techniquement, une telle virtuosité paraissait proprement irréalisable et ce d'autant qu'après avoir calé l'instrument contre son épaule dans un équilibre précaire et lancé huit doigts et deux pouces dans une galopade insensée sur la complexe table d'harmonie, le musicien colla ses lèvres sur l'embout d'ivoire. Aussitôt, ses cheveux lui tombèrent dans les yeux qui, du reste, n'avaient pas attendu cela pour loucher. Mais, alors que Myal donnait l'impression de se livrer à des gesticulations sans queue ni tête sur un instrument démoniaque, il émana de ce dernier des accents paradisiaques. Ceux de harpes qui étaient aussi des syrinx, de luths qui étaient aussi des flûtes, de mandolines qui étaient aussi des lyres et des trompes, mélodies, contrepoints et rythmes célestes, d'une harmonie jamais ouïe, même en rêve.

Lorsqu'il eut terminé son morceau, le ménestrel reposa l'instrument dans l'herbe et le contempla d'un regard empreint de mélancolie. Un long moment, la colline entière parut continuer de fredonner les mesures divines.

– Mais, comme vous me le faisiez remarquer, hasarda Myal, il est possible que vous ne vous intéressiez pas à la musique.

– Je suis seulement fort curieux de connaître le motif qui pousse un tel génie à faire les poches des gens dans une bourgade perdue au fin fond des montagnes.

– Génie ? (Myal sourit. Un sourire d'ange qui le dotait d'une expression noble et même d'une extrême beauté. L'illusion se dissipa très vite.) Ma foi, vous savez ce que c'est...

– Et l'instrument, l'avez-vous également volé ?

– Moi ? Non. C'est mon père qui s'en est chargé. Il a même tué quelqu'un pour ça, et l'homme, en mourant, a dû lui jeter un sort... à moi aussi du même coup, je n'en serais pas surpris. Mon père me battait comme plâtre chaque fois qu'il rentrait soûl, ce qui n'était pas rare. Lorsqu'il était à jeun, il m'apprenait à jouer de ça. Je voue une haine tenace à mon père. Pour moi, en revanche, je suis loin d'éprouver des sentiments si passionnés.

Il sombra dans une rêverie morose puis son regard imita quelque temps celui de l'homme en noir et fixa la bourgade, la route et la montagne. Puis il se recoucha dans l'herbe.

– Quelles sont vos intentions en ce qui concerne cette Ciddey Soban?

– A votre avis?

– Vous allez retourner la voir et porter ses misères à leur comble en faisant passer définitivement sa défunte sœur de ce monde-ci dans l'autre. Comme ça, elles seront toutes deux mille fois plus solitaires et désespérées.

Quelque chose lui effleura la main et sa peur des serpents lui fit faire un saut de carpe. Lorsqu'il retomba, trois pieds plus loin, il vit que Dro lui tendait une flasque. Il la prit avec une certaine méfiance, la déboucha et en huma le contenu. Un sourire appréciateur – mais qui n'avait rien d'angélique – altéra sa physionomie chagrine.

– De l'eau-de-vie de fruit! Je n'en ai pas goûté depuis l'époque où je vivais sur les terres du comte Froid.

Il y goûta, et continua d'y goûter. Dro le laissa faire.

Ils échangèrent encore quelques phrases qui, en ce qui concernait Myal, devinrent progressivement inintelligibles. Des abeilles zigzaguaient d'une plaque de trèfle à l'autre. De gros nuages vineux, frangés de dentelles d'or, s'amoncelaient derrière la montagne.

– Epouroioufètza? En quel honneur 'ous les flanquez à la porte d'un monde qu'i' veulent pas quitter?

– Pourquoi arrache-t-on une dent lorsqu'elle est pourrie?

– C'est pas la même chose. Padutoupadutou. J'vous connais vous et vos pareils. Pauv'tits fantômes qui pleurécrient pa'c'qu'on veut pas d'eux là où c'qui veulent être.

– C'est nécessaire. Ce qui est mort ne peut continuer à faire semblant d'être en vie.

– Ejébourza qu'vous allez à Ghyz'mortoi...

Quand la nuit fut sur le point de tomber, c'était déjà chose faite pour Myal Lemyal qui, terrassé par l'eau-de-vie, avait tourné de l'œil dans le trèfle. Sans qu'il en eût conscience, sa main s'était abattue sur la bandoulière du grotesque instrument pour s'y entremêler en un nœud complexe et solide.

De Parl Dro, en revanche, il n'y avait plus trace.

Lorsque Myal s'éveilla pour découvrir au-dessus de lui le coup de dés dispersé des premières étoiles, il comprit qu'il venait encore de faire une bêtise.

Une brise odorante et fraîche soufflait sur les collines. Elle calma quelque peu les douloureuses palpitations de ses tempes mais ne l'aida de nulle autre manière. Il avait perdu la piste du Roi d'Epée, du bel homme qui ressemblait à la Mort, du tueur de fantômes qui se nommait Parl Dro. Comment avait-il pu s'imaginer qu'il ne gâcherait pas aussi cette chance, lui qui avait toujours considéré sa naissance comme son premier faux pas et qui, depuis, n'avait cessé de saboter systématiquement toutes les occasions qui se présentaient à lui.

Le pis, c'était d'être toujours aussi soûl. Malgré le mal de crâne et les inévitables nausées, il lui fallait se retenir pour ne pas faire des cabrioles dans l'herbe et céder au fou rire. L'absurdité de pareilles impulsions le mettait en rage. Il ramassa l'instrument et descendit la pente en titubant, tour à tour secoué de petits gloussements ou s'agonisant d'insultes.

Il se retrouva évitant la bourgade et se repérant sur la découpe encore visible de la montagne au couchant pour couper à travers champs et rejoindre la route au delà du carrefour bien avant de comprendre pourquoi. En fait, si Dro l'avait abandonné, il n'avait sans doute pas agi de même à l'égard de la maison en porte à faux et des deux sœurs, la vivante et la morte. Tôt ou tard, le tueur de fantômes retournerait sur les lieux et Myal n'aurait qu'à se trouver dans le voisinage pour renouer leurs relations. Peut-être un additif serait-il de mise, du genre : « Je n'ai jamais eu de grand frère, jamais personne pour me servir d'exemple, de qui je puisse apprendre. » Il s'entendit prononcer cette phrase et fit la grimace. Il était difficile d'être sûr de ce qui pouvait marcher avec un type comme Dro.

La demeure lui apparut avec son air de guingois accoutumé lorsqu'il retrouva la route. Eclairée par les seules étoiles en l'absence de la lune toujours couchée, dominée par les arbres qui la cernaient, elle avait effectivement l'air d'une maison hantée.

Myal frissonna. De peur, bien sûr, mais aussi sous l'assaut d'émotions romantiques. Cinq jours auparavant, il avait fugitivement entrevu Ciddey, la vivante des deux sœurs, lorsqu'il était arrivé dans cette haute vallée après avoir franchi le col. Il en avait gardé le souvenir d'une vraie dame, digne de celles qui entouraient le comte Froid ou le duc Gris, pareille à ces demoiselles qu'il avait brièvement côtoyées dans l'une ou l'autre de ces cours autour desquelles il avait successivement voltigé comme une phalène en se brûlant les ailes. Ciddey aussi évoquait un papillon de nuit. Pâle, délicate, frêle. Mais elle lui avait également paru hostile et mystérieuse... distante créature des ténèbres avec son regard à la flamme inhumaine.

Myal sentait monter en lui la tenaillante panique du bébé abandonné à l'obscurité d'une chambre étrangère.

Les yeux fixés sur la maison entre les arbres, il se serra les bras autour du corps dans l'instinctive attitude d'un enfant qui cherche à se rassurer. A coup sûr, Dro allait surgir sur la route et le trouver ainsi, tremblant de peur. Mais, pour l'instant, Dro ne donnait nul signe de sa présence ou de son inexorable compétence d'exorciste.

Soudain, Myal fut saisi d'une irrépressible impulsion. Il n'en fut pas surpris, mais l'accueillit avec terreur; elles étaient d'ordinaire catastrophiques par leurs conséquences. Le phénomène remontait à son enfance. Les perverses directives que le cerveau d'un homme est susceptible de lui donner – lâcher un plateau chargé de verrerie précieuse, franchir l'espace trop large entre deux chariots lancés à pleine vitesse, cracher dans la figure de l'intendant du seigneur –, toutes ces lubies funestes, normalement réprimées par la moyenne des gens, avaient toujours su exercer sur Myal une séduction irrésistible. De telles impulsions ne trouvaient pas leur origine dans la bravoure, car Myal en était totalement dépourvu, mais simplement dans la même chimie absurde qui, si mal à propos, avait entraîné sa conception.

En l'occurrence, celle qui venait de s'emparer de lui exigeait qu'il traversât la route pour franchir le portail et pénétrer dans la cour ombreuse. Il lui obéit et s'assit sur la margelle du puits, toujours secoué d'un léger frisson. Puis il fit basculer l'instrument de son dos sur sa poitrine et commença de chanter à Ciddey – ou peut-être à Cilny – une chanson d'amour. Bien qu'elle ne fût guère puissante, sa belle voix de ténor parut porter loin dans le silence. Les cordes vibrèrent sous ses doigts et, telle une étrange averse inversée, les notes rebondirent sur les murs de la demeure.

Lorsque au-dessus de lui les volets s'ouvrirent, Myal eut presque l'impression que son cœur cessait de battre.

Il leva les yeux sans interrompre son aubade. Un pâle éclair pendait dans le lierre, aile isolée d'un papillon de nuit.

Une jeune fille se pencha dans cette lumière, non

point la morte mais la vivante. Ses tresses avaient la pâleur du clair de lune.

Myal étouffa un cri et s'arrêta de chanter. Le coup de foudre achevait de figer ce que la peur avait épargné.

– De quoi s'agit-il? demanda-t-elle, les yeux fixés sur l'instrument. (Des mains fines, pareilles aux pattes d'un renard, se posèrent sur le rebord de la croisée.) Que voulez-vous?

– Je veux... (Myal ravala sa salive et acheva de perdre ses moyens.) Je veux vous avertir...

– N'allez pas vous inquiéter. Je connais les villageois. Ils sauront se contrôler. Ils respectent encore le nom des Soban.

– Je ne parle pas d'eux mais de cet homme nommé Parl Dro. (Il l'entendit retenir son souffle. Elle était adorable. Il aurait voulu être à des lieues et des lieues d'ici.) Il a fait semblant de partir mais il va revenir. Il se rend à Ghyste Mortua... du moins, je pense. Mais il estime avoir au préalable une affaire à régler avec vous. Avec vous... et avec votre sœur.

– Fichez-moi le camp! cria la fille à la fenêtre.

Myal sursauta mais se trouva en terrain plus familier en entendant l'objet de son amour lui parler sur un ton de colère.

– Je voulais seulement me rendre utile. Veuillez me pardonner si je vous ai fâchée.

– Attendez, dit la jeune fille qui, contre toute attente, donna soudain l'impression d'être totalement désarmée. Que savez-vous de lui?

– Simplement qu'il a l'intention de revenir. Si vous voulez mon avis – mais vous n'êtes nullement obligée de le suivre – le mieux pour vous serait de fuir.

– Mais pour aller où?

– Pourquoi pas... avec moi?

Il osa lever les yeux vers elle, tout à la fois tremblant d'excitation romantique et se mordant les lèvres de n'avoir pu se taire. A son désespoir, mais aussi à son grand soulagement, la jeune fille lui rit au nez.

– Avec vous? Mais qui c'est, vous? Et avez-vous des projets pour ma sœur morte? Comptez-vous l'emmener aussi?

– Peut-être Dro s'est-il trompé. (Mais il ne put s'empêcher de frémir.) A moins que je ne croie pas aux fantômes.

Un cri terrible déchira la nuit.

Il provenait du dernier étage de la tour, sur la façade nord de la maison.

Myal et Ciddey en restèrent pétrifiés, mais la jeune fille fut la première à sortir de sa stupeur. Laissant les volets grands ouverts, elle tourna le dos au ménestrel et se précipita dans les profondeurs de sa maison.

Myal resta dans la cour, les yeux rivés au travers du feuillage des arbres sur le seul angle de tour visible de l'endroit où il était. Une boule lui obstruait la gorge.

3

Les arbres qui, au nord, serraient de près la demeure semblaient avoir été délibérément plantés pour donner accès à la tour. L'un d'eux, en particulier, posait presque ses branches sur le rebord de la fenêtre du deuxième étage. Evidemment, on ne se serait jamais attendu à ce qu'un boiteux escaladât les arbres.

Lorsque Dro atteignit la fenêtre, il en trouva volets et vitres fermés de l'intérieur. Tout en soulageant du poids de son corps sa jambe invalide qui n'en revenait pas d'avoir dû grimper aux arbres, il sortit un couteau effilé dont il glissa la lame entre les panneaux de bois et il ne lui fallut que quelques secondes pour trouver la chevillette, la pousser et provoquer la chute du loqueteau. Les deux battants aux vitres ternies s'écartèrent, révélant une pièce vide et nue, hormis la série de plantes rabougries qui achevaient de se déshydrater dans la terre sèche de pots fêlés. Dro pénétra dans la pièce, et la déserta presque aussi vite. Ces cultures – ainsi que leur signification probable : les maléfices de la magie verte – n'offraient pour lui nul intérêt... et n'en présentaient apparemment plus guère pour la sorcière, à en juger par leur état d'abandon. Dro ne fit donc qu'un bref séjour dans cette pièce dont la porte donnait sur le palier médian d'un escalier raide. Au sommet des marches, il vit une autre porte, massive et bardée de ferrures rouillées, que fermait une grosse serrure également couverte de rouille.

Dro ne doutait pas que Ciddey fût dans le corps principal de la demeure pour l'avoir vue, peu après le coucher du soleil, passer avec sa lampe de fenêtre en fenêtre afin d'en rabattre les loquets. La lumière avait fini par s'immobiliser dans une chambre de l'étage, mince filet doré derrière les volets clos. Il avait repoussé l'idée qu'il pût s'agir d'une ruse car il ne lui croyait pas l'esprit assez tortueux pour laisser sa lampe en évidence en un lieu alors qu'elle se glissait en catimini vers un autre au sein des épaisses ténèbres qui régnaient dans la maison. En outre, son faux départ avait dû endormir chez elle toute méfiance.

A l'instant même où il posait le pied sur la première marche, il perçut et reconnut sans erreur possible les harmonies poignantes que Myal Lemyal savait tirer des cordes de son instrument.

Intéressé, presque ravi, Dro marqua un temps d'arrêt. Cet imprévu ne pouvait que lui être bénéfique. Myal jouant les troubadours à une extrémité de la bâtisse allait détourner de la tour qui se dressait à l'autre l'attention de Ciddey Soban. Dro n'en restait pas moins perplexe quant au but que poursuivait ce faisant le musicien qui, peut-être, n'en avait pas lui-même une idée très nette. Le jeune homme s'était révélé facile à duper aussi bien que doté de talent et d'astuce – un talent et une astuce qui semblaient par ailleurs lui peser... et dont il ne mesurait peut-être même pas l'étendue. N'importe qui n'aurait pas été capable de retrouver la trace de Parl Dro sur la colline; n'importe qui n'avait pas des ambitions relatives à Ghyste Mortua; n'importe quel ménestrel enfin ne tirait pas de son instrument une telle musique.

Le morceau qu'il jouait pour l'heure était certes banal mais loin d'être déplaisant. Dro lui prêta une oreille distraite, tandis qu'il achevait de grimper l'escalier et s'attaquait à la serrure de la porte avec son couteau.

Lorsqu'il pénétra dans la pièce au dernier étage de la tour, il oublia complètement la musique.

Il y régnait, intense et totale, l'aura de la morte qui s'y manifestait. Toute chose en était imprégnée comme d'un parfum glacial, éventé, donnant l'impression qu'un invisible centre d'activité œuvrait à absorber en lui toute l'énergie de la vie et des êtres vivants. Pas étonnant que Ciddey Soban fût pâle et frêle. Dro savait d'expérience que, même lorsque les morts-vivants s'attardaient par amour en ce monde, ils suçaient la vitalité des proches qui leur donnaient asile. Ils ne pouvaient s'en empêcher, pas plus que le feu ne peut se retenir de consumer tout morceau de bois placé dans l'âtre. C'était simplement comme ça... et, simplement, il fallait que cela cessât.

Il était arrivé à Parl Dro de recevoir d'énormes sommes pour mettre fin à la pseudo-vie d'un mort-vivant. Il lui était également arrivé, comme ce soir, d'avoir à exécuter sa tâche comme un voleur et de recevoir ensuite pour tout salaire une volée de cailloux pointus dans le dos.

L'aspect matériel de la pièce était en lui-même évocateur.

C'était une chambre ou, du moins, avait-elle été meublée à cet usage d'un étroit lit de jeune fille au baldaquin garni de voiles plissés ainsi que d'un coffre qui, sans nul doute, contenait les effets de Cilny Soban, soigneusement pliés entre des coussinets d'aromates. Sur le coffre, un miroir ancien d'argent poli tenait compagnie à deux ou trois livres qui étaient probablement ses contemporains. Lorsqu'il referma la porte, Dro découvrit sur sa face interne de minuscules talismans suspendus à un fil; certains lui donnèrent l'impression d'être des dents de lait. Il remarqua aussi le fauteuil anguleux dans lequel était assise une poupée de bois aux membres sommairement articulés, vêtue d'une robe décolorée, du même blanc spectral que tous les autres tissus de la pièce; ses longs cheveux plats avaient l'exacte nuance de la filasse et en étaient probablement. Une tapisserie courait sur le mur, un tapis recouvrait le sol et, sur une table, étaient disposés près d'une cuvette et d'un broc quelques peignes incrustés d'une imitation de nacre ainsi qu'une cassette d'ivoire dont le couvercle ouvert révélait des perles de verre et des bracelets.

Cette chambre baignait dans une mélancolie... et une horreur sans borne, en ce qu'elle offrait au fantôme un terreau idéal où fermenter et poser ses prétentions injustifiées à l'existence terrestre.

Dans le coin le plus sombre, quelque chose semblait jaillir du tapis. C'était une urne de pierre, étroite et haute d'environ deux pieds.

A l'instant même où son regard se posa sur l'urne, Dro sentit la morte-vivante sourdre dans cette pièce qu'il avait trouvée vide en entrant. La mort de Cilny ne remontait qu'au printemps et elle avait encore besoin d'une présence humaine pour apparaître.

Mais Dro envisagea la possibilité que Ciddey l'ait avertie de se cacher. Même à présent, sensible à l'hostilité du tueur de fantômes, elle ne semblait se manifester qu'avec réticence. Le mort-vivant pouvait en effet se nourrir du désir qu'on avait de sa compagnie, de l'amour qu'on lui portait, voire de la peur qu'il inspirait. Mais Dro n'offrait rien de tel à Cilny. Toutefois, les yeux rivés sur la jarre où l'on avait recueilli les cendres de la jeune morte, il commença d'exercer sa volonté sur elle, de l'attirer, consentante ou non, dans la pièce.

La peau de son dos, les racines de ses cheveux enregistrèrent avant son regard la présence spectrale. Puis, en moins d'une demi-minute, il lui fut possible d'en distinguer clairement la forme.

Frêle et blonde elle était, presque transparente encore; à coup sûr sa mort-vie n'avait rien de très vigoureux. Et vêtue, comme à l'instant de sa mort – ce qui était la règle –, de la longue chemise de nuit diaphane décrite par les habitués de l'auberge, quoique, pour quelque motif, la couronne de fleurs fût absente. Aussitôt, sur le mode éminemment imprévisible et pitoyable propre aux fantômes, elle émut Dro en se croisant pudiquement les bras sur la poitrine. C'était le geste d'une très jeune fille qui n'a jamais connu d'homme et qui se retrouve en chemise de nuit devant l'un d'eux. Cette attitude, il en était certain, n'avait rien de prémédité. Avec douceur, il lui dit :

– N'ayez pas peur, Cilny. Savez-vous qui je suis?

A peine si la voix de la morte-vivante fut plus qu'un froissement de vieux papiers, qu'un bruissement de feuilles dans le vent.

– Ciddey m'a parlé d'un homme, d'un boiteux vêtu de noir.

– Et qu'a-t-elle dit encore?

– Que vous alliez me tuer.

– Voyons, Cilny, comment pourrais-je vous tuer puisque vous êtes déjà morte?

– Non, s'écria-t-elle de sa voix bruissante dont la panique augmentait la puissance. Non... non... (Elle le regarda droit dans les yeux.) Ciddey m'a réveillée. Je dormais et elle m'a réveillée.

– Elle n'aurait pas dû. Vous vous seriez éveillée en temps voulu, après avoir gagné par vos propres moyens votre vraie destination.

– Non, je vais rester ici. Je veux ma sœur. Je veux Ciddey.

Il n'avait nul désir d'être cruel avec elle. Il était parfois possible d'apporter le réconfort, d'aplanir le chemin. Le passage pouvait se faire dans la sérénité, dans la joie même, dans la gratitude. Mais cette fois, le retour à la mort risquait fort de s'accomplir dans les pleurs et les grincements de dents. Lui-même étant cuirassé contre les souffrances, ce fut par pure mansuétude qu'il jugea bon d'abréger celles de Cilny.

Il fit un pas vers l'urne et la jeune fille fantôme hurla.

Dans ce cri, sa voix se fit assourdissante. Elle résonna dans la pièce, perçant les tympans de Dro, perçant les murs de pierre. Il se dit que Ciddey avait pu l'entendre.

Il plongea vers la jarre. Pour l'atteindre, il lui fallait passer près de la forme diaphane et même au travers d'elle. Ce faisant, il se sentit submergé par un froid débilitant auquel il ne prêta nulle attention. Il s'agenouilla près de l'urne, en arracha le couvercle et la renversa. Au même instant, elle fut autour de lui, tout autour, blanc cyclone, pâle insecte qui le fouettait avec frénésie de ses ailes opalescentes. Une horreur primitive le saisit à la gorge et, tel un grouillement, se répandit sur tout son corps. Ses narines s'emplirent de l'humide et froid relent des tombes; des vers phosphorescents se tordirent dans ses yeux. Il se sentit l'envie – le besoin – de se débattre contre ce harcèlement immatériel, de le repousser, de se ruer en hurlant hors de la pièce pour le fuir... sensations bien connues dont il savait s'abstraire de par sa longue habitude.

Vaguement, derrière ce tumulte parapsychique, il entendit une porte s'ouvrir violemment plus bas dans la tour.

Les cendres de Cilny constituaient son attache à la vie mortelle.

Il avait toujours été nécessaire que cette attache fût détruite ou, du moins, modifiée. Les moyens d'y parvenir étaient aussi variés que la nature des attaches. L'os devait être broyé de sorte que l'air se mêlât à ses esquilles. Une écharpe ou un gant devaient être brûlés afin que le feu se mêlât au tissu. L'essentiel était de transmuer la substance même du lien.

Les cendres restaient collées au fond de l'urne où Dro les distinguait au travers du tourbillon d'ombre et de pâleur. Il décrocha de sa ceinture la flasque d'eau-de-vie et la déboucha. Par bonheur, il ne lui en avait pas fallu beaucoup pour saouler Myal et il en restait assez pour mettre à exécution son projet.

Il procéda d'une main ferme à la libation. Tel un acide, l'alcool souleva dans la jarre une petite fumée.

Le cauchemar tournoyant se dissipa à l'instant. Ce fut comme si le silence succédait à un vacarme énorme.

Avec lenteur il se releva et, promenant son regard autour de lui, vit Cilny qui le fixait de ses yeux désespérés; mais ce n'étaient que ceux de la poupée dans le fauteuil. Cilny avait disparu.

Elle n'avait pas poussé d'autre cri. Peut-être n'en avait-elle pas trouvé la force en elle, ou peut-être avait-elle découvert, au moment de franchir les portes, que le pays vers lequel s'effectuait son passage, pour étranger, pour inconnu qu'il fût, n'était pas si terrifiant, et qu'après tout elle n'avait nulle raison d'avoir peur.

L'espace d'une seconde, Parl Dro se sentit d'une faiblesse extrême, exténué, vidé, au bord du malaise. En de tels moments où sa volonté s'épanchait comme le sang d'une plaie profonde, il avait tendance à croire à l'adage selon lequel, pour toute âme ramenée à sa mort par un tueur de fantômes, ce dernier s'avançait d'un pas vers la sienne.

Il s'adossa au mur et regarda la porte, attendit de la voir s'ouvrir, ce qui ne tarda guère.

Les deux sœurs se ressemblaient beaucoup, à cela près que Cilny avait quelque chose d'insaisissable dont Ciddey restait dépourvue. A moins que chez l'aînée, cet aspect particulier de sa personnalité ne se laissât simplement plus vite interpréter.

Elle promena sur la chambre un regard blanc de rage. Elle ne lui demanda pas la raison de sa présence ni ce qu'il avait fait. Elle savait, bien sûr. Elle aussi percevait le frais parfum de l'absence là où le lourd relent du fantôme avait flotté.

– Je suis désolé, dit-il.

Il ne l'était nullement. Il avait dit cela par simple politesse, ce qui, à vrai dire, n'exprimait qu'une facette de sa perversité, car l'heure n'était pas aux politesses.

La jeune fille réagit de manière éminemment violente et prévisible. Elle se rua droit sur Dro pour – littéralement – lui bondir au visage tel un chat qui attaque. Normalement, il aurait dû pouvoir la tenir à distance et la maîtriser sans difficulté mais, la fureur dotant Ciddey de la force des possédés, il sentit deux ongles lui déchirer la joue avant qu'il n'eût réussi à se saisir des mains de la jeune fille. Il eut toutefois la chance qu'elle fût trop naïve, de trop bonne extraction ou trop délicate pour lui décocher le traditionnel coup de genou dont toute femme du peuple aurait su lui enseigner l'efficacité.

Lorsqu'il l'eut enfermée dans ses bras, elle se débattit avec des sursauts dont la violence alla diminuant comme un ressort d'horloge qui se débande. Puis elle se mit à sangloter et, là encore, il la tint dans ses bras. Les choses ne se passaient pas toujours ainsi, mais cela arrivait de temps à autre. Il ne se préoccupait plus d'analyser ce qu'il ressentait en de tels moments. Des années auparavant, il aurait décelé en lui du remords, de la culpabilité, de la pitié; en poussant plus loin l'introspection, il aurait même trouvé une bonne dose de suffisance mêlée à de l'excitation sexuelle. Mais tous ces picotements consécutifs à son acte n'avaient fondamentalement pas le moindre sens. Il leur laissa libre cours, comme aux larmes de la jeune fille, ne leur prêtant presque pas garde, ne se laissant pas le moins du monde influencer par eux. Il ne s'agissait que d'une sorte de rituel.

Lorsque, à la fin, elle se rejeta sauvagement loin de Dro comme pour réitérer contre lui son assaut, il reconnut également là une phase du rituel.

Elle traversa la pièce pour gagner le fauteuil, s'empara de la poupée qu'après s'être assise elle plaça sur ses genoux et regarda fixement.

– Bon, dit-elle. Vous avez fait ce pour quoi vous êtes venu. (Sa voix, quoique toujours nouée par les larmes, ne trahissait nulle émotion particulière.) J'ose espérer que vous n'attendiez pas d'être rétribué pour ce travail.

– Non.

Elle jeta brusquement la poupée à terre et son regard l'y suivit.

– Un si grand homme, dit-elle. D'une telle érudition. D'une telle intelligence.

Parl Dro s'achemina en boitant vers la porte.

– Je voudrais, reprit Ciddey, que vous rencontriez quelqu'un qui...

– Ne souillez pas vos lèvres avec un tas d'expressions vulgaires dont le sens exact vous échappe.

Cela ne changerait rien, ni pour vous ni pour moi.

Elle attendit qu'il eût franchi le seuil pour lui lancer, sans pour autant hausser le ton :

– Avez-vous jamais songé au nombre de gens qui doivent vous haïr, au nombre de ceux qui vous souhaitent les pires maux, les pires blessures, les pires souffrances morales? Ne les sentez-vous jamais peser sur vos épaules, grouiller dans vos entrailles, Parl Dro, vous dévorer vivant?

Il commença de descendre les marches en se demandant si elle allait continuer de le poursuivre de ses imprécations.

En fait, elle attendit qu'il fût dans la cour et passât sous le figuier mort. A cet endroit, il avait marqué un bref temps d'hésitation. Comme la veille au soir, la lumière des étoiles moirait l'eau du puits et, comme la veille au soir, il y flottait une intangible aura de surnaturel. La voix de Ciddey dériva du haut de la tour et, autour d'elle, l'aura se coagula. Les phrases s'écrasèrent sur les pavés comme de vilains fruits blets, lui démontrant que le vocabulaire ordurier de la jeune fille était plus riche qu'il ne l'aurait pensé. Lorsqu'elle s'arrêta, il avait atteint le portail, mais bien qu'elle eût proféré ses insultes dans un feulement sourd, pas une seule ne lui avait échappé.

Myal Lemyal avait vraisemblablement pris ses jambes à son cou – à moins qu'il ne se fût caché avec une exceptionnelle astuce – car, pas plus à l'intérieur qu'à l'extérieur de la cour, Parl Dro ne releva trace de sa présence.

Il regagna la route et tourna ses pas vers l'est.

La bourgade – qu'il laissa sur sa gauche un quart de lieue plus loin – lui parut moins familière et plus petite. Comme il n'avait pas l'intention d'y passer une autre nuit, il la voyait à présent d'un œil étranger et elle, en retour, ne lui présentait qu'une façade hostile et repliée sur elle-même.

Myal Lemyal avait effectivement déserté le lieu de l'action. Sur le mode aléatoire et brumeux qui lui était propre, il était aussi sensible aux atmosphères de mort-vie que n'importe quel tueur de fantômes quoiqu'il fût incapable de les interpréter en termes clairs et qu'il ne se sentît décidément nul penchant à livrer bataille aux créatures dont elles émanaient.

Sa fascination neurasthénique à l'égard de toute cette aventure n'avait toutefois cessé de croître, ce qui n'avait rien de surprenant puisqu'il n'était pas rare qu'il se jetât tête baissée dans ce qui lui inspirait la plus grande terreur... habitude qu'il déplorait mais dont il restait incapable de se défaire.

Dro le fascinait et le terrifiait au plus haut point. Et Myal s'était convaincu que le tueur de fantômes constituait la pièce maîtresse de son grandiose projet de découvrir Ghyste Mortua, ce royaume – éventuellement mythique – des non-morts.

Aussi, lorsque l'aura de hantise et de frénésie émotionnelle de la vieille demeure se résuma en un cri surnaturel, Myal prit la poudre d'escampette. Mais il n'alla pas très loin. Il se contenta de détaler comme un lapin effarouché et s'aplatit dans l'herbe, pantelant et tremblant de peur, derrière le sommet de la plus proche éminence. Dix minutes plus tard, lorsqu'il osa lever la tête, il eut la surprise en partie feinte de s'apercevoir qu'il dominait le toit chancelant de la maison.

Il lui parut alors judicieux de rester posté là pour observer les développements ultérieurs de l'affaire. Son guet ne fut pas de longue durée. L'eau-de-vie de Dro et l'épuisement nerveux auxquels s'ajoutait la course éperdue qu'il venait de faire se révélèrent décisifs. Une minute avant que Dro ne franchît le portail et ne s'engageât sur la route, Myal, étalé de tout son long dans l'herbe, la tête enfouie dans le creux de ses bras, dormait à poings fermés.

Peu après minuit, lorsque la lune adolescente se suspendit au-dessus de sa tête comme un morceau d'assiette cassée, Myal s'éveilla le temps d'admettre qu'il venait de faire une nouvelle bêtise et de la maudire, puis il replongea dans le sommeil. Lui aussi était habitué à dormir sur la dure, ce qui ne l'empêcha pas de rêver; d'abord de sa mère qu'il n'avait jamais connue, puis de son ivrogne de père et de la courroie de cuir dont il n'avait que trop souvent fait connaissance, et il se tordit en tous sens dans des grognements et des soupirs.

Juste avant l'aube, à force de se retourner, il roula sur la pente et ne fut arrêté que par le tronc d'un jeune figuier. Au travers des branches et des remous des hautes herbes, il vit un banc de nuages bleu-gris qui barricadaient vainement l'horizon oriental contre la pâle et mystérieuse montée du jour.

Il n'y avait d'autre bruit que l'errance du vent sur les terres, le gazouillis des sources et le ruissellement des chants d'oiseaux. Puis une porte claqua, tel un tambour de bois, plus bas dans la maison en porte à faux.

Myal porta son regard par-delà le fût mince du figuier.

Ciddey Soban, d'une blancheur de porcelaine, sortant de l'ombre et du couvert des arbres, se dirigeait vers lui. L'espace d'un instant, il crut qu'elle allait continuer de gravir la pente mais elle obliqua vers le nord, s'éloignant de la maison, de la route et de la colline sur laquelle il avait fui, pour passer en contrebas des derniers contreforts de la montagne.

Le cœur de Myal se mit à cogner à grands coups. Il se leva, se peigna de ses longs doigts et rectifia la position de l'instrument dans son dos. Puis, non sans avoir conscience d'une vague menace, il contourna la colline à mi-pente, les yeux plissés jusqu'à ce que la pâle silhouette réapparût à sa vue. Maintenant la distance entre eux deux, il la suivit. Une infâme idée de ce qui le poussait à entreprendre cette filature ne cessait de l'assaillir et, déjà, il en avait les larmes aux yeux.

Elle était restée assise toute la nuit dans le fauteuil de Cilny à penser à Parl Dro, le tueur de fantômes et à la haine qu'elle lui vouait.

De temps à autre, des pensées pour Cilny ou, de façon plus sporadique, pour elle-même venaient interrompre le cours obsessionnel de sa rêverie. Parfois même, elle évoquait le souvenir de leur père et des assemblages ridicules qu'il avait la manie de bricoler pour les vendre en tant qu'objets venus de lointaines contrées. Tout cela, peut-être, était frappé du sceau de l'inéluctable, mais elle ne s'attardait pas à y réfléchir plus d'une seconde ou deux.

Elle commença de souhaiter la mort à Parl Dro, de frayer dans son esprit les chemins que cette mort emprunterait, tantôt l'un, tantôt l'autre. Elle se l'imagina poignardé ou étouffé, enterré vivant, pendu ou déchiré par des bêtes sauvages, par des loups, par des ours ou par des chats. Dans bon nombre de ces fantasmes, elle était physiquement présente, provoquant les choses et les dirigeant. Plus tard, elle lui fit rencontrer des morts plus lentes et plus subtilement agencées dont elle se gardait d'être témoin. A la fin, elle ne pensa plus à sa mort mais seulement à lui. Il s'était révélé de loin plus jeune que l'estimation qu'elle avait pu faire de son âge sur la foi des légendes. Elle se le représenta dans son adolescence, dans son enfance et même à sa naissance. Puis elle se le peignit dans ses vieux jours, malade et pauvre, riche, solitaire et serein... et dans cette vision qu'elle eut de l'avenir de Dro, elle atteignit presque l'impartialité. Au nadir de la nuit, elle en vint à le considérer comme un être vivant, distinct d'elle-même, comme un homme, comme une entité. Sa haine n'avait plus rien d'une force dirigée contre lui. Sa haine était devenue Parl Dro. Il se dressait tel un grand arbre noir sur un fond de pur néant. A ce stade, elle cessa de pouvoir penser à autre chose.

Lorsque les oiseaux commencèrent de lancer leurs trilles dans le ciel pâlissant, Ciddey se leva. Un moment, elle ne fut pas très sûre de l'endroit où elle comptait se rendre ni de la raison qu'elle avait d'y aller. Puis, le cœur à marée basse, elle se rappela que tout était fixé d'avance, qu'elle n'avait nullement à se préoccuper de projets. Il lui suffisait d'agir.

Dehors, une barre de nuages s'étirait bas sur l'horizon, telle une crête nouvelle apparue derrière les collines. La montagne étincelait, froide et sculpturale, dans les prémices du matin.

Alors qu'elle longeait vers le nord les derniers soubresauts des pentes, l'ombre les quitta par strates successives pareilles à des bandes d'oiseaux migrateurs reprenant leur vol après l'étape nocturne. L'essor puis le déclin du jour et de la nuit, la montagne et le doux paysage de la vallée, tout cela lui était si connu... elle avait le sentiment de n'être qu'une fiction plaquée sur la réalité de ces choses, le simple souvenir de quelque autre fille qui eût longtemps vécu en ces lieux.

Très vite, du haut d'une côte, elle vit miroiter le ruisseau.

Les jaunes asphodèles du printemps avaient déserté ses rives. Ciddey promena des regards affolés sur les alentours, à la recherche de quelque fleur au symbolisme propitiatoire, mais l'herbe n'était émaillée que des prosaïques pâquerettes de l'été. Le cours d'eau avait également perdu sa limpidité printanière en se teintant de l'argile brune qui bordait son lit. Et il ne coulait plus avec la même véhémence qu'à l'époque où la neige fondue des hauts replats de sa source s'était mêlée à son flot pour en précipiter la course.

Elle retira ses chaussures comme pour passer à gué le torrent, mais les déposa proprement côte à côte sur la rive.

La fraîcheur de la nuit demeurée dans l'eau lui arracha un petit cri lorsqu'elle y pénétra. L'espace d'un instant, elle ne se sentit plus la force de poursuivre. Elle resta tremblante et tendue contre la poussée glaciale et sirupeuse du courant, jetant autour d'elle des regards égarés. Presque aussitôt, un homme apparut sur le coteau qui dominait la rive à quelque quatre-vingts pieds de distance. C'était l'homme qui lui avait donné la sérénade hier au soir et qui devait avoir agi sur l'ordre de Parl Dro pour la distraire. Ce matin, c'était le destin qui semblait avoir guidé ses pas.

Elle regarda l'homme et lui la regarda. Soudain, il agita les bras, l'un vert, l'autre rouge, et commença de crier. Puis il s'élança vers elle et dévala la pente avec l'instrument qui bondissait dans son dos.

Il ne fallait pas qu'il la rejoignît à temps.

Elle se laissa tomber à la renverse dans le torrent. La mordante fraîcheur de l'eau lui submergea le visage, pénétra dans ses narines et dans ses yeux. A peine eut-elle heurté en douceur le lit du ruisseau que le courant la souleva pour l'emporter. Elle n'était pas encore assez inerte pour sombrer au fond et y rester accrochée.

Ses tresses commençaient à se défaire. Elle allait avoir à les renouer. Elle n'avait pas pensé devoir le faire.

Jusqu'à présent, elle avait retenu son souffle mais, maintenant, elle respirait et permettait aux engourdissantes et froides ténèbres de s'insinuer en elle. Elle avait si froid, de toute manière, qu'elle ne les sentait plus du tout.

Quelque part, très loin, elle entendit l'homme

fouiller le lit du torrent à l'endroit où elle avait disparu.

Tout s'évanouissait à mesure que le flot l'emportait, presque avec douceur. Tout sauf une chose qu'elle savait ne pas devoir lâcher.

La dernière vision qu'elle eut avant que toute sensation de type humain ne s'effaçât d'elle fut celle des deux yeux noirs de Parl Dro. Ils semblèrent l'arracher à son être, à la suffocation de sa chair gorgée d'eau. Sa conscience, amincie aux dimensions d'un fil, parut se glisser dans leurs fentes étrécies comme au travers du chas d'une aiguille. Sa haine était si raffinée qu'elle en ressentit un pincement délicieux. Puis elle fut une plume au gré d'un flux qui se déversait dans les ténèbres. Puis elle mourut.

En amont, Myal Lemyal, immergé jusqu'aux genoux dans l'eau glacée, s'éclaboussait abondamment en draguant à mains nues le cours peu profond de la rivière. Lorsqu'il la retrouva, il était trempé jusqu'aux os et à demi forcené.

Il la tira jusqu'à la rive. Elle avait le visage enflé, les yeux exorbités, comme si elle était morte étranglée. L'horreur lui donnait des nausées mais il la retourna sur le ventre et tenta d'expulser l'eau de son corps meurtri par la noyade.

Il finit par renoncer et la laissa face contre terre dans un nimbe de cheveux d'or pâle. La plante de ses petits pieds nus, très propre et légèrement rosée, se fit plus rose encore lorsque le soleil levant déversa ses chauds rayons sur elle.

Myal s'assit au bord de l'eau à quelques toises du cadavre et, s'interrompant de temps à autre pour lui jeter un regard furtif, se rongea consciencieusement les ongles. Puis il fit basculer l'instrument sur sa bandoulière effilochée pour le coincer au creux de son épaule.

Il composa pour Ciddey Soban une chanson dont la beauté lui échappa. L'instrument avait toutefois pâti de son séjour dans l'eau et, peu à peu, certains jeux de cordes se détendirent. Si son père avait été là, Myal aurait eu droit à sa raclée.

En définitive, il cessa de jouer et entoura de ses bras l'instrument pour le serrer contre lui tout en regardant fixement couler le ruisseau.

Une heure environ s'écoula et le cuir trempé de ses bottes ainsi que le tissu pareillement humide et glacé de sa chemise produisirent leur effet. La goutte au nez, il éternua puis frotta ses yeux larmoyants. Enfin, il se leva et s'aperçut qu'il avait un pied posé sur l'une des petites chaussures de Ciddey.

A pas lents, il s'éloigna du torrent.

Il entendit les vaches qui se répondaient en beuglant d'une prairie à l'autre comme un orchestre de bassons. Les senteurs de l'herbe et des fleurs éveillèrent entre son nez et sa gorge un chapelet de démangeaisons atroces et il éternua de nouveau, se traita de tous les noms et maudit l'univers entier avant de se traîner une fois de plus vers la boucle orientale de la route.

4

Deux lieues à l'est de la bourgade, le paysage commençait de se déverser résolument vers les basses terres, se creusant de vallées profondes et de ravins chatoyants. Des arbres pareils à des poteaux sur lesquels serait venu se poser un solitaire et sphérique nuage de feuilles traçaient de larges avenues parallèles aux lignes de crête ou bordaient les ruelles embrumées d'indistinctes et lointaines rivières.

Quelque part dans ces terres déferlantes, Parl Dro s'était arrêté au cours de la nuit pour dormir à même le sol, enveloppé dans les noirs plis de sa cape. Le fond de l'air était resté tiède et n'avait réellement fraîchi qu'à l'approche de l'aube. Mais, quelques heures après le lever du soleil, la chaleur était de retour comme si de rien n'était, comme si son absence momentanée pouvait être aisément passée sous silence.

Assis sur un mur de ferme éclaboussé par le soleil matinal, un gosse maigrichon laissait pendre ses jambes dans le lierre. A peine aperçut-il l'homme de noir vêtu qui descendait la route à grandes enjambées claudicantes qu'il sauta au bas du mur et s'éclipsa dans un buisson dont il ressurgit lorsque l'homme passa à sa hauteur.

– Donne-moi la pièce!

– Et pourquoi ça? fit Dro sans lui accorder un regard.

– J'ai le don de voyance, répondit le mioche. Je vais te dire ton avenir. Donne-moi donc une pièce de vingt deniers.

Dro s'arrêta et posa les yeux sur l'enfant. C'était une fillette aux cheveux décolorés par le soleil. Il lui lança les vingt deniers demandés d'une pichenette. La gamine rattrapa la pièce et reprit :

– Je sais qui tu es mais je te prenais pour un personnage de légende. Ils disaient bien que tu étais passé par ici jadis.

– Qui disait cela?

– Oh, tout le monde, et depuis je ne sais combien d'années. Maintenant, je vais te donner un conseil. Prends garde à toi. Devant et derrière. Tu t'es fait beaucoup d'ennemis.

– Vraiment? fit Dro.

– Mais pas moi, dit la gamine. Je te trouve charmant.

Elle détala le long du mur dans un sillage de poussière rosâtre. Dans ces régions intermédiaires le sol était pauvre et pulvérulent.

Vers midi se présenta une auberge qui proposait

du vin et du fromage à la croûte dorée. Des pêches achevaient de mûrir, alignées sur les murettes. Un vieux chien aveugle qui prenait le soleil piaula lorsque l'ombre de Dro glissa sur son dos.

Dans l'après-midi, la route obliqua vers le sud. Le mince fil d'un chemin garda toutefois cap à l'est mais disparut dans un bois couleur de mélasse alors que le soleil plongeait vers l'occident. Et lorsque Dro émergea du couvert des arbres, son regard embrassa des terres déclives qui allaient mourir dans le méandre de l'une des rivières embrumées. Un château fort en ruine se dressait, rêveur, à l'intérieur de la boucle et se fondait dans le ciel épaissi par la lumière du couchant. Un bourg s'étirait en bordure de la rivière. Il s'enorgueillissait en sus de l'habituelle grand-rue de deux autres presque aussi larges dont les ruisseaux d'évacuation allaient déverser leurs eaux d'égout dans une zone de marais à proximité de la rivière au nord. Un voile de fumée déployait ses volutes par-dessus les toits. Quelques barques de pêche, évoquant elles-mêmes des poissons à l'étal, étaient échouées côte à côte sur la rive.

Le pressentiment qui avait saisi Dro, imprécis mais persistant, était à présent si fort qu'il évita jusqu'aux abords du bourg et prit en diagonale par le marais. Une chaussée de brique traversait les dépressions fangeuses, les ramifications de la rivière ou des ruisseaux, donnant accès à la prairie presque cernée par les eaux où s'érigeaient les restes de la forteresse.

Son enceinte extérieure était réduite à des chicots que reliait un cordon de blocs entassés dévorés par les ronces mais les murs du donjon, poncés par les intempéries, avaient acquis un poli délicieux. Ici, un siècle ou deux auparavant, quelque comte, voire même un vulgaire hobereau, avait posé au grand seigneur, régnant en maître sur la rivière. Plus personne à présent ne venait lui rendre hommage.

Nul sentier ne creusait les abords verdoyants de ces ruines. On n'y menait pas même en pâture chèvres ou moutons car l'herbe y était vierge et drue. Les gens du bourg tenaient probablement le château pour hanté sur la foi de ses murs noircis, de son austère réserve. Seul un tueur de fantômes comme Dro pouvait se permettre d'affirmer qu'il n'abritait pas de spectres, qu'il n'était que la coquille désertée d'une puissance révolue.

Un vent balayait la rivière et, avec le crépuscule, revint la fraîcheur. Dro alluma un feu à l'abri des murs du donjon, au pied d'un escalier qui grimpait en colimaçon vers la voûte du ciel. Un pommier sauvage s'était enraciné non loin des marches entre les dalles disjointes; il portait des fruits verts que leur précocité condamnait à rester tels. Dro en cueillit deux dont il ôta l'aigreur en les faisant cuire sous la cendre.

Un gros hibou, tel un cerf-volant de papier, survola sans bruit la prairie pour gagner ses terrains de chasse.

Parl Dro s'adossa au mur. Ce n'était qu'un moment d'attente à passer. Il resta en éveil, mais dans une immobilité totale. Entre autres disciplines mentales, il avait ce talent particulier de pouvoir extraire sa conscience du temps, et suspendre l'usage superflu de ses sens, leur accordant le repos comme à sa jambe invalide. Chaque jour de marche était un jour de combat contre cette souffrance et tout répit apportait l'ivresse du soulagement. Fourbu, Dro ne prêtait qu'un minimum d'attention aux conditions et aux causes.

Par les fentes de ses yeux mi-clos, il vit alors une femme voilée de cheveux d'or qui se penchait sur son feu. Elle était très réelle mais, quand il leva les paupières, elle avait disparu.

La fillette de la ferme avait fait ressurgir en lui certains souvenirs dont un, familier et crucial. Il y songea, retournant le passé dans sa tête en attendant que le présent le rattrapât.

Son père était parti soldat pour une guerre frontalière sans grande ampleur, assez sérieuse toutefois pour qu'il n'en fût jamais revenu. Puis sa mère était morte quelque temps après. Parl Dro avait alors quatre ans. Le hobereau local gardait une maison libre d'affermage de sorte que les enfants sans famille pussent y grandir dans des conditions acceptables. A dix ans, Parl Dro travaillait déjà aux champs. Mais, comme il avait montré quelques dispositions pour l'étude, le maître – meilleur que la plupart de ses pareils – l'envoyait deux fois par semaine à l'école en ville.

L'école en question était une vieille baraque délabrée. L'hiver, de longues chandelles de glace descendaient des poutres de la salle sous les points du grenier correspondant aux gouttières du toit. Pour ne pas geler sur place, les enfants se serraient autour d'un chaudron rempli de braises. Ils étaient cinquante garçons et une quinzaine de filles qui, aux yeux de leur famille, devaient être assez bizarres pour avoir besoin d'instruction. A une exception près, ces filles étaient des créatures d'un autre monde qui ne se déplaçaient jamais sans leur gouvernante et qui, l'hiver, apportaient chacune son brasero. L'exception était une petite pauvre que personne n'accompagnait à l'école et qui s'y asseyait à sa place, très droite dans sa robe élimée, couverte de pièces et de reprises mais sans jamais la moindre tache. Ses cheveux aussi étaient toujours très propres, de longs cheveux plats et blonds qui lui ruisselaient dans le dos pour se répandre sur son banc. Les petites filles de bonne famille ne lui adressaient jamais la parole. Le premier jour, à voix haute, elles avaient déclaré que ce devait être une drôlesse puisqu'elle n'avait pas de gouvernante pour la surveiller. A voix tout aussi haute, la petite pauvre avait fait observer aux murs de la classe qu'étant vertueuse et digne de confiance, elle n'avait nul besoin qu'on la surveillât comme c'était manifestement indispensable pour d'autres.

Trois années durant, Dro la vit deux fois par semaine, tout au long de chacune des deux journées qu'il passait à l'école. Puis un jour – il avait alors treize ans – il s'aperçut soudain de son existence. Elle jouait aux dés avec les garçons, et gagnait la plupart du temps; elle faisait la course avec eux, et de temps à autre arrivait la première. Il n'était pas rare non plus qu'elle grimpât aux arbres, mais jamais avec les garçons, ce qui, selon ses propres termes, n'aurait pas été convenable. Ce fut sur la fin d'un après-midi, plein des prémices de l'été, que Parl Dro la remarqua. En pénétrant dans le pré qui s'étendait derrière l'école, il la vit assise dans un pommier. Le soleil déversait sur sa chevelure des flots de miel fondu. Elle parlait toute seule, ou aux oiseaux, ou à l'arbre. Il escalada le pommier voisin, s'y installa, et la regarda. Lorsqu'elle prit conscience de sa présence, elle ne parut ni fâchée ni confuse. Ils se mirent à discuter sans façon. Ce dont ils parlèrent n'eut pas de signification particulière ni rien qui méritât de rester dans les mémoires. Sans doute fut-ce de livres ou des récoltes que le temps laissait espérer.

Lorsqu'il redescendit en ville pour son jour d'école suivant, il y arriva en avance et ralentit le pas pour passer devant chez elle. C'était un taudis qui ne restait debout que grâce aux deux autres taudis qui l'encadraient mais, sur des lieues à la ronde, on aurait vainement cherché taudis mieux tenu. Lorsqu'elle en sortit, elle ne parut nullement surprise de le voir. Elle n'avait d'autre famille que sa grand-mère qui, le matin même, avait fait le pain. La fillette tenait à la main deux tranches chaudes et croustillantes tartinées de saindoux. Gentiment, elle en offrit une à Parl avec les compliments de la maison.

Elle avait un nom, mais il ne s'en servit jamais. Le surnom que sa grand-mère lui avait donné à cause de ses cheveux était « Soyeuse ». Personne d'autre que Parl et la grand-mère ne l'appelait ainsi.

Au cours de l'été, ils furent aussi souvent que possible ensemble. De temps à autre, ils faisaient l'école buissonnière pour aller se promener dans les collines. Ils parlaient en marchant des légendes attachées à cette terre, des temps anciens où des empereurs y avaient jeté les bases de leur empire, des femmes au sang chaud qui en avaient parcouru les étendues au galop pour se lancer dans la bataille. Il lui montra comment attraper des poissons à la main et elle lui dit qu'il était cruel de les sortir de l'eau si on ne comptait pas les manger. Plus tard, lorsque la grand-mère vit encore se restreindre leurs maigres moyens d'existence, Soyeuse supplia Parl de lui réexpliquer comment prendre les poissons sans filet. Il la raccompagna chez elle avec leur pêche qui avait la couleur des galets de la rivière et le goût délicieux de ce à quoi l'on doit de ne pas mourir de faim. Il vola du pain pour Soyeuse et sa grand-mère dans le fournil du seigneur et, lorsque revinrent des jours meilleurs, Soyeuse, en manière de rétribution, déroba un couteau chez le forgeron pour l'offrir à Parl qui eut quelque difficulté à le remettre en place avant qu'on ne remarquât sa disparition. Ils étaient tous deux d'une extrême jeunesse et l'éveil de leurs sens restait limité par l'âge, par le milieu, par les principes moraux qu'ils observaient l'un à l'égard de l'autre. Ils s'enseignèrent toutefois certaines leçons brûlantes, de brefs baisers fiévreux, l'accélération d'un battement de cœur, le contact des mains, des corps et des hautes herbes de l'été. Ils n'en seraient pas restés là si les choses avaient évolué différemment.

A l'approche des moissons, le seigneur requit la présence aux champs de tous les bras disponibles. Pendant trois ou quatre semaines, Parl n'allait plus voir ni l'école ni la ville ni Soyeuse. Leur séparation fut grave et solennelle, comme si elle devait durer un an. Ils en accomplirent le rituel sous le pommier du pré qui s'étendait derrière l'école.

Revint le temps des moissons, fidèle à lui-même, éreintant mais bon. Il faisait très chaud; les gerbes étaient comme de l'amadou; on posta des hommes pour donner l'alerte aux premiers signes d'incendie. Le soir, Parl s'écroulait de fatigue et s'endormait à la belle étoile, ou plutôt sous d'éblouissants essaims d'étoiles. L'air était chargé de la senteur des blés frais fauchés et des raisins mûrissants. Les lucioles scintillaient dans les buissons. C'était à peine s'il pensait à Soyeuse, conforté dans l'idée que ce n'était pas nécessaire par sa certitude de la voir lorsqu'il retournerait en ville.

Dans le courant de la dernière semaine des moissons, il y eut un gigantesque orage. De toute sa masse, il s'abattit en rugissant sur les champs tel un fauve monstrueux. D'énormes claques de vent couchèrent les blés sur le sol. Les traits d'acier des éclairs se fichèrent dans la terre. Un arbre s'embrasa sur une colline dans une blanche explosion d'étincelles.

Ils travaillèrent malgré la tourmente et les éclairs puis, lorsque les nuages crevèrent, ils travaillèrent malgré la pluie. Violacés et gémissants sous la tempête, les champs capitulèrent devant le fléau. Le reste de la récolte fut emporté par l'orage.

Pire en un sens que la perte matérielle, la perspective de la disette et le manque à gagner, inéluctables conséquences du cataclysme, fut l'angoisse venue du fond des âges qui les submergea tous. Dans cet orage, ils virent la manifestation de quelque surnaturelle colère, un châtiment qui leur était envoyé, une façon de leur démontrer que si stable qu'elle parût, la vie n'offrait jamais de certitude. Parl Dro ne fut guère surpris lorsque le maître, passant près de lui entre les ruines détrempées des meules, se pencha de sa monture pour lui donner une petite tape sur l'épaule en lui disant :

– Désolé, mon gars. Fini l'école. J'ai besoin de toi ici.

Un mois plein s'écoula sans que Parl trouvât le temps ou l'énergie d'entreprendre une marche de deux heures jusqu'à la ville. Et, ce matin-là, il lui fallut quitter le village deux heures avant le lever du soleil avec l'espoir que son absence resterait inaperçue lorsque les autres journaliers se rassembleraient dans les champs peu après l'aube. Il subodorait toutefois qu'il n'échapperait pas à la raclée, mais la perspective en semblait très lointaine. Une sensation d'abattement, presque de terreur, avait commencé de se faire jour en lui. Avec l'emballement inopportun de la jeunesse, il pensait savoir où résidait son salut, et il en était venu à se soucier de moins en moins du reste.

Il fit même une partie du trajet en courant. L'aube n'était qu'une spectrale bavure de lumière au ras des collines lorsqu'il atteignit la ville dont les portes n'étaient même pas ouvertes. Il n'eut pas la patience d'attendre et s'introduisit illégalement dans la place par un passage de sa connaissance. Mais au moment de pénétrer dans la ruelle où le taudis brillait comme un sou neuf entre ses deux contre-boutants fort loin d'être immaculés, il fut saisi d'une étrange et soudaine répugnance.

Indécis, il traînassa dans la rue jusqu'à ce qu'une femme, un peu plus bas, apparût sur le seuil de sa porte, un seau à la main. Elle le vit, et une vague expression de surprise se peignit sur son visage. Quelque chose dans le regard de cette femme le déconcerta au plus haut point sans qu'il comprît pourquoi. Il tourna les talons et s'enfuit.

Il courut droit vers le pré qui s'étendait derrière l'école délabrée; il n'aurait su dire pourquoi : peut-être parce que c'était un repère, peut-être parce qu'il avait maintes fois pris ce chemin.

Arrivé dans le pré, il ne sut plus que faire de son corps. Une espèce de malaise panique, d'agitation, d'épuisement le submergeait. Il sentait des bourdonnements dans ses mains, le picotement d'un millier d'aiguilles. Des insectes semblaient pulluler sur son cuir chevelu, faire leur nid dans les racines de ses cheveux. Puis ses pas qu'il ne savait où porter l'amenèrent au pied du pommier. Ce n'était pas encore tout à fait l'aube. Le ciel s'argentait mais rien d'autre ne se teintait de lumière. Un moment, l'extraordinaire laideur de l'arbre resta plus une illusion qu'un fait. Alors qu'il le contemplait, pétrifié, il entendit derrière lui Soyeuse qui l'appelait à mi-voix dans le jour naissant.

Il se retourna et la vit dans ses haillons propres et rapiécés, dans le halo de sa chevelure impalpable.

– Ohé, Parl. J'ai bien cru que tu ne reviendrais jamais.

Il riva sur elle le même regard qu'il avait rivé sur l'arbre et, lorsqu'elle s'avança vers lui, une terreur monumentale bouillonna dans les tréfonds de son être comme si son sang et ses os se transformaient en glace ardente.

– Je t'ai attendu, reprit-elle. Chaque fois que j'ai pu, j'ai attendu ici près du pommier.

Il s'aperçut qu'il venait de faire un pas en arrière et qu'à cet instant le visage de Soyeuse avait paru trembler. Il ne pouvait encore discerner ce qui clochait. Puis soudain, comme tout à l'heure, il s'enfuit. Il se précipita hors du pré, loin d'elle, loin de l'arbre, et poussa en courant de longs hurlements inarticulés.

Il ne s'arrêta que lorsqu'une porte lui barra la route. Il s'était rué droit sur elle et la martelait à présent de ses poings. Ses cris avaient alerté tous les chiens du voisinage, provoquant un concert d'aboiements. Puis la porte s'ouvrit et il faillit basculer en avant. Il reconnut alors la grand-mère de Soyeuse, toute petite, comme s'il la voyait de très loin, et comprit à quelle porte il venait de frapper.

– Mon pauvre petit, dit-elle. On t'a donc raconté.

Elle se mit à pleurer. Il s'aperçut que lui aussi était en larmes. Puis elle le fit entrer, l'assit sur une chaise et ferma la porte.

Il n'apprit rien directement par elle puisqu'elle le croyait au courant, mais les phrases décousues que le chagrin arrachait à la vieille femme lui permirent de reconstituer ce qui s'était passé. Le soir où l'orage avait anéanti la moisson, Soyeuse s'était attardée près du pommier derrière l'école. Lorsque la foudre était tombée sur l'arbre, elle avait également frappé la fillette. Soyeuse était morte. Morte depuis un mois.

La grand-mère prépara une tisane autour de laquelle, naguère, il leur était arrivé de bavarder tous les trois. Cette fois, ni elle ni Parl n'en purent boire une gorgée. Elle aurait manifestement souhaité qu'il restât près d'elle; il avait été le compagnon si constant de Soyeuse que, d'une certaine manière, elle retrouvait un peu de sa petite-fille en lui. Au bout d'un moment, elle se leva pour aller ouvrir un coffre et y prendre quelque chose avec un air mystérieux. Lorsqu'elle revint près de Parl, elle lui montra un petit paquet de tissu qu'elle déballa, révélant un amas de fils luisants.

– C'est tout ce qui me reste d'elle, dit la vieille femme.

Le matin même de sa mort, Soyeuse avait demandé à sa grand-mère de lui rafraîchir les cheveux. Puis l'éclair l'avait frappée, ne laissant presque rien d'elle, dénudant chair et douceur comme il avait dénudé l'arbre. Mais ces pointes soyeuses, par un pur et heureux hasard, la vieille femme les avait gardées. Maintenant, dans un suprême sacrifice, elle les offrait à Parl.

A l'instant même où il vit les cheveux, il fut saisi d'un violent malaise. Certaines vérités que, des années plus tard, il allait apprendre et intégrer à sa conscience rationnelle se firent alors jour en lui sous une forme simplement instinctive. Il sentit mais ne sut pas ce que représentaient ces cheveux coupés, ce que leur pouvoir pouvait être. Et il n'en avait pas encore deviné la signification.

L'instinct lui dicta toutefois ses ordres. Quoique le dégoût retînt sa main, il prit le cadeau de la grand-mère.

Il passa chez elle la majeure partie de la journée, assis sur sa chaise, le paquet de cheveux posé près de lui. Tout ce temps, ce fut à peine s'ils échangèrent deux ou trois mots. Elle ne pensa pas à lui demander s'il avait à faire ailleurs; elle avait tout oublié du monde réel. Et si, pour Parl, celui-ci ne s'était pas arrêté, s'il existait toujours quelque part un hobereau avec ses champs et sa colère, ce n'était plus qu'un vague souvenir, des événements extérieurs à la bulle où il était enfermé avec un pommier foudroyé, une petite morte et les quelques cheveux qui restaient d'elle.

Lorsque le jour commença de se retirer, Parl se leva et prit poliment congé de la vieille femme.

Alors qu'il retournait au pré, il rencontra trois de ses anciens camarades d'école. Ils se joignirent à lui pour compatir à sa douleur ou, comme il en eut alors l'impression, pour s'en réjouir. L'un d'eux finit par dire :

– Untel m'a raconté que les moines avaient aspergé d'eau bénite l'endroit où elle a été tuée. Selon Untel, il n'est pas sûr qu'elle repose en paix.

Il n'en dit pas plus car, conscient du goût douteux de leur sollicitude, l'un de ses camarades lui allongea une gifle pour le faire taire. Puis ils s'éloignèrent.

Des chauves-souris fusaient au-dessus du pré avant d'aller se dissoudre dans les ombres. Le ciel était plombé. Il pleuvait. Dans l'air humide, l'arbre foudroyé brillait d'une étrange phosphorescence vitreuse et crue.

Une heure passa et Soyeuse s'approcha sous la pluie d'un pas souple.

Sa force avait grandi. Elle était fort proche de l'apparence mortelle qu'à l'aube sa transparence lui avait déniée. Il sentit l'étrange saignée, l'énergie qui s'écoulait de lui pour ruisseler en elle. Il avait désiré sa présence et la sensation de nourrir l'existence de son amie lui était presque agréable. Mais de nouveau, quelque part dans son être, ce plaisir provoqua un malaise, le révolta. Quand elle s'immobilisa près de lui pour poser sa main sur son bras, il fut pris d'un froid glacial qu'il n'avait jamais éprouvé jusqu'alors. Et pourtant, il ne sentait nullement la pression de ses doigts.

La foudre n'avait laissé sur elle aucune trace. Comme il en viendrait un jour à l'apprendre, il était rare qu'un revenant se trahît par ses blessures ou par les spasmes de son agonie. Son retour à la vie n'étant qu'une mascarade, le spectre souffrait d'une amnésie quant aux circonstances de sa mort, une amnésie qui se chargeait de faire disparaître toute preuve.

Ils s'assirent côte à côte sur un rocher plat. Maintenant, il lui prenait la main qui, cette fois, lui paraissait rien moins que réelle.

Elle avait été jeune et innocente. Peut-être fut-ce sa naïveté qui lui dicta ce qu'elle fit ensuite. Certains tendaient des embuscades aux vivants, les trompaient, par pure jalousie, par vengeance, par haine pour quiconque bénéficiait sans effort d'une existence charnelle, mais d'autres tuaient sans le faire exprès, sans être sciemment responsables des morts qu'ils causaient en se réchauffant aux vies comme aux flammes d'un feu. Soyeuse avait été douce et d'une extrême droiture morale. Ce qui restait d'elle ne pouvait s'être si cruellement transformé en démon.

C'était une enfant de treize ans, aimante, généreuse, désespérée. Ce fut sa naïveté seule, son ardent désir de ne pas le perdre, qui lui fit souhaiter la mort de Parl.

Elle lui dit qu'ils devaient entrer dans l'école. La porte arrière donnait sur le pré; l'un comme l'autre savaient comment l'ouvrir. Il continuait de pleuvoir; elle lui dit qu'il leur fallait s'abriter. Avec une certaine gêne, il lui demanda si la pluie pouvait encore l'incommoder. Elle eut un sourire radieux.

– Non, regarde. Mes cheveux sont parfaitement secs, et ma robe aussi. Mais toi, tu es trempé.

Il se laissa entraîner jusqu'à la porte et l'ouvrit, non qu'il se souciât d'être mouillé mais simplement parce qu'elle semblait vouloir qu'ils fussent tous deux à l'intérieur.

Ils déambulèrent entre les bancs et les coffres, entre les piles de livres et celles, plus hautes encore, des ardoises. Une souris détala sur le carrelage. Ils l'avaient dérangée alors qu'elle rongeait la base d'une grosse bougie dont le maître d'école se servait pour mesurer le temps. Il faisait très sombre mais, par un phénomène étrange, Parl y voyait clair. Même lorsque son amie s'engagea d'un pas vif sur l'étroit escalier qui menait au grenier, il fut capable de l'y suivre sans difficulté.

Le plancher de la mansarde – le plafond de la salle de classe – était presque entièrement pourri à cause des défauts de la toiture par où, comme à présent, la pluie pénétrait, et plus particulièrement à l'aplomb des trous, là où, l'hiver, la glace filtrait au travers des lattes pour s'égoutter lentement sur la tête des élèves, quinze pieds plus bas. Depuis longtemps, les poutres étaient tordues, voire fendues. Les murs se bombaient de ventres impressionnants. L'accès de ce grenier était formellement interdit aux enfants.

Soyeuse s'élança d'un pas léger sur ce plancher peu sûr, couvert de toiles d'araignée et de vieux parchemins poussiéreux. Là où son pied se posait, il ne laissait pas d'empreinte.

Au premier pas qu'il fit pour la suivre, une planche grinça. Au deuxième, il entendit le bois se fendre. À cet instant, il prit conscience de la manière qu'elle avait de l'attirer, de l'endroit où elle le faisait avancer, mais il n'y attacha pas d'importance. Il y avait une sauvage douceur sur le visage de Soyeuse, de la douleur pour la douleur qu'elle allait lui causer, de la joie, de l'aveuglement, de l'inconscience. Une sauvage douceur qui l'appelait irrésistiblement à la rejoindre. Quant à elle, si quelque chose s'offrait à ses yeux, c'était la perspective de leur vie commune – de leur non-vie commune –, enfants et amants à jamais réunis dans des noces de ténèbres.

Puis le pied de Parl passa au travers du plancher pourri comme, des années plus tard, presque tout son corps au travers des entretoises pourries d'un pont.

Le mouvement qu'il fit pour échapper à la chute fut complexe et désespéré mais réussit toutefois à l'arracher au plancher et à la mortelle invite. Il retomba sur le palier du grenier sous une pluie d'éclisses. Dans son crâne résonnait un énorme vacarme au sein duquel il perçut la voix bruissante de son amie qui lui susurrait de revenir vers elle.

Lorsqu'il eut la force de la regarder, elle souriait toujours, lui tendait les bras, l'encourageait en silence. Un instant désagréable à passer puis tout irait bien. Un bref instant. Un simple instant.

Il tituba jusqu'au bas des marches et retrouva la salle de classe. Il n'avait pas la moindre idée de ce qu'il allait y faire mais, comme si c'était l'aboutissement d'un projet précis, son regard ébahi se posa tout de suite sur la grande chandelle près de laquelle attendaient l'amadou et le briquet.

Il ne savait pas – comment l'aurait-il su? – que l'acte ultime devait s'accomplir sous leurs yeux.

Mais son instinct le savait, ce septième sens qui allait faire de lui ce qu'il deviendrait plus tard, ce septième sens qui, tout au long de cette horrible journée, s'était constitué dans son esprit et dans son âme.

Lorsqu'elle apparut au bas de l'escalier, il avait déjà allumé la bougie. Elle jeta sur la flamme un regard interrogateur, puis prit une ardoise et un morceau de craie. Il ne fut pas surpris qu'elle pût les tenir dans ses mains immatérielles, mais le choc survint lorsqu'elle lui montra ce qu'elle avait écrit. Non qu'il ait pu le lire. Il lui manquait pour ce faire une surface réfléchissante. Car, à la manière de ses semblables, Soyeuse avait sans hésiter fait courir sa main de droite à gauche pour une écriture en miroir. S'il avait eu besoin d'une preuve supplémentaire, elle venait de la lui fournir.

Et, lorsqu'il tira de sa ceinture le petit paquet de tissu contenant les cheveux, les yeux et la bouche de Soyeuse s'élargirent pour prendre d'effarantes formes démentes. Il eut alors sa première vision de l'enfer lorsque le premier des gigantesques papillons de nuit blancs lança contre lui ses assauts tourbillonnants, lui jetant les filaments de ses ailes en travers du visage, le lacérant de ses ongles effilés, de ses yeux inhumains...

Le paquet de cheveux en flammes tomba sur le carrelage.

Et, en cet instant précis où il procédait à l'anéantissement définitif de Soyeuse, il apprit, apprit à jamais qu'il était possible, oui, possible, essentiel même, et d'une horreur insurmontable, de tuer les morts.

Ce fut la dernière leçon qu'il reçut dans cette école, le dernier soir qu'il passa dans cette ville et sur ce coin de terre.

Quand la pluie qui gouttait du plafond noya les dernières cendres incandescentes, il s'enfuit dans les sous-bois de la nuit. Depuis l'aube, il avait fui devant les choses, devant elles et vers elles. A présent, il continuait de fuir vers son avenir et vers sa vocation quoiqu'il n'en sût rien et que, pour l'heure, il eût simplement fondu en larmes s'il l'avait su.

Le feu mourait. Une branche cramoisie avait éclaté; la sève en saignait dans un sifflement prolongé. Les murs du donjon dérobaient les lumières du bourg à l'homme qu'était devenu Parl Dro. Seuls rompaient le silence le bruissement de la rivière à son étiage et, de temps à autre, le gluant chœur des crapauds.

Une fois de plus il se reposait cette question qui n'avait jamais cessé de le hanter : *N'ai-je écourté sa mort-vie que parce qu'elle menaçait de me ravir ma vie humaine?*

Et, comme toujours, la réponse vint, rassurante quoique toujours insuffisamment : il ne l'avait pas anéantie sous l'empire de la colère ni même sous celui de la simple terreur. Il avait alors compris – ou du moins une partie de lui-même – que cette chose qui, pour un motif ou un autre, voulait sa mort ne pouvait être qu'un reflet – un impur reflet – de la fille dont il avait été le compagnon, de celle qui avait eu le droit d'agir par amour, de celle dont il avait placé la vie humaine à l'égal de la sienne. Et, en quelque lieu qu'il l'ait précipitée, elle avait cessé d'y être une parodie d'elle-même.

La lune s'était levée. Un renard glapit dans les lointains. Dro perçut le raclement assourdi de bottes sur les briques de la chaussée qu'il avait empruntée quelques heures auparavant.

On assistait à l'arrivée de l'impérieux présent.

Dro resta immobile, adossé au mur. Le sol moelleux de la prairie absorbait les pas qui, maintenant, la traversaient. Puis il entendit des bruits confus. S'il n'avait su ce dont il s'agissait, il aurait pu croire au combat dans l'herbe de quelque animal nocturne avec un rival ou avec sa proie. Les pas trébuchèrent ensuite sur le terrain inégal qui subsistait à l'emplacement de l'ancienne enceinte extérieure. Les bruits confus se révélaient à présent causés par la maladresse et l'hésitation. Soudain, une voix l'appela :

– Dro! Parl Dro! Vous êtes là?

Plaçant sa voix de sorte qu'elle portât aussi bien sinon mieux que celle du nouvel arrivant, Dro dit :

– Oui, Myal Lemyal. Je suis là.

Les pas se transformèrent en galopade instable. Au détour du mur, le musicien surgit soudain. Il était blanc comme un linge et ses yeux paraissaient aussi noirs que ceux de Dro. Ses cheveux collés par la sueur se plaquaient en mèches sur son front. Ses larges manches claquaient stupidement. Découvrant Dro juste devant lui, il s'arrêta net.

– Vous êtes donc là!

– Sans doute. A moins que je ne sois le fruit de votre imagination.

Myal rejeta la tête en arrière avec une expression égarée. Il se débarrassa de son instrument et le déposa soigneusement à terre. Puis, avec un hurlement sinistre et guttural, il enjamba les vestiges du feu pour se précipiter sur Dro. Dans sa main droite, il tenait un gros caillou pointu et sa gauche était largement ouverte, prête à se refermer sur la gorge du tueur de fantômes.

Dro se releva d'un bond souple et dépourvu de toute hésitation comme si ses deux jambes, pas plus infirmes l'une que l'autre, étaient montées sur des ressorts. Lorsque Myal crut s'abattre sur sa cible, elle n'était plus là. Il ne fit que se cogner contre le mur, ce qui lui arracha un grognement frustré. Dans une chancelante volte-face, il tendit alors sa main libre pour saisir la manche de Dro qui ne s'y opposa pas. Puis Myal leva très haut la main qui tenait la pierre, dans l'évidente intention de l'écraser sur le visage de l'homme en noir, visage qui restait attentif et, cependant, étrangement non concerné. La pierre plongea vers son objectif mais échappa aux doigts qui la tenaient et, inutile, s'enfonça dans l'ombre au delà des braises. Les deux protagonistes l'entendirent heurter le mur opposé. Emporté par l'élan de son assaut avorté, Myal perdit l'équilibre et bascula sur Dro qui le rattrapa.

– Je vous tuerai, grommela le musicien, la tête sur l'épaule du tueur de fantômes. Salaud d'assassin, je finirai par vous tuer. Vous ne me croyez peut-être pas mais je le ferai.

– Bien sûr que vous le ferez.

Dro l'étendit avec douceur sur le sol. Myal se laissa faire. Il était secoué d'incoercibles vagues de fureur et de fièvre qui faillirent le faire rouler dans le feu. Dro l'en écarta. Au travers des vêtements du jeune ménestrel, il sentit un intense dégagement de chaleur. Myal était brûlant comme un four.

– Je vous arracherai les entrailles et je vous les nouerai autour du cou, lui dit la fournaise. Comme une cravate.

– Comment avez-vous fait pour me trouver?

– Je ne sais pas, mais j'y suis arrivé. Je veux vous tuer. J'ai fait tout ce chemin pour ça. Pourquoi n'approchez-vous pas pour me faciliter la tâche? Le diable vous emporte! Tout ce chemin pour rien! (Il se mit à pleurer.) Je ne réussis rien de ce que j'entreprends; je n'y suis jamais arrivé. (Il s'enfouit le visage au creux des bras et sanglota comme si son cœur allait éclater.) Ne me bats pas. Non, je t'en supplie, pas la courroie, disait-il à présent.

Dro alla ramasser d'autres branches qu'il disposa sur les braises. Le feu repartit. Myal était toujours couché sur le flanc, les yeux fixés sur les flammes entre les larmes qui lui ruisselaient en travers du visage et se perdaient dans ses cheveux.

– La prochaine fois, cria-t-il, la prochaine fois j'y arriverai, papa. Ne me bats pas. Je te promets d'y arriver.

– Personne n'a l'intention de vous battre, dit Dro.

– Si, répondit le musicien. Toi. Je te connais, papa. Dès que tu auras vidé cette outre de bière, tu iras chercher la courroie.

Dro s'assit et le regarda. La crise de tremblements se calmait peu à peu. Myal ne détachait pas son regard du feu.

– Ce n'est pas très compliqué de vous suivre, dit-il au bout d'un moment. Vous laissez derrière vous une sorte d'ombre. Je ne puis la voir avec mes yeux mais je sais qu'elle est là. Je vous retrouve un peu comme je respire.

– En d'autres termes, vous êtes doté de pouvoirs supérieurs à la normale.

– Prêtez-moi votre couteau, dit Myal avec lenteur. Je pourrai vous tuer avec. Ça ne prendra qu'une minute. Après, je le nettoierai. (Puis il ferma les yeux et soupira.) Il faut qu'on vous extermine. Je n'ai jamais eu de grand frère, personne pour me servir d'exemple. Personne que je puisse tuer.

– Essayez de dormir, dit Dro.

– J'aimerais être mort.

– J'aimerais également que vous le soyez.

Myal éclata de rire.

– Vous ai-je jamais parlé de la fille du duc Gris...?

Puis il s'endormit, détendu, rassuré, séparé par le feu de l'homme qu'il était venu tuer.

5

La fille du duc Gris avait fait les yeux doux à Myal. Bien qu'il en eût été flatté, elle lui avait fait peur. Maintenant, elle se coulait de nouveau vers lui, une couronne d'asphodèles jaune vif posée sur ses cheveux d'or pâle. L'eau ruisselait de sa robe, et elle était pieds nus.

– Levez-vous, lui dit-elle. Vous n'avez qu'une vingtaine de pas à faire.

Il y avait quelque chose d'anormal dans sa voix. Elle était sombre et claire, et nettement masculine.

– Je ne veux pas me lever, dit Myal. Je ne veux pas faire un pas.

– Si, fit la voix. C'est ce que vous allez faire.

La fille du duc avait disparu. Le Roi d'Epée enveloppait Myal dans une couverture. L'instrument de musique était revenu s'accrocher à son épaule et la couverture l'enveloppait aussi. La Mort Souveraine était un bel homme, de dix ou douze ans plus âgé que Myal, ou peut-être plus, et l'une de ses joues portait une double griffure. Les femmes griffaient. Dans le dos lorsqu'on était au lit avec elles, au visage lorsqu'elles étaient en colère.

– Je vois qu'elle vous a eu, dit Myal sur le ton de la conversation courante. Qu'elle vous a marqué. Je suis bien content qu'elle l'ait fait.

Il n'avait pas une idée très nette de ce qu'il entendait par là. A présent, il était debout mais n'en avait pas pour autant des jambes. Il tenait en équilibre sur deux colonnes de papier qui, peu à peu, se gondolaient. Le Roi d'Epée le soutint. Il commencèrent de marcher.

– Vous ne vous débarrasserez pas de moi si facilement, dit Myal.

– Je crains que si.

L'espace s'ouvrit devant eux. Un froid terrible – ou une atroce chaleur – assaillit le musicien, le transperça jusqu'aux os. Il s'effondra, mourant, s'en fichant pas mal de mourir.

Au bout d'un moment, il n'était toujours pas mort. Il gisait en travers d'un petit cheval, les yeux fixés sur le sol – de hautes herbes, des pierres plus ou moins grosses, des fleurs des champs – qui défilait en sautillant entre les sabots de l'animal. S'il faisait l'effort de ramener le menton contre son épaule, il distinguait, renversée, une paire de longues jambes bottées de noir qui marchaient d'un pas inégal, poursuivies par le balancement d'une cape noire.

– Où allons-nous? demanda-t-il, profitant de ce moment de lucidité.

Il ne doutait pas que c'en fût un puisque, comme à l'accoutumée en de pareils moments, il se sentait plus mal que jamais. Hier – ou était-ce déjà plus loin dans le passé? – il s'était enfoncé vers l'est à la suite de Parl Dro. Il avait tout d'abord admis le postulat que le tueur de fantômes ne s'écarterait pas de la route mais, lorsqu'il avait atteint le point où celle-ci virait au sud en confiant à un mauvais sentier le soin de la prolonger dans sa direction primitive, Myal était resté perplexe. A coup sûr, pour un boiteux, ce chemin rocailleux semblait être un crève-corps mais, d'autre part, les légendes concernant Ghyste Mortua tendaient à situer l'endroit vers l'est, voire même au nord-est. Entre-temps, le corps du ménestrel avait vu l'éternuant et désagréable préambule d'un sérieux coup de froid se transformer en ardente et lumineuse ivresse. En dépit d'un violent mal de tête, il se sentait plus intelligent, plus assoiffé d'action. Les troubles et nauséeux fantasmes dans lesquels s'était ébauché son projet de tuer Dro avaient cédé la place à une détermination courageuse et inspirée. Sans en avoir vraiment pris la décision, il s'était retrouvé sur le sentier. Après le coucher du soleil, perdu dans les bois, il avait agoni les arbres d'insultes. Mais Dro semblait avoir laissé sur leur tronc l'empreinte de son âme noire et contrefaite et celle-ci, à mesure qu'empirait la fièvre de Myal, s'était faite visible.

Lorsqu'il avait aperçu le rouge esprit du feu qui, telle une banderole, montait du château en ruine dominant le marais, il avait ramassé un gros caillou pointu sur le bord du chemin. Mais à partir de là, quelque chose avait cloché. Il y avait toujours eu quelque chose pour clocher.

– Ciddey, dit-il au sol qui défilait sous lui.

– C'est donc ça, l'explication? fit le Roi d'Epée.

Myal regarda les bottes du sinistre monarque.

– Elle était trop jeune pour mourir, fit-il remarquer avec sensiblerie. (Des larmes s'échappèrent de ses yeux. Chacune en se formant l'aveuglait puis il retrouvait la vue lorsqu'elle se détachait de son orbite pour tomber dans l'herbe. L'une d'elles s'abattit sur le visage qu'une fleur tournait vers le ciel. Myal l'imagina en train de se dire : Rien ne va plus! Voilà que je suis aux prises avec une pluie salée!) Si seulement vous aviez pu les laisser tranquilles, reprit-il. Elle a rangé ses chaussures sur la rive, puis elle est entrée dans le torrent pour s'y laisser couler. J'ai essayé de la rejoindre à temps, mais elle était déjà morte quand je l'ai sortie de l'eau.

Une fois de plus, il s'en remit à la fièvre et, dans l'enveloppe de son corps souffrant, attendit que sa conscience lui fît la grâce de s'éteindre. Mais la Mort Souveraine le secouait. Ou semblait le faire. Le cheval s'était arrêté.

– Qu'est-ce que vous venez de dire?

– Ce que je viens de dire? Je n'en sais rien. Vous êtes sûr que j'ai dit quelque chose? Ce devait être une absurdité due au délire. Vous ne devriez pas prendre trop au sérieux...

– Ciddey Soban. Vous dites qu'elle est morte?

– Ah... (Myal bâilla. Des larmes toutes fraîches lui jaillirent des yeux.) Elle s'est noyée. Et c'est de votre faute, maudit salopard. (Mais dans la voix de Dro – tout inexpressive qu'elle fût – quelque chose amena le ménestrel à se rendre compte que le tueur de fantômes ne pouvait avoir eu jusqu'alors connaissance de ce qui était arrivé à Ciddey. Il comprit du même coup qu'il aurait été stupide de tuer un homme pour un crime que ce dernier était inconscient d'avoir commis.) Sa sœur disparue, expliqua-t-il, elle n'avait plus rien qui la raccrochât à la vie.

Dro demeurait immobile, le regard perdu dans le vide du matin. En se tordant le cou, Myal réussit à voir son visage, mais c'était une position qui réclamait un trop grand effort pour qu'il pût la maintenir longtemps. Dro finit par dire :

– Je suis content pour vous que votre musique ne soit pas d'une banalité aussi affligeante que vos commentaires psychologiques.

Le cheval redémarra.

Myal fredonna tout doucement au sol la chanson qu'il avait composée pour Ciddey Soban, et ce, jusqu'à ce qu'il s'évanouît.

L'hôtellerie n'était que l'un des sept établissements de ce type dont pouvait se prévaloir le bourg qui s'étirait le long de la rivière, mais c'était le seul qui fût tenu par des religieux. Elle était de ce fait dominée par le beffroi de bois coiffant la chapelle du monastère dont elle ne constituait qu'une annexe de briques décolorées et rongées par le temps, simple bâtiment de plain-pied, tout en longueur, donnant sur une cour cernée de murs pardessus lesquels des oliviers tendaient les griffes de leurs ramures tourmentées. Une ouverture pratiquée dans le mur longeant la rue et fermée par un portail à claire-voie permettait aux moines d'accéder à la cour sans passer par les bâtiments lorsqu'ils tiraient de l'eau du puits à des fins d'arrosage. Il flottait dans l'air une odeur de pressoir à huile... et de chevaux. En l'occurrence, c'était à ces religieux que Dro avait loué le cheval et la couverture. Descendu au bourg dès les premières lueurs de l'aube, le tueur de fantômes avait été forcé de constater qu'hormis eux, nul hôtelier n'acceptait d'héberger un malade et de le soigner. Et même les moines n'y avaient consenti qu'avec l'assurance d'être payés. Alors qu'il traversait l'agglomération encore endormie, Dro les avait vus courbés sur les légumes de leurs potagers, les bras dressés vers les fruits de leurs vergers, suant en ramenant leurs filets sur le bord d'un étang, courant de-ci, de-là chargés de paniers de lessive ou de pains prêts à être enfournés, ne sachant plus où donner de la tête entre leurs chevaux, leurs chiens et leur basse-cour; il s'était alors demandé s'ils trouvaient jamais le temps de prier.

A son retour dans les ruines de la forteresse avec la monture qu'il destinait à Myal, il s'était rendu compte que le ménestrel n'était en état de chevaucher seul ni au travers de la prairie, ni sur la chaussée, ni sur l'artère centrale de la bourgade.

Il s'agissait d'une fièvre intermittente dont Dro, pour avoir rencontré précédemment des cas similaires, n'était pas sans connaître l'analogie avec le cycle des marées. Il avait donc attendu les basses eaux pour transporter le musicien jusqu'aux vestiges de l'enceinte extérieure derrière lesquels il avait laissé le cheval. Il était alors presque midi.

Dro avait encore de son plan une vision très nette. Se décharger du musicien en le confiant aux religieux avec assez d'argent pour le temps de sa guérison et de sa convalescence. Après avoir ainsi coupé à toute culpabilité, qu'elle fût réelle ou illusoire, il aurait pu reprendre son voyage interrompu. Tel avait été son projet primitif. Mais ce qu'il avait appris de Myal changeait tout. En admettant que ce fût la vérité. Un homme en plein délire pouvait nourrir des rêves sans nombre et les croire réels dans leurs moindres détails. Cette dernière réserve ne le convainquait toutefois nullement. Le sens avec lequel Dro jugeait de la vraisemblance des fantasmes ne doutait déjà plus de la mort de Ciddey Soban. De sa mort, et du hiatus de sinistre augure qui en avait été la conséquence et qui n'avait en rien échappé à ses facultés prémonitoires.

Les saints frères avaient prévu d'apporter une civière au portail de l'enceinte hospitalière. Trois d'entre eux prirent Myal par les jambes et sous les aisselles pour l'étendre sur la civière et le transporter jusqu'au bâtiment bas.

Dro resta dans la cour près de la porte et vit une vaste salle compartimentée par des écrans de bois et par les rais de soleil tombant des fenêtres. Des bois de lit étaient entassés dans un coin. On ne s'était pas donné la peine d'en monter plus d'un et de le garnir de draps.

La couleur de l'ordre était un beige très pâle, l'exacte nuance des murs décolorés par les ans et le badigeon. Tout se mêlait – hommes, briques et tissus – en une luminescence surnaturelle. Myal eût-il repris connaissance en cet instant qu'il aurait pu se croire dans quelque étrange au-delà peuplé d'anges disgracieux.

L'un des anges glissa ses pas jusqu'à l'homme en noir.

– Louable acte de charité, mon fils... dit le moine, bien qu'il fût sans conteste le cadet de Dro... que de nous amener un voyageur malade et de payer pour son entretien. Soyez assuré que votre piété ne passera pas inaperçue.

– Vraiment? Je croyais pourtant m'être montré d'une extrême discrétion.

Le frère eut un sourire grave.

– Je crois vous avoir entendu dire que vous comptiez repartir dans la journée. Nous serions, ce me semble, en mesure de parvenir à quelque arrangement concernant la cession d'une monture. En règle générale, bien sûr, nous n'en faisons point commerce, mais j'ai la certitude que nous pourrions convenir d'un prix. En considération de vos... euh... de vos difficultés.

– De quelles difficultés s'agit-il?

Le moine le regarda fixement.

– Votre affliction.

– Tiens, tiens, fit Dro. M'aurait-on affligé?
– Votre jambe. Je veux dire cette claudication.
– Tiens, tiens, refit Dro. Vous voulez dire cette claudication.

Le regard du religieux redoubla de fixité lorsqu'il prit conscience qu'on faisait exprès de ne pas comprendre où il voulait en venir. Il fit alors disparaître ses mains dans ses manches de crainte que leurs profanes callosités ne fussent par trop révélatrices.

– A mon sens, il serait plus convenable que vous soyez à cheval qu'à pied.

– Certainement pas entre les murs de ce saint hospice.

Dro s'éloigna et entendit le moine qui rythmait sa claudication par des claquements de langue. Il se retourna et le frère ne put s'empêcher de reculer d'un pas tandis que ses mains lui échappaient des manches.

Dro sortit de l'enceinte et remonta le ruisseau jusqu'au chapelet de pierres qui lui permit de gagner l'autre côté de la rue. Il dépassait la devanture d'un bourrelier lorsque, derechef, il sentit le religieux presque suspendu à son coude.

– Mon fils, nous devons nous séparer bons amis.

– Je ne pense pas que ce soit une obligation, si?

– Selon les Saintes Ecritures, c'en est une. Ceux qui étrangers se croisent amis se quittent.

– Dommage que ce précepte n'ait jamais eu grand succès.

D'un mouvement plein de grâce, une femme se pencha par-dessus le four d'un potier pour poser sur Dro un regard vibrant d'amour. Elle effleura chez le tueur de fantômes l'accord d'un souvenir indésirable dont le frère maquignon, toutefois, ne tarda pas à le distraire en lui tiraillant la manche.

– Quand vous songerez à reprendre la route, pensez au cheval. Nous pouvons conclure l'affaire en privé, si tel est votre désir. En ce cas, je pourrai vous faire une réduction. N'oubliez pas.

– Mes excuses, dit Dro. Je semble avoir oublié.

Sur ce, il s'engouffra dans la première auberge qui se présentait.

Le religieux resta quelque temps bouche bée devant la porte de l'établissement. Lorsqu'il se retourna pour partir, la femme aux cheveux roux n'était plus en vue.

Vingt minutes plus tard, à son tour, elle pénétra dans l'auberge, sensuelle dans la robe qu'elle s'était choisie pour l'occasion et son cou blanc mis en valeur par les feuilles de cuivre de ses pendants d'oreilles. La salle était rien moins que vide à l'exception d'un chat ou deux et de Parl Dro qui, installé dans un coin, dégustait le vin local.

Elle prit un gobelet sur le comptoir, gagna la table de Dro et s'assit en face de lui. Le tueur de fantômes lui rendit son regard mais resta silencieux.

– N'allez-vous pas m'offrir à boire? s'enquit-elle.

– Je ne vais pas vous offrir à boire mais vous pouvez vous servir.

Il déplaça la fiasque pour la mettre à la portée de la femme.

Elle remplit sa timbale et la vida d'un trait. Le soleil avait délicatement rosi la nacre de son teint. Ses yeux aux fauves nuances d'été finissant jetaient les mêmes feux que sa chevelure et que le métal ciselé suspendu à ses lobes.

– Mon homme est au loin, dit-elle d'une voix feutrée.

Dro continuait de la regarder.

– Je veux dire que la maison est vide, reprit-elle. Que le lit est vide.

– Non, dit-il. Je vous remercie.

– Je ne vous plais pas?

– Je vous trouve très séduisante.

– Mais vous, je ne vous séduis pas.

– J'ai admis votre charme.

– Mais vous n'admettez pas d'y céder. A moins que je ne vous rappelle quelqu'un d'autre? (Elle lui sourit.) J'aimerais avoir une barque pour voguer sur les noirs étangs de vos yeux. Vous êtes beau. Plus beau même que ce qu'en dit votre légende. Et tellement plus jeune. Vous voyez, je sais qui vous êtes. Somme toute, peut-être y a-t-il un fond de vérité dans cet autre conte. (Elle attendit qu'il lui demandât quel conte. Evidemment, il n'en fit rien, aussi enchaîna-t-elle :) Celui qui prétend qu'un tueur de fantômes jamais ne couche avec personne. Que cette énergie sexuelle épargnée lui constitue comme un réservoir de puissance. A l'instar de la vierge à qui seule le proverbe attribue la faculté de prendre au piège une licorne. Non que je vous croie vierge... ou qu'en l'occurrence je croie aux licornes.

Un voile de soie mouchetée recouvrit la rue. Des cordelettes d'argent se tendirent dans le cadre de la porte ouverte. Un bref instant, la femme se tourna vers le spectacle de la pluie.

– Je pense savoir où vous vous rendez, reprit-elle. Si cet endroit existe. Lorsque vous y serez, il se peut que vous regrettiez de n'avoir pas montré plus de gentillesse à mon égard.

– Pourquoi?

– Tiens, mes paroles ont brusquement quelque intérêt pour vous, n'est-ce pas? « Pourquoi? » Parce que je simplifiais les choses en vous disant que mon homme était au loin. Il m'a quittée, voilà deux ans, pour tâter de votre métier. Il n'était pas si malin que vous et n'a pas acquis votre célébrité. Je ne pense pas non plus qu'il ait bénéficié d'une aussi longue existence. Il m'a quittée pour se mettre en quête de cette antique cité, celle qu'on a coutume d'appeler Ghyste Mortua. Il n'est jamais revenu, et je ne me suis d'ailleurs jamais fait d'illusions sur son retour. Peut-être a-t-il rencontré en chemin quelque femme qu'il m'a préférée, avec laquelle il a choisi de rester. Ou peut-être a-t-il trouvé la ville, sur son flanc de colline, ou dans le lac où la précipita le glissement de terrain. La cité fantôme. Et elle l'a tué. Je n'ai jamais vraiment compris ce qu'il m'expliquait. Il disait que Ghyste était de ce monde tout en n'y appartenant pas. Qu'on ne pouvait la voir qu'à certaines époques de l'année, lorsque des étoiles bien particulières se trouvaient en tel ou tel point du ciel. Mais il était de ceux qui ne savent résister aux jouissances de la chair, mon homme. Peut-être est-ce la raison pour laquelle sa carrière n'a pas eu l'éclat de la vôtre, Parl Dro. (Elle se leva et, cette fois, resta tournée vers l'averse.) Ce matin, aux prémices de l'aube, une jeune fille a remonté la rue. Il n'y avait encore personne dehors. Elle est passée juste sous ma fenêtre. Je ne l'ai pas reconnue, mais il faisait encore sombre. Puis j'ai vu briller quelque chose. Ses pas laissaient des traces humides sur la chaussée. Elle s'est dirigée vers l'hôtellerie tenue par les religieux. Alors qu'elle arrivait devant le mur d'enceinte, il a vraiment commencé de faire jour, et j'ai pu voir les briques au travers de son dos.

Puis la femme s'absorba dans la contemplation de la pluie.

Et Dro parla :

– Peut-être devriez-vous songer à changer de négoce.

– Peut-être est-ce déjà fait. Un peu plus tard, j'ai tiré les dominos à rébus. J'ai retourné le Roi d'Epée : c'est vous. Et, dans le Zodiaque, le signe d'eau des Deux Poissons couplé au signe d'air de la Harpe – représentation probable de votre ami, puisqu'ils symbolisent la faiblesse et le génie. Elle y était aussi. La Vierge enfourchant la licorne et lui passant une chaîne autour du cou. Tenez-vous sur vos gardes, beau héros.

– Bien, fit-il. Merci pour l'avertissement.

– Si vous avez besoin de moi pour quoi que ce soit, je demeure derrière l'échoppe du potier. Et je m'appelle Cinabre.

– Je m'en souviendrai.

– On verra.

Tout au long de l'après-midi, alors que la pluie lissait dans ses ombres le décor de l'hospice, la fièvre de Myal l'avait emporté sur des ailes de feu. Il s'était montré particulièrement loquace dans son délire et, un par un, les religieux s'étaient glissés dans le bâtiment pour l'écouter. Ils eurent alors le privilège d'ouïr bon nombre d'anecdotes peu communes cependant que, sous prétexte d'alimenter le brasero, d'en faire tomber les cendres, d'apporter de nouvelles couvertures, ou d'autres aromates, ou bien encore d'humecter avec un linge les lèvres brûlantes du conteur, ils se massaient autour du lit.

Ils découvrirent les goûts spéciaux du comte Froid, imaginèrent le clair de lune baignant les corps nus de jouvencelles à califourchon sur de noirs étalons. Ils entendirent parler de la fille du duc Gris et d'un certain épisode dans un bois. Ils purent se faire une idée de l'existence orgiaque et tapageuse d'un ménestrel admis à la cour d'un grand, mais aussi des tristes saisons dont le seul or était celui des feuilles jaunies que charriaient les torrents, le seul argent celui qu'on extirpait à grand risque des poches d'autrui. Ils firent connaissance avec l'ivrogne que Myal avait eu pour père, se le représentèrent les yeux injectés de sang, la courroie de cuir au poing, puis sous les traits des divers tortionnaires qui, plus tard, avaient revêtu son apparence aux yeux du musicien : ducs, aubergistes, intendants, geôliers. Telles des fourmis sur un pot de miel, les moines s'agglutinaient autour de Myal. Ils restaient bouche bée, retenaient leur souffle, poussaient de petits cris, alors qu'ils étaient battus avec Myal, subornés avec Myal, chassés avec Myal, alors qu'ils tremblaient et volaient et jouaient de la musique et faisaient l'amour et croupissaient dans des culs-de-basse-fosse avec Myal.

A mesure que ce jour sombre vit son ombre s'épaissir sur le chemin de son déclin, ils s'affaissèrent mollement autour du lit de douleur, presque morts de cette vie d'emprunt.

Puis une éclaircie déchira le ciel plombé du couchant et le soleil déjà bas sur l'horizon décocha par une fenêtre un trait de lumière ambrée. Sur ce théâtral changement d'éclairage, les hautes eaux de la fièvre intermittente de Myal se brisèrent contre quelque fougueuse falaise. Avec un brusque soupir, il retomba inerte et muet sur le matelas, les muscles détendus, sa respiration paisible et régulière semblant égrener les couplets d'une douce ballade sans paroles.

Péniblement, les frères se secouèrent. Dans un marmonnement déçu, ils chantèrent les louanges d'une autorité supérieure pour en obtenir la guérison du voyageur qui leur avait été confié. Puis tous, à l'exception d'un seul commis à la garde du malade, quittèrent les lieux.

Le moine de service s'assoupit et rêva d'un dîner qui, progressivement, devint un dîner au palais du comte Froid. Une polissonne, montée sur un cheval noir, caracola dans la salle pour jeter aux convives des fleurs et des fruits. Lorsqu'elle parvint à la hauteur du religieux, elle lui lança dans le giron un geôlier rageur qui brandissait son ceinturon.

Le frère s'éveilla en sursaut.

La nuit tombait. Le soleil était couché, les fenêtres de l'hospice d'un bleu profond. Il était sur le point de se lever pour allumer les chandelles lorsqu'il sentit persister sur ses genoux l'anormale présence d'une vie distincte de lui-même. Certes pas un brutal tortionnaire car la créature était trop légère, songea-t-il avec un gloussement moqueur à l'adresse de son imagination, mais, selon toute vraisemblance, un des chats du monastère. Sa main se tendit pour caresser l'animal... et rencontra les soubresauts d'un corps froid couvert d'écailles.

Le moine poussa un cri et se leva d'un bond, renversant du même coup sa chaise. Tandis qu'il se livrait à ces réactions désordonnées, le rai de lumière qui traversait la pièce depuis la porte entrouverte séparant l'hospice du réfectoire accrocha quelque tourbillonnante forme diaphane aux abords du lit. On aurait dit de la fumée, ou plutôt de l'eau, et, en son centre, quelque chose y était en suspension, tournoyant avec lenteur.

Le saint homme se sentit aspiré dans une horrible sensation proche de l'évanouissement et son corps se fit de glace.

Il réussit toutefois à gagner la porte puis à la franchir. Pas une seule de ses pensées n'alla vers le patient qu'il était censé garder. Ce fut dans un état de profonde stupeur qu'il atteignit le réfectoire éclairé.

Comme chaque soir, l'auberge était comble. Le tueur de fantômes n'avait pas bougé du coin où il s'était installé en entrant. Une heure avant le coucher du soleil, il s'était octroyé un repas frugal mais sa fiasque de vin, encore remplie aux deux tiers, était à présent rebouchée. Il buvait de l'eau lorsque les deux moines firent irruption dans l'établissement.

Tous les regards se tournèrent vers eux. Quoiqu'ils eussent la solide réputation d'être portés sur la chopine, les religieux n'avaient pas coutume de boire dans ces repaires du vice qu'étaient les établissements publics.

Mais plus extraordinaire encore que leur présence fut la manière dont ils se ruèrent immédiatement vers l'étranger au manteau noir installé au fond de la salle.

– Répondez-moi! s'écria le plus gros des deux moines. (L'un comme l'autre étaient d'une corpulence rien moins que respectable.) Etes-vous bien l'homme que selon nous vous êtes?

– Veuillez reprendre depuis le début, fit nonchalamment Dro. Qui suis-je selon vous?

– L'un de ces impies sans foi ni loi qui... gronda le plus mince des prélats.

– Tais-toi, imbécile, s'empressa de l'interrompre l'autre avant d'ajouter en se tournant vers Dro : Nous vous considérons comme l'un de ceux qui ont compétence pour exorciser les esprits qui se refusent à mourir.

Dro les contempla d'un œil morne.

– Et alors?

Le plus gras des moines fit appel à toutes ses réserves de dignité.

– Alors, mon fils, nous venons requérir vos services.

Toute la salle avait les yeux rivés sur eux, les oreilles tendues. Même le bataillon de chats perchés sur les futailles de bière ne perdait pas un mot du plaisant interlude.

– A vrai dire, mon fils, dit le moins corpulent des deux religieux, triomphant de son dégoût pour l'infidèle, nous sommes probablement dans l'erreur mais...

– Mais un étrange phénomène s'est produit dans l'hôtellerie où nous prenons soin de votre ami. Et nous estimons que, puisque vous nous l'avez amené, la responsabilité de ce qui s'est passé vous incombe en partie, mon fils.

– Je puis admettre, rétorqua Dro, que, certain soir, l'un d'entre vous ait fait le mur. Toutefois, vous reconnaître tous deux comme les auteurs de mes jours me paraît être une absurdité biologique. Qui plus est, je crois que cette femme s'est fichue de vous. Il vous suffit de faire un petit calcul. Pour être votre fils, j'ai bien l'impression qu'il me faudrait avoir été concu alors que vous étiez encore dans le ventre de votre mère.

Un éclat de rire général secoua la salle. Les moines pâlirent. Le plus maigre fut le premier à se reprendre.

– C'est un vaurien, un démon. Nous n'avons rien à faire avec un pareil mécréant. Cet imbécile de frère à l'hospice roupillait à moitié. Nous n'allons tout de même pas nous laisser insulter, nous et notre ordre, parce qu'un crétin a rêvé qu'on lui jetait un poisson vivant sur les genoux.

Il pivota sur lui-même et foudroya du regard l'assistance qui, pourtant, faisait des efforts surhumains pour réprimer son hilarité. Il sursauta lorsque Dro se leva et gagna la porte.

Les deux religieux se précipitèrent sur ses talons et le virent traverser la rue – et, partant, le ruisseau grâce aux pierres disposées à cet effet – puis longer l'enceinte de l'hospice et y pénétrer. Ils coururent pour le rattraper, suivis par une bonne partie de la clientèle de l'auberge qui, toutefois, s'arrêta devant le portail.

Cette portion de rue qui bordait le monastère et son annexe hôtelière se trouva vite encombrée par une centaine de badauds. Telles des abeilles couleur crème, les religieux allaient de-ci, de-là dans la foule, tentant de lui imposer le silence. Nulle information précise ne fut divulguée mais, peu à peu, la rumeur se répandit. Il y avait un fantôme dans l'hospice.

Les moines restèrent à distance respectable du portail de l'enceinte, tout comme la foule mais, à la différence de cette dernière, peut-être en connaissance de cause. Parl Dro avait également dû s'arrêter dans la cour, car la pieuse confrérie avait hâtivement barricadé la porte de l'hôtellerie au moyen de rondins, de claies et de paniers... comme si un spectre était censé craindre la traversée de ce genre de triviaux impedimenta. Dro eut tôt fait de s'en débarrasser et ouvrit la porte à grand fracas avant de la refermer aussi violemment lorsqu'il fut à l'intérieur de l'hospice.

Une obscurité totale y régnait, soulignée par les noires embrasures des fenêtres donnant sur une nuit sans étoiles. Il ramassa la chaise qu'avait fait tomber le moine de service et s'en servit pour caler la porte, barricade destinée cette fois aux vivants.

Il y régnait également un froid humide comparable à celui d'un cachot.

Tout d'abord, il n'y eut que le vacarme de la foule qui, dans la rue, ne cessait de s'enfler mais dont la rumeur semblait exagérément assourdie et lointaine.

Les pupilles de Dro se dilatèrent pour sonder les ténèbres. La vision nyctalope dont le dotait son septième sens lui permit bientôt d'y voir comme en plein jour et il n'éprouva pas le besoin de chercher les chandelles et le briquet. De temps à autre, d'ailleurs, la lueur des lampes que la foule brandissait par-dessus l'enceinte pénétrait dans la salle. Puis il commença de percevoir le bruissement mélodieux d'un cours d'eau, d'un torrent de montagne, de celui qui coulait au nord du massif et dans lequel s'étaient noyées Cilny, puis Ciddey.

Myal, que les moines avaient courageusement abandonné – pire, emprisonné – avec l'horreur spectrale, en était resté parfaitement inconscient. Il gisait sur le lit, tranquillement assoupi. Et cette tranquillité-là eut le don de remplir Dro de fureur.

Le tueur de fantômes fit un pas en avant et, en cet instant précis, l'apparition amorça son retour.

Elle se forma peu à peu dans l'ombre juste derrière le lit du ménestrel qui ne dissimulait que ses genoux. Bien qu'elle fût essentiellement transparente et comme brouillée par les remous d'un torrent, Dro put constater qu'elle ne gardait nulle trace des spasmes de la noyade alors qu'elle ne pouvait manquer, même si c'était sur un mode inconscient, de se souvenir des circonstances exactes de sa mort. Son visage, tout d'abord serein et vide d'expression, se modifia lorsqu'elle l'aperçut. Les yeux parurent sombrer au fond des orbites et s'élargir jusqu'à donner l'impression que ces dernières étaient vides. Elle sourit, et ce fut un horrible rictus, indescriptible, qui ne dévoilait que ses dents du bas. Elle leva les mains, et celles-ci tenaient un poisson d'eau douce. Elle le porta jusqu'à ses lèvres comme pour lui donner un baiser, et sa bouche se referma sur le corps frétillant de l'animal. Un filet de sang pâle ruissela sur le menton de la morte-vivante.

Ce poisson n'était qu'une illusion. Ciddey morte était plus sorcière encore qu'elle ne l'avait été de son vivant. Elle façonnait ces formes irréelles afin d'impressionner Dro. Quand elle comprit qu'elle ne lui faisait pas peur, le poisson, le filet de sang, même les tourbillons du cours d'eau fantôme se dissipèrent.

Encore un moment, elle resta là et continua de lui sourire méchamment. Puis son sourire s'effaça et elle commença de reculer, s'enfonçant toujours plus loin dans l'ombre, alors que Dro, par la force de sa volonté, exerçait sur elle une poussée à laquelle il lui était impossible de se soustraire.

Elle ouvrit la bouche sur un cri muet puis, de nouveau, ses mains se levèrent. Ses ongles étaient déjà très longs. Elle lutta contre lui, mais il était rompu à ce genre de combat alors qu'elle y était novice. Il l'accula contre le mur, parut l'y plaquer telle une empreinte phosphorescente dans le badigeon. Sa pâle chevelure se souleva, se déploya en éventail, pareille à quelque échappée de soleil décolorée par la brume – à quelque échappée de lune – sur les briques chaulées. Ainsi la maintint-il épinglée tandis que, sans la quitter un seul instant des yeux, il refermait une impitoyable poigne sur la gorge de Myal et lui comprimait la trachée-artère jusqu'à ce que, suffoquant et se débattant désespérément, le musicien reprît conscience.

Dro desserra la dangereuse étreinte et Myal se répandit en insultes et en accusations tout aussi éraillées qu'apparemment justifiées. Dro y coupa court en le saisissant par les cheveux pour lui tourner la tête vers le mur.

– Regardez!

Myal se figea, pétrifié, dans la poigne de Parl Dro.

– Que... qu'est-ce que c'est?

– Vous l'ignorez vraiment?

– Ciddey... c'est Cidd...

– Arrêtez de prononcer son nom. Elle n'a déjà que trop d'emprise sur vous. Comment vous sentez-vous?

– Je ne me sens pas très bien. (Il y avait dans la voix du ménestrel une grotesque nuance de reproche.) Je crois avoir été très malade.

– Votre mal ne fera qu'empirer si elle continue de se nourrir de vous.

– Se nourrir?...

– Oui. Elle se sert de votre énergie vitale pour compléter la sienne. Vous ne le sentez pas?

– Je... oui, en quelque sorte. Je me sens dans un état épouvantable.

Dro le laissa retomber sur le matelas. Pas une seule fois il n'avait détourné les yeux de l'apparition, plaquée sur le mur comme un papillon de nuit. Alors même qu'il parlait au ménestrel, les trois quarts de son esprit ainsi qu'une bonne dose de son énergie avaient été mobilisés pour maintenir le spectre à bonne distance de sa source vitale, Myal selon toute vraisemblance. Pour prévenir aussi sa fuite car, d'ores et déjà, la morte-vivante avait dû se rendre compte que c'était là sa seule ressource.

– Qu'avez-vous rapporté du torrent, Myal? demanda Dro.

– Hein?

– De ce torrent où elle s'est noyée. Vous avez dû prendre quelque chose sur son corps. Une boucle de cheveux, un ruban... quelque chose.

– Non. Rien.

– N'essayez pas de me le cacher. C'est son attache. Mais regardez-la. Elle va vous tuer, d'une façon ou d'une autre. A moins qu'elle ne vous persuade de mourir afin d'apaiser la jalousie qu'elle éprouve à l'égard de l'existence réelle dont vous jouissez. Ou peut-être se contentera-t-elle de vous soutirer votre vie, morceau par morceau, selon ses besoins.

– Il me semble... commença Myal. (Il toussa.) Je crois avoir emporté une de ses chaussures. Je ne sais pas pourquoi. J'avais même perdu le souvenir de l'avoir fait. C'étaient des chaussures de toile... toutes petites. J'ai senti l'une d'elles sous mon pied lorsque je me suis relevé pour quitter la rive. J'étais déjà malade. Je ne savais plus ce que je...

– Où est-elle?

– Dans l'instrument. Mais où peut-il bien être? Quelqu'un a dû le poser quelque part.

– Il est là, près du lit. Sortez-en la chaussure et passez-la-moi.

– Je ne peux pas. Je suis trop faible pour bouger.

– Vous allez bouger pourtant.

– D'accord... je vais... je vais essayer...

Myal se tourna péniblement sur le côté pour se pencher au bord du lit. Il tremblait si fort qu'il lui fut d'abord impossible de saisir la bandoulière mais il finit par y parvenir et tira jusque sur le matelas le grotesque agencement de bois, d'ivoire et de cordes. Au contact de l'objet familier, ses tremblements s'apaisèrent. Mais la chaussure, froissée en boule, avait été forcée au fond de la caisse de résonance. Elle était invisible et Myal ne se souvenait pas d'avoir fait le geste de la cacher. Sa main, toutefois, retrouva le souvenir de ce geste...

Toujours sans regarder le ménestrel, Dro lui arracha la chaussure.

– Quoiqu'il arrive à présent, restez où vous êtes, et taisez-vous.

– Qu'est-ce qui pourrait arriver?

Sans attendre une réponse qu'il n'obtint d'ailleurs pas, Myal jeta un bref coup d'œil vers la porte barricadée puis se plaqua le visage sur le lit pour ne plus rien voir.

Parl Dro était à mi-chemin entre le lit et la porte. Il laissa tomber la petite chaussure sur le sol. La semelle, victime du traitement que lui avait fait subir Myal pour l'introduire dans l'instrument, était fendue au ras du talon : pathétique et minuscule chaussure offrant le spectacle d'une infinie désolation.

Dro prit dans sa chemise amadou silex et briquet pour en tirer une flamme. A chaque raclement de métal sur la pierre et au chuintement de l'amadou lorsqu'il s'embrasa, Myal enfouissait un peu plus profondément la tête dans le traversin. Puis Dro se pencha, d'un mouvement que la jambe infirme dotait d'une certaine gaucherie, et mit le feu à la chaussure tout en bandant son énergie contre la frénétique agonie du fantôme. Frénésie qui n'eut pas lieu.

Alors que la flamme dansait autour de la chaussure et la détruisait, finissant par expirer sur les dalles, Dro ne quitta pas des yeux ce qui subsistait de Ciddey Soban, bel insecte collé au mur. Pas une seule fois il ne la vit bouger. De ses vastes yeux éteints, elle le regarda. Puis elle fondit comme neige au soleil et, sur le mur, il n'y eut plus rien.

L'humide et glaciale atmosphère de cachot disparut instantanément de la salle, comme évacuée par quelque surnaturel égout.

Parl Dro respira profondément. La coutumière fatigue lui grimpa sur le dos et l'accabla sous sa masse. La fatigue, et autre chose. Oui, quelque chose... quelque chose...

Dehors, les bruits de foule s'étaient enflés maintenant que, dans l'air ambiant, d'étranges barrières phoniques étaient tombées. Des pas résonnèrent dans la cour et la porte se mit à trembler sous des coups. Dans la rue, l'attroupement avait été assez massif et assez dense pour constituer une sorte de pseudo-septième sens composite et rudimentaire, suffisant toutefois pour donner aux gens l'intuition que l'exorcisme était achevé.

Dro retira la chaise qui bloquait la porte.

– Quoi qu'il se soit passé, gémit Myal, est-ce fini?

– Oui, j'espère.

Et Dro, la main sur la poignée de la porte, marqua un temps d'arrêt, surpris par ce qu'il venait de dire. Jamais auparavant le moindre doute ne l'avait assailli.

6

La beuverie se poursuivit jusqu'à une heure indue.

La quasi-totalité du bourg avait entendu qu'il se passait quelque chose, bon nombre en avaient été directement spectateurs. Des spectateurs qui, au demeurant, n'avaient rien vu, seulement senti, et à moitié compris. A présent que l'hospice était sûr, les religieux s'y relayaient pour exorciser les lieux et les asperger d'eau bénite. Du même coup, ils exorcisaient et aspergeaient Myal qui, pâle et tremblant, s'accrochait à la bandoulière de son instrument.

– Je suis désolé, dit-il à Parl Dro.

– Vous n'êtes pas que désolé, lui répondit le

tueur de fantômes. Vous êtes aussi complètement inconscient.

Puis il sortit dans la nuit et le bourg l'y cueillit pour l'escorter par des cris et des tintements de fiasques entrechoquées. Il était trop exténué pour résister. Non, ce ne fut pas vraiment l'épuisement, mais le désir de noyer quelque chose de bien pire que le harcèlement de la douleur : le harcèlement d'un doute. Il se laissa donc emporter jusqu'à l'auberge par les gens du bourg et s'y installa pour tenter de se soûler tandis qu'eux s'efforçaient de lui arracher de fascinantes anecdotes. Comme leur siège se brisait sur son mutisme, ils en vinrent à raconter leurs propres histoires de fantômes, fondées ou imaginaires. Ils lui parlèrent du château hanté dans la boucle de la rivière et, lorsqu'il leur dit qu'il y avait dormi la nuit précédente, ils échangèrent des regards entendus. Il se garda de chercher à les convaincre de ce que la forteresse était exempte de spectres. Quiconque n'était pas doté du septième sens ne pouvait déceler ou nier la présence d'un fantôme au simple vu des pierres d'un édifice.

Quelques heures plus tard, la plupart d'entre eux, vautrés, offraient un impressionnant panorama des divers stades de la stupeur alcoolique. Dro n'était même pas gris bien qu'un vague bourdonnement courût dans ses nerfs comme si ceux-ci voulaient à toute force témoigner du taux de toxines présent dans son sang.

Il sortit de la taverne et fit quelques pas dans la rue sous les ténèbres constellées du ciel nocturne afin de s'éclaircir les idées ou, du moins, de faire croire qu'il avait besoin de se les éclaircir. D'autant plus qu'en faisant semblant d'être légèrement ivre, il pouvait partager cet extraordinaire privilège qu'ont les ivrognes de ne pas penser.

Les nuages d'orage s'étaient éloignés. La lune

glissait nonchalamment le long de la pente du beffroi.

La femme qui se nommait Cinabre était assise à la devanture de l'échoppe du potier. Reine de Flammes. Une lueur terne s'attardait dans l'œil du four, jetant des reflets sur sa joue, sur ses seins, sur sa chevelure et sur ses mains qui modelaient au clair de lune un petit chien d'argile. Elle leva les yeux et vit Parl Dro qui, debout près de la porte, la regardait.

– Vous m'avez l'air las à en mourir, lui dit-elle.

– Tout un chacun ne l'est-il pas?

– Oui, parfois.

– Puis-je entrer?

Elle baissa les yeux, presque avec timidité.

– Ne vous y ai-je pas invité tout à l'heure?

Il pénétra dans le petit atelier qui sentait bon la terre cuite mais aussi le parfum tout à la fois subtil et prenant qui émanait d'elle, une odeur que, dans l'auberge, il n'avait pas remarquée.

– Je vous propose à nouveau mon lit, dit-elle, apparemment au chien. Mais cette fois, seulement pour y dormir. Ce n'est pas un lit comme les autres. Son matelas de plume est plus profond que la superposition de seize océans. Cela vous fera du bien car vous me paraissez réellement fourbu. Mais, je vous rappelle quelqu'un, n'est-ce pas?

Dro s'était immobilisé près d'elle et contemplait les mouvements habiles de ses doigts. Le petit chien était d'un réalisme tel qu'il donnait l'impression d'être sur le point de remuer la queue, de lever la patte ou d'aboyer. Le tueur de fantômes se pencha pour déposer un doux baiser sur la tempe de Cinabre. L'éclat du four frangeait d'or sa chevelure qui, par ailleurs, était la source de la merveilleuse fragrance.

– Vous avez un grand talent, Cinabre, et vous sentez extraordinairement bon.

Les doigts de la femme abandonnèrent le chien.

– Mon homme m'a fait cadeau d'un peigne venu de quelque contrée lointaine. Le parfum est dans le bois et, lorsque je me peigne, il se communique à mes cheveux.

– Je suis navré que vous ayez perdu votre mari.

– Non, vous n'êtes pas du tout navré. (Elle se leva et se tourna vers Dro. Des larmes brillaient dans ses yeux.) Ou peut-être parlez-vous sincèrement. J'ai honte de moi. Me farder pour un étranger. Mais suis-je vraiment pour vous une étrangère? Est-ce que je lui ressemble à ce point?

– Peut-être préféreriez-vous me voir partir?

– Non, dit-elle. Les lits de l'auberge sont pleins de vermine.

– Peut-être est-ce la compagnie qui me convient.

– Oh, vous, dit-elle, et ses yeux furent derechef deux claires fontaines de larmes.

Il l'embrassa dans le secret de l'épaisse et sombre forêt de leurs chevelures mêlées. L'exceptionnel réconfort de la chair les tint serrés l'un contre l'autre un bon moment après la fin du baiser.

– Demain, avant que vous ne partiez, dit-elle, il est une chose que... que j'aurai à vous dire. Votre compagnon est-il en état de reprendre la route?

– Quel compagnon?

– Le garçon qui est à l'hôtellerie des frères. Ce jeune homme que le fantôme était venu voir.

– Ce n'est pas mon compagnon. Il n'est rien pour moi.

– Humm... murmura-t-elle. N'en soyez pas si sûr.

Cette fois, ce fut elle qui l'embrassa tout en lui lissant les cheveux par de longues caresses sensuelles et sereines incessamment répétées. Puis elle lui prit la main et l'entraîna sur une courte volée de marches et le long d'un couloir vers le lit profond comme seize océans.

La musique dont les vibrants accords transperçaient la porte de l'hospice pour tomber dans la cour, tels les traits du soleil matinal, était d'une beauté merveilleuse qui touchait presque au sortilège. Pris aux rets de ces harmonies sublimes, des pigeons déambulaient à terre, et leur fascination méditative leur arrachait de doux roucoulements. Non loin, les yeux étrécis, un chat offrait son ventre aux rayons du jeune astre, mélomane animal de toute évidence, et certainement pas affamé.

Jouer emplissait le musicien d'une glorieuse sensation de bien-être mais, lorsqu'il s'arrêta, les hautes eaux de la faiblesse redéferlèrent sur lui. Pantelant, saisi de vertiges, il posa l'instrument près du lit et se roula en boule. Silence. Un chat bondit; des pigeons bondirent aussi mais vers le ciel. Une femme à la chevelure de terre cuite apparut sur le seuil.

Myal la regarda, mal à l'aise. La plupart des femmes l'intriguaient et lui faisaient peur. Bon nombre d'hommes aussi, à vrai dire. Puis il se détendit. La femme avait une expression très douce et satisfaite. Son cœur était ailleurs, indisponible pour Myal, et ne présentant ainsi pour lui nul danger.

– Vous avez un grand don pour la musique, dit-elle.

– Merci, fit le ménestrel avec un sourire empreint de modestie.

– Parl Dro a quitté le bourg une heure avant le lever du soleil, reprit la femme.

La consternation ravagea le visage de Myal. Il se redressa sur son lit, devint très pâle, et se laissa retomber.

– Voilà qui règle définitivement la question.

– Pas nécessairement. A condition que vous soyez en état de voyager demain.

– Ça me semble exclu. Et de toute façon, je serais

dans l'incapacité de le rattraper. D'ailleurs, en quoi cela peut-il encore vous concerner?

Il devinait en quoi la chose l'avait concernée quelques heures auparavant. Ainsi, c'était là le type de femme qui attirait le Roi d'Epée. Un fort beau type, en l'occurrence. Mais pourquoi s'intéressait-elle à Myal?

– J'ai lu les dominos. Vous y apparaissiez l'un comme l'autre. Il semble que vous soyez tous deux nécessaires à un équilibre.

– Vous a-t-il parlé de...?

– De Ghyste Mortua? Je sais de quoi il s'agit. J'ai de bonnes raisons d'en vouloir aux morts-vivants de ce lieu.

– Tout ça, c'est des histoires, suggéra sournoisement Myal.

– Comme ce qui s'est passé ici cette nuit?

Involontairement, Myal se retourna. En dépit de l'eau bénite des moines et de leurs exorcismes, en dépit de l'exorcisme censément plus efficace du tueur de fantômes, il lui avait été très difficile de se rendormir. La fièvre seule avait fini par l'emporter dans la torpeur de sa marée basse.

– D'accord. Des histoires troublantes. Vraies, peut-être.

– Il y avait jadis une ville... commença-t-elle en un murmure, les yeux fixés sur le ménestrel mais sans le voir, attentive aux seules images qui lui surgissaient dans l'esprit et que Myal, étendu sur son lit en proie au vertige, voyait à son tour défiler tandis qu'il la regardait.

Cette ville avait eu pour nom Tulotef. Elle s'était dressée sur le flanc d'une colline escarpée dominant une vallée où une large rivière se jetait dans un curieux lac en forme d'étoile à cause de ses quatre effluents. La forêt s'épanouissait sur les hautes terres et de distants sommets, pâles comme l'hiver, surplombaient la cime des arbres. Les routes menant à Tulotef étaient rares et secrètes. Il s'agissait d'ailleurs d'une cité qui n'avait de bienveillance que pour elle seule. Les autres villes n'en connaissaient que les boulets et la pointe acérée des lames. Quant aux expéditions de représailles, elles n'y goûtaient que l'exsudat bouillant des amandes et des olives. De schiste noir depuis les douves jusqu'aux créneaux, les remparts de Tulotef ne s'ouvraient qu'avec le consentement de ses habitants et seulement aux endroits que perçaient déjà de massives portes. Lesdits habitants étaient par ailleurs des sorciers reconnus. Du plus noble jusqu'au plus humble, chacun possédait quelque teinture d'art magique et bon nombre s'enorgueillissaient des précieux grimoires emplis de sortilèges qu'ils avaient hérités de leurs ancêtres. Telle était la légende. Et le proverbe disait : *Quand nous danserons à Tulotef*. Ce qui signifiait : *Jamais*. Puis quelque chose réussit à s'introduire dans la cité. Quelque chose qui en renversa les tours, les toits, les remparts et les portes. Par une nuit d'été, il y eut un tremblement de terre – non qu'en soi le phénomène fût sans précédent, non qu'il fût en soi catastrophique – mais, dit la légende, une faille cisaillait les étages supérieurs de la colline sur le flanc de laquelle avait été bâtie Tulotef. Invisible, cette faille avait attendu son heure, supportant sur plusieurs centaines d'années les assauts réitérés du soleil, de la neige et du vent ainsi que les secousses antérieures du sol, tel un dragon immergé sous les eaux noires d'un étang. Mais vint cet ultime frémissement de la terre, en soi presque imperceptible, qui trancha net les solives amincies qui retenaient des tonnes de roche en surplomb au-dessus de la ville. Peu de temps après minuit, alors que les cloches sonnaient à toute volée dans la cité, rythmant des processions et des cérémonies qui puisaient en elles-mêmes leur caractère sacré, les guetteurs surprirent un vaste oiseau noir qui prenait son essor depuis le sommet du versant et semblait vouloir occulter le monde sous l'immense envergure de ses ailes.

Il n'était pas très difficile de se représenter cet instant. Tout bruit soudain suspendu, les têtes qui se levaient, les visages se tournant vers le ciel, les mains se tendant dans la lueur des lampes et des chandelles, les notes mourantes des cloches, l'éclat des gemmes et des regards. Puis le gigantesque tonnerre, l'inconcevable grondement des puissances chtoniennes, tandis que, d'un seul coup, la colline se décapitait, que son sommet se désintégrait. Une pluie de débris, de blocs, de poussière s'abattit d'abord sur Tulotef. Sur les visages tordus par des hurlements, sur les illuminations raffinées et festives. Puis, inexorables, des tonnes de granite, – la montagne elle-même devenue torrent – avaient dévalé la pente, ultime armée marchant sur la cité. Elles avaient déferlé tel un raz de marée sur les murs et les avaient renversés, sur les portes et les avaient enfoncées. Elles s'étaient répandues dans la ville, et la ville avait disparu, ses vies broyées, ses feux éteints. Puis enfin, cet énorme tertre funéraire, la cité elle-même, s'était ébranlé. Cette masse de ruines avait glissé de ses fondations pour dévaler le restant du versant et sombrer dans le lac en forme d'étoile à cinq branches.

Nul être vivant n'avait survécu.

Et pourtant, s'il fallait admettre cette légende comme la relation de faits réels, tous avaient survécu. En un sens. A présent l'endroit s'appelait Ghyste Mortua car, en des nuits bien particulières, les morts revenaient errer sur les lieux déserts où s'était jadis érigée Tulotef, quelques milliers de fantômes démoniaques, haineux, dotés de pouvoirs sorciers. Et le pentacle du lac, au bas de ce versant vide, conservait immuable et inviolé leur lien avec ce monde, toutes les attaches qu'ils pouvaient souhaiter pour se maintenir en morte-vie : leurs trésors, leurs os, les blocs et le mortier de leur cité disparue.

Ils subornaient les vivants, les attiraient vers eux, s'en nourrissaient, les massacraient. Ils violaient les tombes, mettaient en œuvre des charmes. Sur la terre entière alentour flottait la puanteur de leur perverse malfaisance.

Et si quelque chose de cette légende était vrai!

– Ce que je sais, dit la femme aux cheveux roux, c'est que quiconque en prend le chemin, jamais ne revient.

– En ce cas, c'est plutôt stupide de vouloir s'y rendre, fit remarquer Myal dont les mains tremblaient bien qu'il n'eût rien entendu qu'il ne sût déjà.

– Parl Dro y va. Et vous aussi.

– Moi? Vous plaisantez. Même mort je ne voudrais... Enfin, je veux dire que...

– C'est plus fort que vous. Je sais. J'ai déjà eu l'occasion d'observer un cas similaire. Il existe toujours une raison que vous puissiez vous trouver, une excuse – une légende qu'il faille confirmer ou infirmer, une bataille à livrer, un poème ou une chanson à composer –, mais c'est l'endroit lui-même qui se présente comme un défi. Jadis, il appelait des armées entières à venir camper devant ses murailles pour l'assiéger. A présent, ce sont certains hommes qu'il appelle. A certains moments. Et certaines femmes aussi.

– Vous n'êtes pas de ces... fit Myal.

– Non, pas moi.

Le ménestrel tira l'instrument jusqu'à lui par sa bandoulière puis noua les bras autour de son corps de bois.

– Je savais, reprit-elle, qu'il repartirait aujourd'hui. Et ce, avant qu'il ne le sût. De même, je sais que vous partirez demain. Vous avez une petite dette envers lui, n'est-ce pas? Il a payé les religieux pour qu'ils vous soignent.

– Tout ce que je lui dois, c'est le couteau que je ne vais pas tarder à lui planter dans les côtes, dit Myal.

La belle rousse éclata de rire. Le ménestrel lui jeta un regard surpris.

– Continuez à vous reposer, dit-elle. Demain, dès la première heure, je vous apporte un cheval. Pas l'une de ces vieilles rosses dont les frères font un commerce mais une vigoureuse monture qui m'appartient. Du même coup, je vous mettrai sur la route. Je sais d'où elle part. Certes, vous seriez capable de la trouver seul mais cela vous épargnera des hésitations inutiles. Normalement, vous devriez pouvoir le rejoindre avant le coucher du soleil.

– Je n'ai pas les moyens de me payer un cheval.

– Je ne cherche pas à vous le vendre. Lorsque vous aurez rejoint Dro, laissez l'animal paître à sa convenance puis renvoyez-le-moi. Il saura rentrer seul.

– Je n'ai pas non plus les moyens de le louer, dit-il comme s'il tirait orgueil de son impécuniosité.

Il s'accrochait à son instrument comme si on menaçait de le lui prendre. Sa tension était telle que ses bras en tremblaient.

– Ni vente ni location. Un prêt gratuit, sans plus.

– Et le revers de la médaille, quel est-il?

– Vous êtes soupçonneux.

– J'ai appris à l'être.

– Il est alors temps de désapprendre.

Elle lui sourit. Son sourire était un rayon de soleil. Puis elle sortit de l'hospice.

Une heure durant, il resta raide comme un bout de bois, terrifié par toute chose et par lui-même. Puis la terreur se dissipa. Dans la sécurité dont il dotait la solitude, il commença de jouer les fanfarons. Cette femme, après tout, devait avoir quelque penchant pour lui... c'est pourquoi elle lui avait proposé son aide. Quant à Dro, dont la renommée ne pouvait manquer de rejaillir sur quiconque s'attachait à ses pas, il se montrerait probablement facile à circonvenir. Et pour ce qui était de Ghyste Mortua, il s'agissait de toute évidence d'une fiction romanesque, d'un de ces mythes qu'un ménestrel se devait de colporter, auquel il lui fallait pour le moins faire semblant de croire. Et cette merveilleuse chanson qu'il allait composer sur la spectrale cité, sur ses tours abolies, sur les verdâtres lucioles qui tournoyaient dans ses éternels crépuscules, il en avait déjà des phrases entières dans la tête et dans les doigts. La quête seule lui était nécessaire. Le voyage et la vibration de l'espoir. Mais certainement pas d'atteindre le but.

Il s'assoupit et ne se réveilla qu'en début de soirée lorsque les cloches sonnèrent l'heure du souper pour les moines. Personne ne s'était donné la peine de lui apporter quoi que ce fût à manger mais il se sentait bien. En grande forme et plein d'assurance.

Fièrement, il gagna la porte du réfectoire et y pénétra d'un pas dont on aurait difficilement pris en défaut la fermeté.

Les regards anxieux que les frères tournèrent vers lui offrirent le plus vif contraste avec leurs visages replets dont les bouchées de nourriture accentuaient les rondeurs.

Myal commença de déambuler entre les tables, s'emparant ici d'une aile de poulet, là d'un bol de cidre plein à ras bord.

– En vérité, mon fils, se récrièrent-ils, nos hôtes ne sont pas admis à prendre leurs repas dans le réfectoire.

– Que je sache, rétorqua le ménestrel en les gratifiant d'un regard noir, ce que je prélève sur vos saintes agapes est largement payé par la somme que mon ami Parl a dû vous remettre avant d'être obligé de reprendre la route avec quelque avance sur moi. Passez-moi donc cette miche. Et le sel, pendant que vous y êtes.

Il entrevit son reflet dans le métal poli d'une aiguière et s'aperçut que, sans préambule, il venait d'entrer dans l'une de ses périodes d'extrême beauté. Sa chevelure était lustrée comme un casque d'or sombre, ses traits ciselés comme un profil de médaille. Il ressemblait tout à fait au prince qu'il n'avait jamais douté d'être. Cet homme avec sa courroie... comment concevoir une filiation génétique entre Myal et une créature si vulgaire?

Il s'affala sur un banc, prit encore un peu de jambon et donna l'ordre qu'on lui préparât un bain chaud. En attendant ce dernier, il subtilisa trois bourses dans deux habits monastiques.

Au beau milieu de la nuit, délicieusement rompu de fatigue pour avoir longuement laissé macérer son corps dans l'eau chaude et son foie dans le cidre, il retraversa l'hospice et sortit dans la cour pour satisfaire aux exigences de la nature. Dans un mouvement de générosité dont le ridicule ne lui échappa cependant pas, il restitua ce faisant les bourses à leurs propriétaires quoique pas directement dans leurs poches puisqu'il les lança sur le fumier non sans avoir habilement visé la partie la plus gluante.

Lorsqu'il se réveilla, ce fut exempt de tout reproche, tant de sa conscience que de son organisme. Même le cidre ne lui laissait aucune aigreur.

Il prit son instrument et gagna le puits dont il tira un seau d'eau afin de procéder à ses ablutions. Lorsqu'il leva les yeux, il vit le ciel s'éclaircir et la femme rousse debout derrière le portail à claire-voie. Il connaissait son nom maintenant pour s'être renseigné auprès d'un religieux. Le bon frère s'était d'ailleurs offusqué de sa demande. Le seul fait d'avoir à prononcer le nom d'une créature du sexe avait paru le mettre dans tous ses états.

Elle pénétra dans l'enceinte et tendit une pomme

à Myal. L'immémorial symbole ne le jeta pas dans l'angoisse que toute autre femme n'eût pas manqué de faire naître en lui par un geste identique. Il croqua la pomme et y prit un réel plaisir, à peine titillé par le souvenir du jeu auquel l'avait un jour contraint par son insistance la fille du duc Gris. Il s'agissait de manger ensemble une pomme suspendue par une ficelle à un chevron. L'entreprise s'était révélée fertile en aléas, passablement brutale même. Plusieurs fois, leurs dents s'étaient entrechoquées et il avait eu peur d'être mordu. Le jeu comportait un gage auquel devait se soumettre le dernier parvenu au trognon. Myal avait perdu. Eût-il gagné que sa punition était la même.

Mais il était à l'aise avec Cinabre. Elle devait être en extase devant lui, mais en tout bien tout honneur, chastement, sans rien en attendre.

De l'autre côté du mur, une jument rouanne attendait docilement. Le ménestrel n'avait pas monté depuis des mois, des années même, mais la jument avait une jolie face et des yeux tendres. Il l'aima tout de suite et, amoureusement, partagea avec elle la fin de sa pomme.

Lorsqu'il fut en selle, l'instrument bien équilibré dans son dos, Cinabre lui montra le sac de provisions accroché à l'arçon.

– Vous pourrez les garder. Mais renvoyez-moi mon cheval.

– Je n'y manquerai pas, dit-il, parfaitement sincère.

Cinabre lui prit la main et y déposa un surprenant petit chien de terre cuite. Tel était le réalisme de la figurine que Myal éclata d'un petit rire joyeux. Elle était encore tiède de son passage dans le four. Il regarda Cinabre et ravala sa salive. Chaque fois que quelqu'un lui donnait quelque chose – le lui donnait vraiment – il en était profondément touché, bouleversé, presque au supplice sous le flot déferlant de l'émotion.

– Allez-y, dit-elle avec un petit sanglot dans la voix et un radieux sourire.

Myal aussi pleurait presque, et son sourire fut des plus niais. Il hocha la tête à plusieurs reprises puis tapota la croupe de la jument.

Elle s'élança dans un galop d'une vivacité mercurienne qui le surprit et faillit le désarçonner.

Ils étaient déjà très loin du bourg lorsque, s'habituant à la sauvage allure de sa monture, Myal eut le loisir de se rappeler que Cinabre ne lui avait pas donné d'indications quant au chemin à prendre. Le fait d'avoir précédemment toujours réussi à trouver Dro prouvait certes à quel point ses facultés déductives étaient brillantes mais, cette fois, il se précipitait droit devant lui à l'aveuglette, ou plutôt la jument s'en chargeait. Il lui revint alors à l'esprit que Cinabre lui avait dit que le cheval connaissait la route et, à bien y réfléchir, leur direction semblait correcte puisqu'ils plongeaient vers le soleil levant.

Au début, il y eut des pistes qui restèrent un moment parallèles aux méandres de la rivière puis qui s'en écartèrent.

Sur la gauche, des collines basses se soulevèrent dans la plaine, à main droite; elles s'étendaient à perte de vue, d'une étincelante transparence dans le matin naissant, quoique poudrées de brume.

Puis un bois s'abattit sur la rouanne pouliche et sur son cavalier. Sentiers, collines et rivière disparurent d'un commun accord.

Feuilles et rameaux fouettèrent Myal au passage. Des oiseaux lui agitèrent leurs ailes en plein visage. La jument ralentit et adopta un trot enlevé pour mieux choisir sur quel sol faire danser ses sabots.

Myal fut frappé par l'image qu'il offrait.

Il fit glisser la bandoulière sur son épaule jusqu'à ce que l'instrument reposât contre sa poitrine. La toile grossière de la bandoulière, les arabesques criardes peintes sur la caisse, les morceaux d'ivoire plus ou moins bien incrustés dans le bois firent d'abord monter en lui une excitation tranquille et rassurante puis, avec la morsure des cordes de métal sur les vieilles callosités de ses doigts, déferla une violente et pure vague de paix. Sans se servir du chalumeau, il improvisa un rigaudon pour accompagner sa monture.

Parfois, il s'émerveillait en pensant à l'objective complexité de cet instrument dont le jeu était pour lui l'enfance de l'art. Mais combien d'autres sur terre avaient jamais été capables d'en tirer des sons harmonieux? Pas plus de deux personnes à sa connaissance : l'homme qui l'avait conçu et fabriqué, puis le père tortionnaire entre les mains duquel il avait échoué... encore que ces dernières, plus propres à tenir un fouet, n'en eussent jamais maîtrisé les possibilités. Myal ne se lassait pas d'observer le mouvement de ses doigts. Le secret résidait dans quelque mystérieuse affinité entre prescience, acte et oreille interne. Tout effleurement sur n'importe quelle corde de l'un des manches produisait non seulement une note mais la juste pression qui permettait d'obtenir une autre note sur le manche opposé... lequel, en retour, donnait sa propre note et, simultanément, la pression nécessaire pour la première. Lorsqu'en outre on soufflait dans le chalumeau, les doigts qui exerçaient ces pressions bouchaient comme par coïncidence divers trous, ce qui entraînait une autre série de sons parallèles. Mais comment le cerveau d'un seul instrumentiste pouvait-il conserver une vision cohérente de l'entrecroisement d'au minimum trois plans harmoniques distincts et cependant connectés et interdépendants? En fait, lorsque Myal jouait de l'instrument au grand complet, six, sept ou même huit lignes mélodiques pouvaient en émaner, chacune accompagnée de ses accords, de ses déchants et de ses fugues en contrepoint.

La rouanne cavale aimait la musique.

Il pleuvait des rayons de soleil au travers des frondaisons.

Myal resta en selle jusqu'à ce que lui et sa monture fussent sortis du couvert des arbres pour se retrouver comme suspendus en l'air sur l'extrême rebord d'un escarpement rocheux dominant un vaste paysage.

La dénivellation était suffisante pour que l'on constatât l'étrange quadrillage naturel de ces terres, tel un échiquier dont les cases auraient été délimitées par d'imprécises et cotonneuses rangées d'arbres, par les profondes entailles des ravins, et les auges plus larges des vallées. La rivière, bornage ultime du morcellement, s'étirait vers le sud, mince comme une larme. Dans cet immense panorama, Myal ne put distinguer la moindre route. Il mit pied à terre pour examiner la pente escarpée.

– Finirais-tu par ne plus savoir où aller? demanda-t-il à la jument qui, pour toute réponse, tira sur ses rênes et l'entraîna vers l'avant.

Lorsqu'ils furent au bas du coteau, Myal s'aperçut qu'ils avaient atteint quelque cours d'eau à sec. Ils le descendirent – l'homme menant l'animal par la bride –, foulant à leurs pieds comme un tapis de mousse et de galets. Puis, juste après midi, le lit du ruisseau s'élargit et ils débouchèrent sur une esplanade qui évoquait un parc avec ses bouquets d'arbres artistiquement disposés sur une étendue d'herbe. Myal fit l'inventaire du sac à provisions et y préleva de quoi calmer sa faim. Infatigable jardinier, sa monture tondit la pelouse.

Puis, le terrain n'offrant qu'une déclivité infinitésimale, ils reprirent leur chevauchée mais sans forcer l'allure. Au nord-est et au sud, de blanches parois verticales les escortèrent, mais de loin, de très loin, à des lieues et des lieues. De grands nuages passaient au-dessus d'eux, telles les quilles de gigantesques vaisseaux voguant dans le ciel.

L'après-midi atteignit son plein épanouissement puis, un à un, ses pétales commencèrent de tomber.

Myal vit soudain surgir devant lui telle une apparition la noire silhouette de Dro. D'abord comme un point minuscule, puis de la grosseur d'un scarabée.

Obéissant à un pur réflexe, il tira sur les rênes et la jument s'arrêta. Un moment, le ménestrel resta là, tremblant, l'estomac retourné, le cœur saisi de palpitations, réactions émotives qui le jetèrent dans une extrême confusion. Il donna une petite claque à sa monture qui redémarra en trombe.

Si Dro l'entendit venir – ce qui paraissait tout à fait probable – il ne se donna pas la peine de regarder derrière lui ni même de se garer de côté.

Myal le dépassa au grand galop dans un nuage de poussière et de mottes de terre arrachées par les sabots de la pouliche. Puis il lui fit faire une brusque volte-face pour l'immobiliser en travers du chemin de Dro.

Alors, au sein de cette vaste terre inhabitée, Myal haussa les sourcils et, plantant son regard sur Dro, lui lança :

– Vraiment, je ne me serais jamais attendu à vous rencontrer ici.

7

– Où avez-vous été voler ce cheval?

Dro n'avait pas manifesté la moindre réaction à la vue du ménestrel et sa voix ne se teintait de nulle inflexion particulière.

Myal resta figé sur sa selle, soudain très déprimé.

– Je ne l'ai pas volé. C'est un prêt de votre petite amie.

Dro s'abstint de tout commentaire.

Myal sentit les premiers assauts de la fatigue et de la faiblesse. Le souvenir lui revint de la fièvre qui l'avait terrassé deux jours auparavant et une vague d'apitoiement sur lui-même le submergea.

– Ce n'est pas moi qui ai eu l'idée de vous suivre, dit-il. Votre rouquine m'a convaincu que c'était nécessaire. Elle semblait penser que vous pourriez avoir besoin de moi.

Dro éclata d'un rire bref et tranchant.

– D'accord, reprit Myal. C'est à hurler de rire.

Il se laissa glisser au bas de sa monture et la caressa sans enthousiasme. Elle baissa la tête et se mit à mordiller l'herbe. La lumière se solidifiait, à la faveur des fragrances d'une brise qui sentait le trèfle et le feuillage des arbres. L'imminent achèvement du jour emplit Myal d'un impérieux besoin de communiquer. Son regard se posa sur Dro.

– Je suis tenu de renvoyer la jument au bourg.

– Pourquoi ne repartiriez-vous pas avec elle?

– Je vous l'ai déjà dit. Mon but est d'atteindre Ghyste Mortua. Tout comme vous.

D'un geste rapide et théâtral, Dro balaya l'horizon oriental, offrant au ménestrel le libre usage d'une route inexistante :

– Je vous en prie.

– Prenez-le comme vous voudrez, fit Myal en désespoir de cause, mais je vous dois de l'argent. Ça me gêne d'avoir des dettes.

Il s'interrompit net, se demandant d'où provenait cet accent désespéré dans sa voix. Probablement de la crainte de rester seul pour la nuit dans cette étrange contrée où la nature paraissait se suffire à elle-même et où nul signe de présence humaine ne se manifestait ailleurs qu'ici.

– Je vous libère de votre dette, fit Dro qui se remit en marche, passa devant Myal et s'éloigna.

Le ménestrel resta debout à le regarder partir, luttant pour trouver d'autres arguments et contre la panique absurde qui grandissait en lui. La noire silhouette devint de plus en plus petite, dans une lumière qui prenait des reflets rougeâtres. Myal jeta un coup d'œil vers l'ouest. Le soleil était descendu dans un bosquet. Les arbres étaient en feu mais ne brûlaient pas et, pouce par pouce, le disque orange s'évadait par le fond de la cage que formaient leurs branches.

Dro était déjà distant d'une centaine de toises.

Tout en broutant, la jument s'était également éloignée. Myal l'appela et elle tourna la tête pour le regarder. Dans la lumière cuivrée, elle aussi paraissait de cuivre. Lorsqu'il réitéra son appel et fit un pas vers elle, il la vit encenser, puis se cabrer, et bondir dans la direction d'où elle était venue. En l'espace de trente secondes, elle eut disparu derrière un rideau d'arbres. Sans doute avait-elle pris son cri pour l'ordre de rentrer à la maison mais, aux yeux de Myal, il s'agissait plutôt d'une décision purement perverse. Le sac de provisions était resté solidement attaché à la selle. Le ménestrel se retourna vers Parl Dro et s'aperçut que les dimensions du tueur de fantômes étaient redevenues celles d'un scarabée noir. Il se précipita derrière lui sur des jambes encore engourdies et flageolantes d'une journée presque entièrement passée à cheval. Son crâne n'était plus qu'un essaim de frelons enragés. Lorsque Dro eut repris la taille d'une main, Myal avança à grandes enjambées chancelantes.

Dro jeta un coup d'œil par-dessus son épaule. Il aperçut Myal, puis regarda ailleurs, sans cesser de marcher. Le ménestrel piqua une nouvelle pointe de vitesse. L'instrument lui cognait dans le dos comme pour l'encourager. Alors, soit que Dro eût ralenti son allure, soit que Myal eût accru la sienne au delà de ce dont il se serait cru capable, le poursuivant rattrapa soudain le poursuivi et ils cheminèrent côte à côte.

– Ne vous occupez pas de moi, dit Myal d'un ton dégagé. Il se trouve simplement que je vais dans la même direction que vous.

– C'est ce que je vois.

– Ce putain de cheval est parti. Et toutes ces putains de provisions étaient dans ce putain de sac attaché à cette putain de selle. Alors tous ces putains de trucs ont disparu aussi.

Dro continua de marcher du même pas. Myal le regarda puis regarda autour d'eux.

– L'endroit me semble tout à fait approprié pour un bivouac, suggéra le ménestrel.

– Bivouaquez donc.

– Ne pensez-vous pas qu'il serait plus prudent de ne pas se séparer? La nuit, dans ce genre de coin sauvage, il risque d'y avoir des carnassiers de grande taille. A deux, nous aurions plus de chance de combattre efficacement les... les dangers.

Dro ne s'arrêtait pas. Myal se résigna à la tâche de rester simplement à sa hauteur. Ses enjambées d'infirme étaient extraordinairement puissantes et imposaient leur propre rythme.

Côte à côte, sans mot dire, ils poursuivirent la traversée de cet immense parc naturel et la lumière se referma derrière eux comme une porte.

Des volutes de ténèbres montèrent des buissons, des bosquets, des moindres creux du terrain. Le ciel, soyeux voile de lavande sombre, se pailleta de mille étoiles.

Puis il y eut une soudaine rupture dans le paysage. Au détour d'un silencieux rideau de peupliers, le sol bascula dans un nouveau ravin, fort modeste cette fois : tout au plus vingt pieds de profondeur sur environ cinq de large. Un dense ruisseau de nuit l'empruntait déjà. Sur l'autre lèvre de la faille, un tertre dénudé s'élevait jusqu'au chêne solitaire qui le couronnait, évoquant une pagode par l'étagement de ses branches feuillues.

On percevait le murmure de l'eau, mais pas au fond de la ravine, seulement contre sa paroi. Une source jaillissait de la roche, tout près du bord, et, inutile, se précipitait dans la stérile tranchée.

Dro s'approcha de la source et s'agenouilla, vraisemblablement pour y boire ou pour y remplir une gourde; dans l'ombre qui s'épaississait, on ne distinguait pas grand-chose. Puis il s'en écarta pour aller rassembler du bois mort et préparer un feu à l'abri des peupliers; à son tour, Myal s'approcha de la source et but. Il rejoignit ensuite Dro et l'observa. Obéissant à des règles d'économie pour construire son feu, le tueur de fantômes avait tiré parti d'une dépression naturelle du sol qu'il s'était contenté d'entourer de quelques pierres afin de conduire et de conserver la chaleur. Il disposait maintenant au fond du trou un lit de brindilles sèches et, à proximité, celles qui l'étaient moins, de sorte qu'une fois étuvées de leurs mousses, de leur sève ou de la pluie, elles pussent être ajoutées au feu.

– Vous êtes un artiste en la matière, commenta Myal, admiratif.

Dro alluma le feu et s'assit, tête nue, le dos calé contre le tronc d'un peuplier. Sans la capuche, ce visage royal et ténébreux, doré par les flammes, intimidait Myal qui ne savait plus que faire de son corps, comme s'il attendait qu'on le priât de s'asseoir. Sans avertissement, les étincelants yeux noirs de Dro se fixèrent sur lui. Leur regard était pénétrant, hypnotique, cruel et profondément inamical. Myal se tordit quelques instants dans ces rets impitoyables puis craqua comme l'une des frêles brindilles qui nourrissaient le feu :

– Nous voici donc à la fin de notre belle amitié, n'est-ce pas? Vous êtes convaincu que je ne représente pour vous rien de plus qu'une perte sèche?

Les yeux de Dro ne déviaient pas d'un pouce, ne

se permettaient pas même un clignement. Seules ses lèvres remuèrent.

– J'en suis convaincu.

– En ce cas, je pars. (Puis il ajouta, sarcastique :) Je suis encore capable de voir quand ma présence est indésirable.

– Alors votre vie ne doit être qu'une suite de départs.

La rage au cœur et totalement impuissant, Myal pivota sur ses talons et marcha droit dans un arbre.

Une fois remis du choc, il s'éloigna d'un pas décidé le long de la ravine jusqu'à être hors de portée de vue de Dro. Il s'étendit alors à même le sol, là où un rocher lui offrait un abri partiel et la sécurité tout aussi relative de quelque chose qui, dans son dos, pourrait le retenir de glisser vers le précipice. Puis il serra l'instrument dans le creux de son corps ramassé en posture fœtale. Le froid se distillait dans les veines de la terre ainsi qu'une fixité magnétique.

Il demeura quelque temps éveillé, étreint par la solitude, écrasé par l'immensité de la nuit, inventant des reparties cinglantes aux commentaires de Parl Dro mais finissant par s'en prendre à sa propre personne et à son propre statut pour leur reprocher toutes les misères dont la vie l'avait accablé.

Puis il s'endormit et rêva que le petit chien de terre cuite offert par Cinabre était sorti de sa poche, qu'il aboyait et gambadait dans l'herbe, tant et si bien qu'un bond malheureux l'envoyait se briser contre une pierre. Du sang vermeil coula de ses morceaux et Myal pleura dans son sommeil. Pour le consoler, ses mains se posèrent en rêve sur les cordes de l'instrument et en tirèrent des notes. Celles de la chanson qu'il avait composée pour Ciddey Soban.

Tout remords que Parl Dro était susceptible d'éprouver se voyait inévitablement tempéré par l'intuition que ce fou de ménestrel n'avait pas dû s'éloigner de plus d'une centaine de pieds. Non que Dro fût particulièrement enclin au remords. De treize à quinze ans, il avait roulé sa bosse dans diverses contrées, tantôt gardien de troupeaux, tantôt garçon de ferme, tantôt accompagnateur ou transporteur de marchandises, et il s'y était forgé ses propres techniques de survie. Myal Lemyal, selon toute apparence, n'avait pas joui d'une existence moins rude, moins dangereuse, ni moins abrutissante. Ses techniques de survie n'avaient certainement rien de commun avec celles de Parl Dro mais ce n'en étaient pas moins des techniques éprouvées puisqu'elles lui avaient permis de survivre. Dro avait plus de respect pour les capacités de Myal que celui-ci ne l'imaginait. Mais aussi moins de temps à lui consacrer que ne le suggérait au ménestrel la voix de sa paranoïa. Ce n'était pas exactement que Dro fût misanthrope mais simplement que, chez lui, la singularité s'était développée en règle de vie entérinée par l'habitude. S'il consentait à y déroger pour un jour, pour une nuit, ici ou là, il était accoutumé à ne pas avoir de compagnie, accoutumé à lui-même tel qu'il se voyait au travers de son seul et implacable regard.

A quinze ans, alors qu'il était encore capable d'être raisonnablement grégaire et déraisonnablement ivre, Parl Dro avait relevé le défi des gens d'un village qui lui proposaient de passer la nuit dans une grange hantée. A l'époque, il avait accepté ce pari pour la livre de pièces d'argent qui en était l'enjeu mais aussi poussé par le mépris d'un esprit fort envers toute forme de superstition. Quelque chose en lui n'avait, de fait, jamais cessé depuis deux ans de nier les événements du soir où Soyeuse était venue le rejoindre sous le pommier foudroyé. A quinze ans, Parl ne croyait pas aux fantômes.

Il s'était confortablement installé sur des balles de paille et, portant de temps à autre à ses lèvres l'outre de vin fournie par les villageois, il avait entamé sa veillée nocturne dans la faible lumière d'une lanterne suspendue au centre de la grange, le contrat n'ayant pas stipulé qu'il dût rester dans le noir. Juste avant le coucher du soleil, ses hôtes lui avaient montré l'endroit où le spectre surgissait de nulle part. Ils lui avaient également montré le gant cendreux cloué sur un montant. En attirant du doigt son attention sur ce gant, ils lui fournissaient un élément capital, d'autant que l'un d'entre eux avait précisé : « C'est à cause de ça qu'il vient. » Puis un autre avait expliqué comment un homme avait un jour essayé de détruire le gant par le feu. Mais à peine le pouce avait-il commencé de roussir que l'homme s'était senti à l'agonie. Avant d'avoir su ce qu'il faisait, il avait arraché le gant aux flammes. Maintenant, le mort-vivant de la grange était un sujet d'orgueil pour le village. On invitait les voyageurs à l'affronter en y passant la nuit. Le dernier qui avait accepté, certifièrent-ils à Parl, était devenu fou à lier. Parl avait hoché la tête avec un petit sourire. Il s'attendait à quelque mascarade effrayante mais à rien qui fût étranger au monde d'ici-bas. Après leur départ, il s'étendit donc sur la paille et songea au lourd sac de pièces qui, avait-il fini par se convaincre, était la raison pour laquelle il se prêtait à la supercherie. Il ignorait alors la signification de l'horreur qui planait sur cette grange. A minuit tapant, le fantôme se manifesta.

Il avait depuis longtemps perdu toute apparence humaine quoique, avec les années, son pseudo-corps se fût doté d'une substance tridimensionnelle et solide. Le traumatisme physique de sa mort était resté présent chez lui, ce qui était inhabituel et, en l'occurrence, obscène car il avait été littéralement haché menu au cours de quelque combat. Il émergea du néant de l'air, hurlant de douleur, la chair en lambeaux, les yeux crevés.

La réaction première de Parl fut normale, et fut de s'enfuir. Mais quelque chose l'en empêcha. Il se retrouva titubant non point vers la porte mais vers le montant sur lequel était cloué le gant. Et l'atroce chose hurlante et aveugle le poursuivait en trébuchant. Juste avant qu'elle ne s'abattît sur lui, Parl lança l'outre – que sa main, venait-il de constater, n'avait pas lâchée – droit sur la lanterne.

Cette dernière explosa dans un fracas de verre brisé. Huile et vin se répandirent sur la paille. En quelques secondes, la grange fut un brasier sauvage, un rugissant délire de lumière et de fumée. La créature morte et vive avait d'ores et déjà saisi Parl et, sans cesser de hurler, le serrait contre les horribles béances éternellement sanguinolentes de ses plaies. Parl aurait brûlé avec le gant, avec l'attache, si cette extraordinaire puissance de la volonté qui était en lui – latente et cependant plus forte que toute puissance dont il se savait doté, plus forte que ses muscles, que son cerveau, que les pulsions de la faim, du sexe, de l'ambition, de la peur –, si cette puissance, donc, n'avait jailli pour repousser le mort-vivant qui glapit, gronda, mais finit par lâcher prise.

Quelques instants plus tard, le gant s'embrasa et le terrifiant vacarme cessa. Le visage aveugle et crispé dans la mort du revenant se détendit comme si les affres inhumainement prolongées de sa cruelle agonie le quittaient. Puis il se dissipa tranquillement dans la fumée alors que Parl Dro sortait de la grange et détalait comme un lièvre vers les bois.

Il ne se retourna pas avant d'avoir atteint le sommet de la colline qui dominait le village et, de là, vit la guirlande de papier découpé noire que les hommes semblaient former autour du brasier pour l'éteindre.

Jamais il ne récolta le sac de pièces promis, rien qu'une solide réputation d'incendiaire sur des lieues à la ronde... et la confirmation que les morts ne mouraient pas toujours.

Le brasier de dimensions plus modestes que Dro avait allumé tout à l'heure entre des pierres dans une contrée inhabitée commençait de s'affaisser. Il se pencha pour rajouter quelques branchages mais son geste se figea. Un peu plus bas le long de la ravine, le ménestrel jouait de son instrument.

Dro se rassit, les branchages en suspens dans une main distraite, l'oreille tendue. Minces comme les fils de soie d'une trame tissée sur la chaîne de la nuit, les notes s'entrelaçaient, se recouvrant l'une l'autre. C'était une mélodie insidieuse et tragique; elle vous poignardait quelque part au fond du cœur d'une douce et perçante douleur, lente et cependant soudaine. Comme celle de tout ménestrel excellant dans son art, la musique de Myal Lemyal savait découvrir des émotions étrangères aux humeurs et à la conscience de l'auditeur pour les y implanter et les laisser croître tandis que la chanson suivait sa propre romance. Mais Myal était bien au delà de la banale excellence. Lorsqu'il jouait de l'extravagant instrument pour lequel son père avait tué, il était l'un de ces dieux d'or oubliés, ressurgi de l'aurore du monde.

Puis un soupir glacial franchit la ravine et des étoiles détalèrent le long du dos de Parl Dro.

Avec une infinie lenteur, il tourna la tête et son regard se porta par-delà les lueurs du feu, par-delà le tavelant feuillage des peupliers.

Sous le chêne qui dominait la colline de l'autre côté de la faille, légèrement phosphorescente comme une moisissure, le visage troué par des yeux d'ombre, souriante, immobile comme une roche, Ciddey Soban était assise.

Dro se leva. C'était précisément lui que contemplaient les noires orbites et, maintenant, presque sans bouger, elle se contentait de le suivre du regard par un insensible et serpentin mouvement de la tête. Elle n'était plus guère transparente. Si un pan de sa jupe soulevé par le vent laissait vaguement transparaître une branche basse de l'arbre, ses bras, son visage et sa chevelure étaient parfaitement opaques. A la différence de sa sœur cette morte-vivante était forte.

Sans se presser, Dro descendit le long de la ravine vers la bouleversante musique du ménestrel.

Il arriva devant un rocher contre lequel il découvrit Myal Lemyal couché en chien de fusil, profondément endormi, et jouant de l'instrument dans son sommeil.

Dro lui botta les côtes. Myal émit un grognement sourd, ses mains se croisèrent en un geste défensif puis retournèrent aux cordes et continuèrent de jouer. Dro se pencha et gifla le musicien. La musique bondit dans les aigus et s'y éteignit. Dans un sursaut comparable, Myal se redressa en position assise, manifestement terrorisé.

– Je n'ai rien fait! cria-t-il, encore mal réveillé, automatisme acquis sur une bonne centaine de raclées et d'appréhensions injustifiées... et justifiées.

– Regardez de l'autre côté du ravin. Et répétez-moi ensuite que vous n'avez rien fait.

Myal esquissa le mouvement de regarder puis s'y refusa.

– Qu'est-ce que c'est?

– Vous m'avez déjà posé cette question la fois précédente. La réponse est toujours la même.

– Je ne vous crois pas, dit Myal, s'obstinant à ne pas regarder.

Dro se pencha de nouveau vers lui, très calme et d'autant plus redoutable.

– Que vous le croyiez ou non, elle s'est servie de

vous. C'est vous qui l'avez évoquée en jouant cet air. Je gage qu'il s'agit d'une chanson que vous avez composée pour elle. Maintenant vous allez me dire ce que vous avez volé d'autre sur son cadavre.

– Rien!

– Vous tenez vraiment à ce que je vous fouille?

Toujours assis, Myal recula.

– Laissez-moi tranquille. Puisque je vous dis que je n'ai rien emporté, seulement sa chaussure... et vous l'avez brûlée.

– Parlons-en, de la chaussure, vous avez mis du temps à vous en souvenir. Réfléchissez!

– Mais je ne fais que ça. J'ai beau réfléchir, je ne vois rien d'autre.

– Il doit pourtant y avoir autre chose. Elle est là. Et il lui faut une attache pour être là.

– Peut-être, mais je n'ai rien pris.

– Continuez de reculer comme ça et vous allez tomber dans le ravin, dit Dro.

Myal se figea net. Un pied tout au plus le séparait du précipice. Il s'en écarta puis, gardant un œil méfiant sur Dro, se releva.

– Je sais néanmoins n'avoir rien pris d'autre sur elle.

– Alors vous avez emporté quelque chose sans le savoir.

Myal eut l'air d'être sur le point de jeter un coup d'œil de l'autre côté de la ravine mais il lui tourna de nouveau le dos.

– Pourquoi a-t-elle attendu la nuit?

– L'obscurité leur est indispensable. C'est la seule toile sur laquelle ils puissent peindre leurs images mensongères. La lumière est au service de la vérité.

– J'ai entendu parler de fantômes qu'on aurait vus en plein jour. (Dro ignora la remarque. Ridicule et incongru en présence de la mort juste sur l'autre bord de la ravine, Myal s'offrit le luxe d'insister :) Si, si, j'en ai entendu parler.

– Pour le moment, il fait noir, dit Dro. Et elle est là.

– Y est-elle pour de vrai?

– Constatez-le vous-même.

– Non, je vous fais confiance. C'est que je suis mort de peur. Mais je vous assure que je n'ai rien emporté à part la chaussure. Je n'ai...

– Nous réglerons ça plus tard. (Dro s'éloigna du précipice comme pour chercher un terrain plus ferme.) Dites-moi, êtes-vous droitier ou gaucher?

– Ambidextre, répondit Myal. On y est obligé pour jouer de ce truc.

– Elle, si j'ai bonne mémoire, était gauchère, comme toute sorcière qui se respecte s'entraîne à l'être. Cette chanson que vous lui jouiez, la connaissez-vous par cœur du début à la fin?

– Vous ne voulez quand même pas que je la rejoue? Vous disiez...

– Si, je veux que vous la rejouiez. A l'envers.

– Comment?

– Vous m'avez bien entendu. En êtes-vous capable?

– Non. (Myal leva l'instrument et le contempla.) Peut-être.

– Essayez.

– Qu'est-ce qui se passe si j'y arrive?

– Vous décrochez la récompense. Ceux de son espèce sont encore plus superstitieux que les vivants. Tout ce qui est reflet, inversion, appelle chez eux une réponse. Si ça marche, elle s'en ira. Allez-y, commencez.

Myal s'éclaircit nerveusement la gorge puis cala l'instrument contre sa poitrine. Dro riva son regard sur l'autre côté de la ravine.

Tout d'un coup, Myal se mit à jouer avec fureur et les notes parurent dévaler de ses doigts. Inversée, la mélodie n'avait plus rien de poignant mais tout d'une hideuse danse macabre, d'une sarabande infernale.

Même par-dessus la puissante et complexe résonance des cordes, Myal entendit monter, haut et clair comme le son d'un grelot, le brusque trille d'un rire féminin. Ses mains s'en figèrent presque. Ses cheveux lui donnèrent l'impression de se dresser à la verticale sur sa tête. Un frisson le parcourut.

– Parfait, dit Dro. Ça suffit.

– Est-ce que le f... est-elle...?

– Oui. Elle est partie.

Pour la première fois, Myal osa jeter un regard aussi bref qu'halluciné par-dessus le précipice dans le brouet de ténèbres désertes.

Et il ne put se dissimuler que tout avait été trop facile. Beaucoup, beaucoup trop facile.

– Hier soir, dit-il, je ne l'ai pas vue.

– Non, effectivement, dit Dro qui commença de rebrousser chemin le long de la crevasse vers une palpitation sourde animant les troncs des peupliers : le feu.

Myal s'attardait derrière, terrifié à l'idée de rester seul, mais sans pour autant se décider à suivre.

Au bout d'un moment, le tueur de fantômes se retourna.

– Après tout, dit-il, nous allons faire route ensemble. J'ai besoin de garder l'œil sur vous. Au cas où vous vous rappelleriez ce que vous avez fait pour qu'elle ait un tel pouvoir à travers vous. La musique y est pour beaucoup mais il y a certainement autre chose.

Myal s'accrochait à son idée. Il haussa le ton :

– Je vous répète qu'hier je ne l'ai pas vue. Sa présence n'a donc rien à voir avec moi.

De cette curieuse voix qu'il pouvait prendre et qui portait si bien dans la nuit sans rien perdre de sa douceur, Dro lui demanda :

– Que lui avez-vous dit lorsqu'elle était encore vivante?

Les pensées de Myal débordèrent. Les mots se

dressèrent, tranchants comme des silex. Il aurait aimé qu'il n'en fût rien. Il ne les prononça pas à voix haute. « Si vous voulez mon avis... le mieux pour vous serait de fuir. (Elle :) Mais pour aller où? (Lui :) Pourquoi pas... avec moi. »

Il ne les prononça pas à voix haute mais Dro parut les lire sur les crispations coupables de ses traits.

– Autant bien vous mettre en tête, dit Dro, que si vous ne l'avez pas vue hier, c'est que vous n'étiez pas près de moi.

– Je ne comprends pas, dit Myal qui comprenait très bien.

– Donnez-vous la peine d'y réfléchir, ajouta Dro. Et vous comprendrez.

D'une manière ou d'une autre, Myal avait ouvert à Ciddey un chemin qui lui permettait de revenir au monde et elle se servait de lui dans ce but. Le ménestrel était l'instrument de sa manifestation. Mais Dro qu'elle haïssait, avec qui elle avait un compte à régler, en était le motif. Pour le moment, sa mort-vie n'étant qu'à l'état d'ébauche, elle ne pouvait que jeter le trouble par ses apparitions. Mais lorsqu'elle deviendrait plus forte, lorsque Myal, et l'énergie qu'elle tirait de chaque retour, l'auraient suffisamment nourrie...

Dro atteignit le feu et commença d'y rajouter du bois. Quelques instants plus tard, Myal apparut, contournant craintivement chaque zone d'ombre jetée par des fourrés ou même par un simple buisson, lançant de fréquents regards vers le chêne au sommet de la colline.

Mais dans la lumière du feu, le ménestrel se détendit un peu. Dro avait repris sa posture de guetteur quoiqu'il se fût assis et calé le dos contre un tronc.

Myal s'installa sur l'herbe, heureux de la proximité des flammes. La sculpturale et apparemment inamovible silhouette de Dro dressait un écran protecteur entre lui et la nuit.

– Combien de temps comptez-vous veiller?

– Ne vous inquiétez pas de ça. Souciez-vous plutôt de chercher dans votre mémoire ce que vous avez pu recueillir d'elle par inadvertance, n'importe quoi dont elle puisse se servir comme attache. Creusez-vous les méninges. Ça ne devrait pas être bien compliqué, leur étendue n'est pas si grande.

Myal ne releva pas la pique. Il était trop abasourdi, et en même temps si soulagé de ne plus être seul qu'il nageait presque dans la joie. Il finit cependant par demander d'une voix contrite, atrocement conscient de l'incongruité de sa requête :

– Vous n'auriez pas quelque chose à manger, par hasard?

Myal Lemyal émergea d'un fourré en décrochant de ses manches graterons et fleurs de bardane avec une élégance affectée qui dissimulait sa gêne.

– Je me suis déshabillé puis j'ai retourné chaque vêtement dans tous les sens, dit-il alors qu'il achevait de lacer sa chemise et sautillait vers Dro, ses bottes à demi enfilées. Je n'ai rien trouvé qui puisse venir d'elle. Rien. Pas même un cheveu.

Dro s'était levé pour poser son regard sur le ménestrel.

– Très bien, dit-il, puis il lui tourna le dos.

– Bien sûr, vous ne me croyez pas.

– Je vous crois.

– Peut-être est-ce à vous qu'elle a donné quelque chose, suggéra Myal avec effronterie.

– Elle ne m'a jamais donné que la marque de ses ongles sur la joue. Griffure qui est d'ailleurs guérie.

– Oui. Vous cicatrisez vite, n'est-ce pas? Est-il quelque chose que vous ne puissiez faire?

Ils firent leur repas du morceau de pain qui leur restait et burent l'eau de la source. Myal éprouvait constamment le besoin de s'excuser et se mit à siffloter pour s'en empêcher. Il s'arrêta net et se sentit glacé jusqu'aux parties lorsqu'il prit conscience d'être en train de siffler la chanson de Ciddey.

Dro se mit en route sans apparents préparatifs : il se leva puis s'éloigna. Myal lui emboîta le pas, mais à quelque distance, servile comme un chien, rongé par l'angoisse et le dégoût de soi-même.

Ils longèrent la ravine qui se fit de plus en plus étroite et dont les deux lèvres finirent par se rejoindre. Ils descendirent ensuite dans une vallée qui les amena dans une autre vallée.

Le paysage ne se départait pas de sa vacuité. Nulle fumée ne s'élevait, et si une pierre était posée sur une autre, ce n'était qu'un effet des éléments. Il n'y avait pas même un champ retourné à la jachère. Pas même une ruine. Si quiconque était jamais passé par là, son séjour avait été des plus brefs, et toute trace en avait disparu.

L'inquiétude de Myal prenait une franche allure de panique. Ses errances avaient toujours eu pour cadre la périphérie des villes, des bourgades, des cours seigneuriales, et il était fort mal préparé pour ce genre de pérégrination lointaine. Il ne disposait pas même d'une gourde pour faire provision d'eau lorsqu'ils venaient à croiser une source ou un ruisseau, ayant perdu la seule qu'il eût jamais possédée au cours d'une bagarre – dont il n'était évidemment pas sorti vainqueur – six mois auparavant. Qu'il n'eût jamais songé à la remplacer était révélateur de la nature superflue d'un tel ustensile. Toutefois, depuis, il s'était lancé dans la quête de Ghyste Mortua. Dans la quête de Tulotef.

Où avait-il entendu parler pour la première fois de la mythique cité? Où l'idée de composer une ballade sur les non-morts avait-elle séduit pour la première fois son imagination? Il était dans l'incapacité de s'en souvenir.

Pour l'heure, de toute manière, il n'avait pas le choix.

Or, après s'être collé aux pas de Dro, après l'avoir supplié de le laisser l'accompagner, lorsque celui-ci avait décidé qu'il devait rester près de lui, Myal n'avait plus rêvé que de lui échapper. Mais pour fuir où? Et dans quelles conditions, avec cette terrifiante créature spectrale à leurs trousses?

Un vaste escarpement se soulevait par paliers pour fermer la vallée, marches creusées, poudreuses, d'herbe sèche et blanchie, contremarches de brusques talus qu'escaladaient des arbres d'un vert presque noir. Sur les dernières dénivellations, les arbres cédaient la place à des affleurements d'argile sculptés par l'érosion, qui ne semblaient flamboyer dans les ocres que pour intimider Myal par leur inaccessible altitude. La chevauchée de la veille lui avait noué les muscles des jambes et ces crampes que la marche avait d'abord dissipées effectuaient à présent un retour en force.

Des mûres émaillaient de baroques perles noires une haie de ronces. Myal se jeta dessus au mépris des épines pour s'en repaître goulûment. Puis il en cueillit d'autres et, pressant le pas, rattrapa pour la première fois Dro afin de les lui proposer telle une offrande propitiatoire.

Il fut plutôt surpris de voir le tueur de fantômes accepter les baies et les manger comme si lui-même ne les avait pas remarquées en passant.

– Il est plus de midi, s'inquiéta Myal. Quand nous arrêtons-nous?

– Allez, fit Dro sur un ton presque badin. Ne me dites pas que vous êtes déjà las de cette tonique petite randonnée.

– Ça me dépasse que vous ne préfériez pas voyager à cheval avec cette... avec votre... enfin, ça me dépasse. Vous avez pourtant les moyens de vous offrir une monture.

– Commencerais-je à me déplacer à cheval que je

ne pourrais bientôt plus aller nulle part autrement. La seule manière d'empêcher cette saleté de se figer à jamais c'est de la tuer à la tâche jour après jour.

– Vraiment! (Gratifié de cette confidence, Myal se sentit ravi et presque flatté. Il s'enhardit et reprit :) Vous semblez connaître l'itinéraire le plus direct pour Tulotef.

– Pratiquement. Mais ne prononcez pas ce nom. Pourquoi croyez-vous qu'on lui a donné un surnom?

– Et cette créature, dit Myal. La fille...

– Non, l'interrompit Dro. N'en parlez pas non plus.

Perplexe et mal à l'aise, Myal ne parla plus de rien.

Ils abordèrent l'escarpement et la grimpée commença. A chaque regard en arrière, les terres faiblement déclives qu'ils avaient traversées se transformaient un peu plus en étrangère contrée, évanescente et lointaine, peut-être impossible à jamais regagner.

La mère de Myal était morte six mois après sa naissance. Autre bêtise que d'être né d'une femme qui allait mourir si tôt, et probablement par sa faute. Ainsi matricide par inadvertance s'ajoutait à la liste de ses débits. Puis il avait été élevé, ou bouté hors de l'enfance, par sa brute épaisse de père. A l'âge de douze ans, il s'était enfui. Et il fuyait toujours. Il continuait également de voler; son premier vol qualifié avait été celui de l'instrument – la seconde fois que ce dernier se voyait indûment soustrait à son propriétaire. Précédemment, Myal n'avait tenté que de petits larcins à l'instigation de son père et sous la menace de la courroie.

Lorsque le soleil parvint à l'issue de sa chute et que la lumière commença de faiblir, ils gravissaient toujours le vaste escalier naturel sur la première marche duquel ils avaient posé le pied au tout début de l'après-midi. L'analogie entre l'existence et cette ascension sans espoir vint alors à l'esprit de Myal. Quoiqu'ils se fussent un moment reposés sous des arbres, son dos et ses jambes n'étaient plus qu'un cri déchirant. Il ne parvenait à comprendre comment Dro, l'infirme, pouvait maintenir son allure avec une telle indifférence apparente, avec une telle grâce dans ses enjambées inégales. Le ménestrel commençait à se dire que le tueur de fantômes s'imposait ce supplice dans le simple but de torturer son compagnon.

« Et si je m'arrête net, que se passera-t-il? »

Myal s'arrêta net. Dro ne parut pas s'en apercevoir. Il continua de grimper dans les premières touches du crépuscule.

– Hé! hurla Myal. Hé là!

Un oiseau jaillit d'un arbre. Dro s'immobilisa mais ne se retourna pas.

– Je n'irai pas plus loin, reprit Myal. Il commence à faire sombre.

Puis il se rendit compte que Dro ne s'était pas arrêté pour autant.

Bêtement, ayant reçu l'ordre de ne pas aborder le sujet, Myal avait presque réussi à se le sortir de la tête. Les appréhensions dont s'accompagnait la tombée du jour pouvaient fort bien s'interpréter comme la compréhensible aversion pour une nouvelle nuit sur la dure, sans parler des ours qui peut-être rôdaient dans ces hautes terres et de la perspective de dormir le ventre vide. Ciddey Soban s'était vue reléguée dans un coin de la conscience du ménestrel et il n'avait pas eu la moindre envie qu'elle en émergeât.

Ce qu'elle faisait pourtant maintenant, et à juste titre.

Dro précédait Myal d'environ cinquante pieds. Une quarantaine de pieds, peut-être, devant le tueur de fantômes, une jeune fille gravissait allègrement la pente. Elle ne se retournait pas, n'hésitait pas, ne proférait ni menaces ni railleries. Elle était simplement là, marchant d'un pas résolu, pâle comme une étoile qui vient de s'allumer au ciel. Ciddey. Redoutable, inébranlable Ciddey.

Myal se remit le cœur en place et, du pas délicat de celui qui s'aventure sur une fine couche de glace, commença de combler la distance qui le séparait de Dro. Si la jeune fille fantôme se retournait, il était prêt à se figer, à se changer en arbre, à plonger au fond d'un trou...

Elle ne se retourna pas.

Il parvint à la hauteur de Dro. Au travers des rideaux d'ombre qui se refermaient, il examina le visage impassible du tueur de fantômes.

– Ce n'est pas ma faute, murmura-t-il.

Quoique d'une douceur extrême, la voix de Dro n'eut rien d'un murmure.

– Peut-être. Elle ne devrait pas être en mesure de se manifester sans attache. Or, il ne semble pas y en avoir. Et elle est tout de même là.

– Voulez-vous que je rejoue la chanson à l'envers?

– Non. Je ne crois pas que cela serve à grand-chose. Je dirais que, la fois dernière, elle ne s'est éclipsée que par une sorte de courtoisie méprisante.

– Qu'allons-nous faire?

– La suivre. C'est apparemment ce qu'elle attend de nous. Et il n'est pas impossible que nous apprenions quelque chose en nous conformant à ses désirs.

– Où... mais où va-t-elle?

– Où donc, à votre avis?

– A Tu... je veux dire, à Ghyste Mortua.

– C'est ça. Elle doit connaître la route. Ce qui est loin d'être illogique.

– Dans toutes les histoires qu'on m'a racontées, fit observer Myal, l'esprit vengeur poursuit ses victimes; jamais il ne les conduit. Et si elle s'arrêtait?

– Et si vous la fermiez, fit Dro, toujours sans hausser le ton, peut-être pourrions-nous repartir.

Oubliant la douleur qui lui cisaillait les muscles, Myal se remit en marche. Tous deux s'enfoncèrent, précédés par Ciddey Soban qui ne se retournait toujours pas, dans la noire caverne de la nuit.

Puis une invisible déchirure s'ouvrit dans les noires parois de la caverne pour lui livrer passage et elle disparut.

D'abord, ils attendirent et tournèrent leurs regards de tous côtés pour la chercher. Des arbres s'interposaient devant eux sur la pente, dissimulant ce qui se trouvait derrière. Au bout d'une minute de silence absolu, ils reprirent leur ascension et franchirent le rideau d'arbres. Rien ne bougeait; une fois de plus les ténèbres étaient désertes. Le sol cessait toutefois de monter et, comme aux frontières du monde, butait sur le vaste velours d'un vide sans lune qui était probablement une forêt.

Leurs yeux se posèrent sur ce néant.

– Elle est partie, décréta Myal. (Puis une pensée le frappa.) Si elle s'est servie de moi pour se manifester, je n'ai rien senti cette fois, non plus qu'hier. En fait, sa présence ne s'est jamais accompagnée chez moi de sensation particulière, hormis dans l'hôtellerie des religieux, lorsque j'étais malade.

– Vous vous accoutumez à lui donner votre énergie, voilà tout. C'est maintenant que ça devient particulièrement dangereux.

– Merci. Voilà qui me met vraiment du baume au cœur.

Le ménestrel s'assit sur l'herbe rase, se prit les genoux dans les bras et y enfouit sa tête. Il avait beau dire, il se sentait exténué, accablé par une terreur morne.

– Nous allons passer la nuit ici.

– Perspective prodigieusement réjouissante.

– J'ai l'intention de monter la garde pendant trois heures. Ensuite, ce sera votre tour.

– Non, je ne fais pas le guet. Je suis fichu de voir apparaître quelque chose et d'en mourir de peur.

– Si vous voyez quoi que ce soit, vous me réveillez. Mais vous prendrez votre tour de garde.

– D'accord, je le prendrai.

Une heure plus tard, la lune se leva dans un long ruisseau de nuages.

Myal dormait d'un sommeil agité. Dro, les yeux fixés sur les terres environnantes, gardait une immobilité proprement inconcevable, ne clignant même que de loin en loin ses yeux, comme si c'était sa malédiction, telle celle de certains veilleurs mythiques, de monter la garde pour l'éternité.

8

– Myal, disait une jeune fille en lui léchant tendrement l'oreille. Oh, Myalmyalmyal.

Myal se réveilla, déjà bien excité, déjà plein d'appréhensions.

– Il y a quelqu'un?

– Oh, Myal, dit la jeune fille. Ohmyal.

Elle était étendue contre lui, appuyée sur un coude. Sa chevelure blond cendré noyait leurs deux visages. Il savait ce dont il s'agissait et se demandait pourquoi il n'était pas pétrifié de terreur. Puis l'explication lui apparut, simple, évidente. Parl Dro s'était trompé, lui-même s'était trompé, Ciddey n'était pas morte.

Lorsqu'il l'avait tirée hors de l'eau, il l'avait sauvée, ainsi qu'il avait eu l'intention et s'était désespérément efforcé de le faire. Qu'elle n'eût pas immédiatement repris connaissance n'avait rien de très surprenant. A tort, il avait cru lui voir un visage congestionné... jeu de lumière sans doute, illusion née de son inquiétude, de la fièvre qui déjà le menaçait. Non, Ciddey était vivante, et elle s'était débrouillée pour les rattraper. Elle jouait avec les nerfs de Dro pour le punir, mais à Myal qui l'avait sauvée, elle avait décidé de révéler la vérité.

– Vous n'êtes pas morte, murmura-t-il, donnant corps sonore à ses pensées.

– Que c'est gentil de me dire ça.

Il sentit sur sa joue l'effleurement d'un baiser et frémit, de jouissance et d'inquiétude. Puis il lui passa par la tête de s'enquérir de Dro. Il finit par localiser une forme sombre, en elle-même peu concluante, mais qui, étendue au pied d'un arbre, ne pouvait être que Dro. Compliments pour le guet! A moins que... ce n'ait été le tour de garde de Myal, et que Myal se fût endormi?

– Venez avec moi, dit Ciddey Soban en lui effleurant une fois de plus la joue de ses lèvres glacées si réelles et si vivantes.

– C'est-à-dire que... normalement... je devrais...

– Pourquoi discuter? Vous m'aimez bien, vous le savez... Allons nous promener ensemble. N'allez pas me dire que ça ne vous plairait pas. Là, en bas, dans le bois. Ce n'est pas très loin.

– Bon, d'accord.

Il était allé se promener dans un bois avec la fille du duc Gris. La promenade s'était terminée sur un tas de feuilles mortes et, pour finir, quelques mois plus tard, par une fuite à la faveur de la nuit avec, à ses trousses, une trentaine d'hommes du duc, ivres et assoiffés de sang, menant une meute de chiens féroces. Il ne savait comment, mais il leur avait échappé. En fait, sans jamais savoir comment, Myal réussissait toujours à s'échapper. Peut-être n'était-il pas aussi malchanceux qu'il le croyait.

Avec une feinte nonchalance, il laissa la jeune fille lui prendre la main dans sa petite main froide pour l'entraîner sur la pente raide qui descendait vers la forêt. Presque par inadvertance en se levant, il avait repris l'instrument en bandoulière. Et tandis qu'ils se frayaient un chemin entre les racines et les sillons creusés par le ravinement, le poids de la caisse tendait à lui faire perdre l'équilibre et il se cognait fréquemment contre Ciddey, ce qui n'était pas nécessairement désagréable. De minute en minute, Myal était de plus en plus excité, de plus en plus en proie aux appréhensions. Dans le temps où ils s'engagèrent sous les voûtes de la forêt qui murait le bas de la pente, le ménestrel, fébrile et secoué d'un rire stupide, se raccrochait à la fille aussi souvent qu'il le pouvait, le cœur battant à tout rompre dans ses oreilles, un atroce et pesant murmure d'avertissement jouant en bourdon sans qu'il en tînt compte dans les tréfonds de sa conscience.

Elle aussi, Ciddey Soban sauvée des eaux, semblait quelque peu fiévreuse. Dans la douce et faiblement luminescente caverne des bois, elle se retourna pour l'embrasser. Le long, très long baiser fut glacial et merveilleux. Leurs corps se fondirent l'un dans l'autre et réclamèrent de ne plus jamais se séparer. Dans l'œuvre de chair, ils allaient littéralement pouvoir se transformer en arbre haletant et vibrant sous la violence d'un éternel orgasme.

Mais alors, elle s'arracha de ses bras, taquine. Elle éclata d'un rire clair et s'enfuit entre les vivantes colonnes de la nef. Bien entendu, il courut à sa poursuite. L'ombre des troncs passait sur sa pâleur en la zébrant, donnant l'impression qu'elle vacillait comme la flamme d'une lampe dans un courant d'air. Puis, tout d'un coup, elle disparut.

Il avait tout oublié de l'aspect surnaturel qu'avaient revêtu ses précédentes apparitions et, criant le nom de la jeune fille, il se rua vers l'endroit qu'elle venait de quitter, en partie par fureur, en partie parce qu'il savait qu'elle attendait de lui cette réaction. C'était pour le pousser à bout qu'elle l'excitait, le narguait, se dérobait. Lorsqu'il aurait atteint le degré souhaité de confusion morale, de malaise physique, elle se donnerait à lui.

Il la retrouva presque aussitôt. Elle avait porté l'art de narguer, de se dérober et d'exciter à un raffinement extrême.

Une mare stagnait au milieu des arbres, noire et luisante comme une plaque de ciel nocturne au poli parfait qui serait tombée là. Il suffisait d'ailleurs de lever la tête pour découvrir au firmament le demi-cercle blanc du trou laissé par le morceau en se détachant.

La lune embrasait Ciddey debout au centre de la mare dont l'eau se lovait passivement autour de ses genoux. Elle semblait avoir poussé dans cette flache, mince tige que surmontait la fleur d'un visage. Ses cheveux ruisselaient d'une eau sombre qui en fonçait les pointes, mais elle écarta ces voiles pour se les draper derrière les épaules. Tout aussi trempée, sa robe s'était dotée de la diaphane minceur du papier si bien qu'il voyait au travers son corps nu, vaporeux mais distinct dans ses plus secrets détails. Elle avait les lèvres entrouvertes sur un sourire, cependant que pesait le regard de ses yeux de cendreuse virescence. Elle l'appelait à elle, pressante comme la pulsion dont il sentait maintenant rayonner dans son être les élancements. Il n'en hésitait pas moins, brûlant de la rejoindre mais glacé par la moirure de cette eau si froide et d'une si étrange immobilité alors que la jeune fille y esquissait le mouvement de se lisser la chevelure en manière d'invite.

– Là-dedans? lui demanda-t-il d'une voix rauque et niaise.

– Oui, oh, oui, gémit-elle.

Il en eut le cœur si serré qu'il ne put supporter plus longtemps de rester loin d'elle. Crispant poings et mâchoires sous la morsure du froid, il pénétra dans la mare en se disant, dans une extase masochiste, qu'elle allait de nouveau s'enfuir dès qu'il serait sur le point de l'atteindre. Mais elle tendit les bras vers lui quoiqu'elle ne fît pas un pas, comme si cela lui était impossible, comme si elle avait les pieds enracinés dans la vase mouvante du fond.

Sans transition, il fut près d'elle et l'étreignit. L'instrument continuait de lui cogner dans le dos, le félicitant après l'avoir encouragé. Alors que les bras serpentins de la fille se lovaient autour de lui, il connut fugitivement la terreur des inéluctables répercussions : l'embrouillamini, le piège, les complications sans nombre, déchirements bien vite supplantés par ceux du plaisir. La seconde vague d'horreur – l'éventualité d'une déception, d'un fiasco – était encore à venir. Elle pouvait ruiner les moments suprêmes, ou être sans effet, mais jusqu'à présent, cette préoccupation ne l'avait pas même effleuré. Non plus que les angoissantes considérations sur la manière dont ils allaient s'y prendre, sans nul endroit pour s'étendre ou s'appuyer, sans rien sous leurs pieds que l'eau noire et la boue.

Avec un cri plaintif, il se laissa submerger, les bras, les yeux, la chair et l'âme emplis de la fille. Son regard n'embrassait plus que pâleur et ténèbres; ses narines n'étaient plus sensibles qu'aux fragrances d'une chevelure et d'une peau. Elle s'écrasait contre lui, broiement insupportable, mais il serait mort de ne plus le sentir; il faisait des passes magiques sur elle avec ses mains, et elle, avec les siennes, opérait des sortilèges dans ses cheveux, le long de ses flancs, le verrouillant avec une énergie sauvage dans l'unique posture qu'il désirait adopter, tenir, pour y demeurer, pour y pousser des cris, pour y périr...

L'eau explosa.

Le tonnerre le saisit par les cheveux, par l'épaule. Il fut tiré en arrière. Là où son corps avait adhéré à celui de la fille, il parut se déchirer comme un tissu trop vieux. Il hurla comme un forcené, s'entendit hurler, fouetta l'air de ses bras soudain vides, bascula en avant, s'étala de tout son long. L'eau lui bondit par-dessus la tête; il en avala, puis en avala encore en tentant de se faire un chemin vers l'air. Quelque chose accéléra ce processus en le tirant brutalement de la mare et en le forçant à se retourner. Puis un coup terrible en travers du crâne le fit de nouveau basculer. Cette fois, il ne tomba qu'à moitié, retenu par une autre masse tout aussi dure qu'élastique et qui, à son tour, le sortit de l'eau.

Hululant pour retrouver son souffle, aveuglé, fou de rage, il atterrit à genoux sur un sol dur comme de l'airain. Il laissa pendre sa tête et, dans une quinte de toux, cracha l'eau qu'il avait avalée. Dans son dos, l'instrument expectora celle que contenait sa caisse de résonance. Puis, alors qu'il retrouvait une claire vision des choses, quatre sveltes jambes équines lui apparurent, picorant le sol devant lui de leurs sabots ferrés. Et, derrière elles, quatre autres, puis quatre encore.

L'intense délice des sens était devenu douleur sourde de tout le corps. Myal sentait monter la nausée. La peur était déjà là. Par étapes, il perçut le silence de la fille dans la mare et, se retournant à demi, l'entraperçut. Elle avait le visage ravagé par la rage et par la peur.

De sa propre peur, il tira la force de hisser son regard plus haut que les jambes des chevaux.

Ils portaient hauberts de mailles, ces trois hommes, et de vastes capes repliées sur leurs épaules comme des ailes. Un ténébreux joyau scintillait de noirs feux sur une main ou autour d'un poignet. Un autre couvait de fangeuses luisances rouges. Des visages hostiles, sculptés dans le marbre et sertis dans d'élégantes et hostiles chevelures bouclées, posèrent un regard dur sur Myal, puis sur la mare et sur la fille.

– Vous, dit l'un des hommes sans regarder Myal.

– Moi? fit le ménestrel.

– C'est folie que d'aller avec ça. Ne savez-vous différencier les plaisirs normaux de la nécrophilie?

La nausée rejoignit la peur. Il se traîna jusque dans un buisson et s'efforça de vomir. Personne ne vint se mêler de ses affaires. Par-dessus les spasmes vains qui le secouaient, il entendit vaguement un échange de paroles de sinistre augure. Les trois cavaliers – gardes du corps de quelque duc ou hommes liges de quelque comte, à en juger par leur apparence – haranguaient la fille qui était toujours dans la mare. Ils la traitaient de tous les noms en mêlant à leurs invectives sur un ton méprisant le terme de « mort-vivant ». Il en ressortait pour le moins qu'ils ne la craignaient pas. Ils crachèrent par terre en disant qu'elle était une voleuse; ils la vouèrent à d'étranges châtiments qui avaient trait à des tombes, à des vers, à des flammes, à des roues. Et elle, d'une voix suraiguë évoquant les cris d'une chauve-souris, leur répondait en des termes tout aussi vifs.

Myal se laissa tomber sur le flanc, l'instrument calé contre son omoplate, les genoux ramenés sous le menton. Une vague impulsion le prit : s'esquiver, sortir du bois, remonter la pente, retrouver Dro. Mais avant qu'il ne pût donner corps à cet ambitieux projet, l'un des cavaliers surgit au-dessus de lui, se pencha de sa selle et le traîna en terrain découvert avant de poser sur Ciddey un regard noir.

– Il est des châtiments prévus pour ceux qui frayent avec des âmes égarées. Les parages – et notamment cette forêt – sont littéralement truffés de cette maudite engeance de non-morts. L'ignoriez-vous? Ceux qui leur donnent asile ou qui les encouragent dans leur mort-vie méritent d'être unis à eux dans un même destin. Mais certes pas de douce manière. Aimeriez-vous connaître le détail de ces sanctions?

– Non, merci, répondit poliment Myal.

– De toute façon, je tiens à vous en informer. Il est une école de pensée qui est d'avis de retrancher purement et simplement le corps du délit. La main, par exemple, si vous leur avez tendu la vôtre; l'oreille, si vous les avez écoutés; la langue si vous leur avez parlé. Dans votre cas, l'amputation risque d'être assez déplaisante en considération de ce que vous vous apprêtiez à faire.

C'était trop ignoble. Il ne pouvait s'agir que d'une plaisanterie.

Myal rit jaune. Les hommes rirent aussi, mais très fort et très longtemps, tout en cavalcadant autour du ménestrel qui se sentit pris de vertige. Puis l'un d'eux éperonna sa monture et la dirigea droit vers la flache. L'animal parut terrorisé alors qu'il bondissait, yeux révulsés, crinière au vent, lèvres retroussées sur des dents pareilles à des touches d'ivoire. A l'instant même où les sabots de ses membres antérieurs entrèrent en contact avec l'eau, la main du cavalier tourbillonna dans l'air, prolongée par une lame tranchante. Myal vit le blanc visage de Ciddey se rejeter en arrière mais sans pouvoir éviter la trajectoire de l'épée. Il imagina l'atroce rencontre de la peau, de l'os, des yeux vert cendre, des lèvres qui embrassaient, avec le fil acéré de la lame. Puis quelqu'un jeta un sac incolore sur la tête de Myal, le cri de la fille devint un long sifflement ténu – comme la vibration d'une longue et fine corde métallique – et perdit soudain toute importance.

Il revint à lui, le visage enfoui dans la crinière d'un cheval, à califourchon, mais dans une position des plus inconfortables puisqu'on avait pris la précaution de lui attacher les mains sous l'encolure de l'animal.

Ce dernier galopait entre ses deux congénères. Si

deux cavaliers montaient le cheval de droite – quoique, bizarrement, celui de gauche parût tout aussi surchargé – seul le premier tenait d'une main ferme les rênes de la monture de Myal.

Comme de bien entendu, tout s'était terminé dans le malheur, la méprise et l'injustice.

A coup sûr, lorsqu'ils avaient tué la fille, ils s'étaient rendu compte qu'elle n'était pas un fantôme. Et peut-être n'en étaient-ils que plus redoutables. Cette masse en croupe du cheval de gauche était-elle le cadavre de Ciddey? Sans doute les gens qui vivaient si près d'un lieu légendaire tel que Ghyste Mortua se montraient-ils d'une méfiance déraisonnable envers les étrangers. Myal aurait dû y penser, et Ciddey aussi.

Ciddey...

La seule évocation de la jeune fille l'emplit de terreur. Non plus soudain à cause de sa mort par le fer qu'à cause de... Etait-il envisageable que ces trois forcenés ne se fussent pas trompés? Peut-être une bénédiction ou de saintes reliques serties dans son pommeau avaient-elles rendu l'épée propre à l'exorcisme. Myal avait déjà entendu parler de ce genre de choses, il lui était même arrivé de les chanter dans ses ballades. Et si elle avait été morte... De nouveau, il se sentit au bord de l'évanouissement et lutta désespérément pour garder contact avec la réalité.

– Où allons-nous? demanda-t-il à son escorte.

La question lui était familière. Il l'avait déjà posée à Dro ce matin où il s'était réveillé avec la fièvre et pareillement couché sur un cheval. Le tueur de fantômes n'avait pas répondu. Cette fois, l'un des cavaliers le fit... à sa manière.

– C'est une surprise. Ça vous excite?

Le cheval bondit pour franchir une crevasse. Myal glissa, l'instrument lui cogna dans le dos et sa figure sur le garrot de l'animal.

Il maudit l'instrument dans l'hystérique soulagement de ne pas l'avoir perdu.

Tout le reste se présentait comme un tissu d'horreurs contre lesquelles il était impuissant. Et puisqu'il ne pouvait rien faire, autant replonger dans l'inconscience. Une fois de plus le sac incolore s'ouvrit pour lui et il roula dedans.

– Non, dit une voix.

Puis une main lui tordit la tête. Un filet de jus noir et brûlant lui coula dans la bouche. Il avala, eut un haut-le-cœur, ravala. Le statisme de sa monture était absolu. Il flottait une indéniable aura d'arrivée. Quelque part.

Myal ouvrit les yeux.

Il ne voyait pas très loin ni grand-chose dans sa position mais ils semblaient s'être arrêtés sur une sorte de pont ou de chaussée. Derrière eux s'étendait la nuit, dépouillée des tours et des campaniles de la forêt. Devant, il y avait de la lumière.

L'un des hommes se pencha sur Myal, bouchant le peu de vue dont il disposait.

– Non, vous n'allez pas retomber dans les pommes.

– Excusez-moi, marmonna le ménestrel.

– Nous tenons à ce que vous ayez fière allure en selle. Il n'y a pas de gloire pour nous à vous avoir capturé si vous êtes évanoui, larmoyant et affalé sur votre monture comme un paquet de linge au retour du lavoir.

– Oui, je comprends.

– Si vous êtes raisonnable, nous vous laisserons vous asseoir normalement.

– Et lorsque nous franchirons les portes, dit un autre d'une voix suave, vous pourriez crier et vous débattre un peu. Histoire de donner l'impression que vous êtes un brave ulcéré d'avoir été pris, voyez-vous ?

– Alors nous vous convaincrons par des gifles et par des coups d'adopter une attitude plus conforme à votre état de captif. Ça sera du meilleur effet. Alors, qu'en dites-vous?

– J'aimerais mieux... commença Myal, mais une voix l'interrompit net.

– J'ai une meilleure idée, disait la voix.

Le ménestrel était dans l'incapacité de tourner plus loin la tête et, partant, de voir qui venait de parler. De toute façon, cela cessa d'être nécessaire.

– Eh bien, fit l'homme penché sur lui, quelle est cette idée, Ciddey?

– J'ai idée, dit la voix de Ciddey, de lui nouer un ruban autour du cou, et de le mener ainsi en ville. Vous autres, vous pourriez suivre.

Les trois cavaliers éclatèrent de rire. Leur rire était sombre et menaçant.

– Vous êtes bien hardie pour une nouvelle, fit remarquer l'un d'eux.

Ciddey ne riait pas. Elle se laissa glisser du cheval de gauche et s'avança vers Myal qui, pour la regarder, se mit le cou à la torture.

– Ce qui est dommage, reprit-elle, c'est que j'ai bien l'impression de n'avoir aucun ruban sur moi.

Soudain, les liens qui enserraient les poignets de Myal sous l'encolure du cheval se relâchèrent, dénoués ou tranchés par un membre de son escorte. Il resta néanmoins affalé, les bras pendants, jusqu'à ce qu'on le redressât sans ménagement.

– Vous ne savez plus que penser, n'est-ce pas, Myal Lemyal? fit Ciddey Soban en lui posant la main sur la cuisse, une main froide comme la neige en hiver. Ils ne m'ont pas tuée. C'était une épreuve. Ils peuvent tuer, certes, mais pas... une amie.

Myal alors leva la tête et regarda devant lui.

Son regard embrassa la cascade des remparts crénelés, les portes monumentales, la lumière des lampes dont la brillance niait celle des étoiles et réduisait la lune à une vague et spectrale lueur. Et plus bas, très loin, il distingua les contours d'une étendue d'eau qui lui parut immense bien que sa situation lui interdît de voir plus de deux branches du pentagone étoilé qu'elle formait.

L'un des cavaliers lui asséna une claque sur le bras, une claque violente et glaciale. Plus aucun doute ne subsista dans l'esprit de Myal. Il n'apprit rien de neuf lorsque, à tour de rôle, le plus courtoisement du monde, ils lui dirent :

– Bienvenue à Tulotef.

Après un intervalle d'oubli, Parl Dro ouvrit les yeux.

Il avait dit à Myal de le réveiller au bout de trois heures mais sans s'imaginer un instant que le ménestrel pût résister aussi longtemps au sommeil. Aussi avait-il réglé sur cette durée son horloge interne.

Il s'éveilla dans un silence et dans une immobilité absolus sans avoir besoin de plus de quelques secondes pour retrouver pleinement la conscience du présent. Puis, sans se permettre encore le moindre mouvement, il laissa son regard courir sur la crête. Immédiatement, il enregistra l'absence du musicien mais la présence de son instrument, calé contre un arbre, sa bandoulière traînant à terre comme une queue effrangée. Le tueur de fantômes aurait pu supposer que le ménestrel s'était éclipsé pour satisfaire dans l'intimité quelque ordinaire exigence de la nature si, pour lui, Dro, l'ensemble du paysage environnant n'avait paru bruire et luire sur un mode imperceptible, comme si quelque masse minérale était tombée du ciel.

Dro se redressa, se leva, puis gagna l'endroit où, près de son instrument, Myal avait été assis. L'herbe y était encore quelque peu tassée – non point sur la surface restreinte occupée par une personne assise mais sur celle, plus longue, correspondant à l'empreinte d'un corps couché. Conformément aux mornes prévisions de Dro, Myal s'était endormi pendant son tour de veille. Mais alors qu'il contemplait cette forme en creux, Dro percevait en outre des symptômes familiers : les cheveux qui se dressaient sur son crâne et sur sa nuque, le minuscule rongeur qui paraissait détaler le long de son dos.

Il se tourna et son regard se porta sur l'océan d'arbres qui noyait les vallées en contrebas. La lune culminait dans le ciel mais la brise était à peine assez forte pour porter jusqu'à la crête les bruits étouffés de la forêt.

Il entendit cependant la note claire et ténue – comparable au chant d'un oiseau, peut-être même à celui d'un pipeau – qui, avec la précision d'une aiguille, transperça ombres et frondaisons un quart de lieue plus bas.

Il n'y eut rien de plus, ou du moins n'entendit-il rien d'autre.

Le feu était presque mort. Dro l'acheva promptement en quelques coups de botte.

Puis il ramassa l'instrument de Myal, le tint un moment entre ses mains et, non sans répugnance, se l'accrocha sur l'épaule. Son contact, son poids, sa forme, son aura – celle du monde intérieur d'un autre homme? – le perturbaient profondément.

De but en blanc, Dro cracha une obscénité à la nuit puis s'arracha de la crête pour s'engager sur le terrain traître descendant presque à pic vers la forêt. A peine eut-il fait deux ou trois pas que son pied buta contre quelque chose; il baissa les yeux et s'aperçut qu'il s'agissait du corps de Myal Lemyal.

Il était infirme, et voilà qu'il avait à supporter le poids mort d'un instrument cauchemardesque sur une épaule et le poids mort d'un homme sur l'autre. L'homme, à vrai dire, n'était pas bien épais et, de ce fait, léger à porter. Néanmoins, cela restait un fardeau dont il aurait aimé pouvoir se dispenser.

Des sentiers à peine marqués couraient au hasard dans la forêt comme si on y avait laissé se dévider d'innombrables pelotes de ficelle dont l'écheveau embrouillé se serait ensuite transformé en lacis de pistes presque indécelables. La nuit avait ajouté une seconde forêt à la première, pépinière mise en place au crépuscule et dont la croissance accélérée avait fait surgir de gigantesques arbres à l'épais tronc d'ombre dense qui obstruaient toute nef, toute avenue.

Dro avait suivi le lit d'un ruisseau à sec jusqu'à un abîme de mousses et de broussailles où, jadis, une mare avait miroité. L'endroit miroitait encore, mais d'une phosphorescence parapsychique. C'était de là qu'était monté le cri perçu par Dro sur la crête.

Il entreprit alors de suivre un sentier purement aphysique. Une sorte de brillance aveuglante comme un reflet sur un rasoir et qu'il était cependant seul à pouvoir distinguer.

La lune bascula derrière lui et s'esquiva en catimini derrière les ténèbres et le feuillage. A un moment donné, un renard traversa l'insubstantiel chemin; ses yeux s'étrécirent, son poil se hérissa, terrifié qu'il était par les vibrations de la mort-vie qui semblaient embraser l'extrémité des brins d'herbe.

Et, finalement, le jour s'annonça.

Avec un soulagement nauséeux, et non sans colère, Parl Dro sentit la piste s'effacer sur le sol et dans l'air.

Devant lui, les arbres de nuit qui avaient poussé entre les vrais commencèrent de s'effriter et de se dissoudre. Les roses nuances de l'aube s'immiscèrent dans les trouées qu'ils désertaient. Le monde s'ouvrit sur de vastes espaces neufs. Une gouge cisela le bois, l'ajoura, et tout ce qui était nuit disparut, y compris l'ignoble et stridente voie vers Ghyste Mortua que les morts avaient ouverte sur leur passage.

Dro lâcha un juron, le même que précédemment. Il fit glisser de son dos le corps du musicien, le laissant choir au hasard à terre avec l'instrument dans son sillage. Puis il s'assit sur le tronc d'un arbre renversé par l'âge ou par quelque tempête et, avec lenteur, tendit devant lui le cruel et criard tortionnaire qu'était devenue sa jambe infirme.

Son regard erra sur la forêt qui retrouvait ses couleurs et l'éclat de ses contrastes, sur les oiseaux qui s'ébrouaient dans les flaques de lumière. Mais sa douleur hurlait d'une voix si puissante que, temporairement sourd à tout ce qui n'était pas elle, il n'entendit pas, ne put entendre, leur joyeux gazouillis.

Pas plus qu'il ne perçut le bruit grinçant du traîneau. Ou plutôt si, il l'entendit, mais n'y réagit pas spontanément. Lorsque, enfin, il parvint à se convaincre de la proximité d'une présence et de l'intérêt d'y prêter attention, il se retourna et découvrit une femme, à quelque dix pieds de lui, près d'un traîneau de fabrication grossière chargé de branchages et relié à ses mains par deux cordes aux torons effrangés. Le soleil naissant la frappait de face, accentuant l'impression qu'elle était contemporaine de la création du monde. Néanmoins, vêtue de noir et noire de prunelle, elle aurait pu passer pour une très vieille sœur de Dro.

– Belle journée, lança-t-elle d'une voix de verrou paralysé par la rouille.

– Hum!

Elle lâcha les cordes et s'avança vers lui.

– Pas pour vous, c'est vrai, dit-elle. (Puis, rouillée comme sa voix, elle s'agenouilla devant le tueur de fantômes et, de ses mains desséchées, saisit la jambe écartelée. Tout autre que Dro en eût poussé un hurlement terrible.) Ayez confiance, lui dit-elle comme s'il avait crié. Vous verrez.

Et il vit. L'intolérable supplice se tailla un chemin au travers de ses entrailles et de ses côtes, atteignit son gosier et s'en fut. Une fraîche et lente chaleur sourdait des mains de la vieille qui tordaient et faisaient rouler sous leur paume les muscles de son mollet et les os que ces muscles enrobaient. Les terribles élancements s'enfuirent, laissant libre accès au frais ruisseau de chaleur. Il se laissa tomber sur le tronc et versa vers le sommeil mais se retint juste sur le seuil. A l'issue d'un long et merveilleux moment, les mains de la vieille quittèrent sa jambe. Elle s'assit par terre, repoussa son capuchon et entreprit de retresser ses fines nattes de cheveux gris anthracite.

– Ne faire que vous remercier, dit-il, serait d'une rare indécence. Quels honoraires avez-vous coutume de prendre?

Elle lui décocha la flèche de son regard.

– Trois pièces de dix liards.

Il dissimula un petit sourire. Elle était pauvre. Quatre-vingt dix deniers constituaient pour elle une fortune. La seule pensée de cette somme avait fait naître sur ses traits flétris une sauvage expression de convoitise.

– A mon sens, ce n'est pas assez.

– C'est suffisant. Le soulagement ne sera que de brève durée.

– Je sais.

Il commença d'extirper de sa poche les pièces qu'il avait à lui donner, non sans difficulté car sa main se mouvait paresseusement et il avait du mal à compter.

Au-dessus de sa tête, les feuilles avaient des yeux d'or et il se renversa pour les regarder. Il aurait aimé ne plus jamais bouger, mais, pourtant, il se redressa. La morne, supportable et ordinaire douleur se réveilla dans sa jambe. Il n'avait jamais douté qu'il en serait ainsi. Nul guérisseur ne pourrait jamais l'en débarrasser. Il tendit la main et posa cinq pièces de dix liards dans le giron de la vieille.

– Parfait, dit-elle. Ça ira. (Elle désigna du menton

le corps de Myal qui gisait dans l'herbe.) Où l'emmenez-vous? Chez lui, pour l'enterrement?

Dro la reconnaissait vaguement. Elle était un élément de l'ordre des choses. Il avait croisé sur sa route l'archétype de la vierge, puis celui de la femme mûre. A présent, il rencontrait l'ancêtre. Demoiselle de Vaisseaux, Reine de Flammes, et celle-ci, Reine d'Epée. Sa sœur, en vérité.

– Non, dit-il. Il n'est pas mort.

– C'est pourtant l'impression qu'il donne. Pas de respiration. Nul rythme dans sa poitrine.

– Son cœur bat. Un coup toutes les quelques minutes.

– Ma foi, dit l'antique reine, je n'aurais jamais... (Elle se leva et s'approcha de Myal, se pencha, grinça, s'agenouilla, lui caressa les cheveux.) Tu es en catalepsie, n'est-ce pas, mon gars? susurra-t-elle à l'oreille de Myal. Pauvre petit. Dors, dors bien. (Elle ôta la main des cheveux de Myal.) Maintenant, dit-elle, maintenant, voilà...

– Ghyste Mortua, fit Dro.

– Oui, oui. (Elle semblait ne plus pouvoir tenir en place.) Vous êtes un tueur de fantômes, et lui, un ménestrel qui voudrait composer une ballade sur Ghyste Mortua pour devenir célèbre. N'avez-vous donc jamais songé à le mettre en garde? Il ne connaîtra jamais le succès, il est trop bon. Trop bon musicien pour être jamais célèbre, pour être jamais aimé. C'est un génie. Il ne sera jamais reconnu par ses contemporains. Nous n'avons de l'estime que pour les assez bons, les bons, les très bons, mais pas pour les meilleurs, jamais pour les meilleurs. Jamais avant que nous ne soyons rassurés de les savoir morts, hors d'état de tirer parti de leur supériorité pour nous nuire. On se garde toujours d'applaudir un magicien car son tour suivant pourrait bien être de dévorer le monde. Ah! Un battement de cœur! Oui, je l'ai vu dans sa gorge. Aidez-moi, nous allons le porter sur le traîneau.

– Si je vous laisse de l'argent, dit Dro, vous serait-il possible de vous en occuper pendant que je continue ma route?

– N'êtes-vous pas curieux de savoir ce qui a provoqué la transe? dit la vieille.

– Un mort-vivant s'est nourri de lui.

– Il y a autre chose. Aidez-moi.

Dro s'approcha, souleva Myal et le porta jusqu'au traîneau pour l'y étendre sur le dos par-dessus les fagots qui crissèrent et craquèrent sous le poids. Puis il alla ramasser l'instrument et saisit les cordes servant à tirer le véhicule. Sa jambe se plaignait, plainte douce amère, aisément oubliable.

– Quelle direction?

La vieille femme lui fit signe de la suivre et, d'une démarche de canard, s'enfonça vers le sud entre les arbres.

Au bout d'une dizaine de minutes, ils débouchèrent dans une clairière. Les ocelles de soleil jonchaient l'herbe rase ou éclaboussaient les murs de pierre d'une masure. L'existence de cette dernière remontant à maintes décennies, le sol s'était considérablement affaissé sous ses fondations. Près de l'unique ouverture, une porte de guingois, s'épanouissait un parterre de simples ou d'herbes folles. Il s'y dressait également un poteau de bois que surmontaient deux mains jointes en plâtre noirci par les intempéries, l'emblème local des guérisseurs sans doute. Barbouillés sur la porte dans un graphisme excentrique qu'il eut du mal à déchiffrer, Dro parvint à lire ces mots : ICI VIT SABLE.

Dro se demanda fugitivement qui pouvait venir ici consulter la guérisseuse. Devait-il en déduire la proximité d'un village ou d'un bourg bien que, du haut de la crête, il n'eût aperçu nul toit, nul clocher, dépassant des arbres. A moins que la forêt n'eût repris ses droits sur une agglomération désertée sous la pression de la famine ou d'une peste. Auquel cas, seule la vieille femme serait restée, réussissant à survivre de quelque mystérieuse manière.

Elle enfonça plutôt qu'elle n'ouvrit la porte et fit signe à Dro de tirer le traîneau à l'intérieur avec son chargement de bois mort sous un homme qui semblait l'être. C'était une pièce obscure encore noyée de nuit. Il y flottait une odeur de cave et l'âcre fumée d'un feu de mauvais combustible auxquelles se mêla bientôt la senteur suiffeuse des deux chandelles qu'elle alluma dans leurs niches respectives. On décelait aussi l'aromatique présence d'herbes desséchées ou mises à macérer dans les pots, dans les seaux, dans les urnes qui s'empilaient le long des quatre murs. Dans un coin, un tas de chiffons faisait office de lit et Dro reçut la consigne d'y installer le ménestrel.

Sable – ainsi qu'elle se nommait selon toute vraisemblance – s'approcha pour examiner Myal qui paraissait aussi mort que n'importe quel mort que Dro ait jamais eu l'occasion de voir et qui pourtant ne l'était pas.

– A-t-il l'art de se plonger lui-même en catalepsie? s'enquit-elle.

– Pas que je sache.

– Vous le connaissez bien?

– Non. Mais assez pour savoir ça, je pense.

– Ce n'est pas un fantôme qui l'a mis dans cet état, dit Sable. C'est une personne vivante. Un guérisseur. Quelqu'un qui a la science des simples. Vous avez croisé ce genre de gens sur votre route?

– Une fois seulement. Une jeune fille qui fricotait dans la magie verte. Et elle est morte.

– Il existe une drogue qui provoque ce genre de catalepsie. Elle baisse la flamme de la vie comme celle d'une lampe, jusqu'à ce qu'il ne reste plus qu'une infime lueur. Et lorsqu'on a des dons parapsychiques, l'esprit se trouve libéré de cette enveloppe corporelle réduite au minimum. Vous savez ce que ça signifie, tueur de fantômes? Tout simplement qu'on obtient ainsi le fantôme d'un homme qui est toujours vivant.

– D'accord. Mais comment s'y est-on pris?

– Je vais vous le dire. Dans un instant. Vous avez un couteau?

Dro étudia le visage de la vieille puis sortit son poignard qu'il lui tendit en le prenant par la lame. La courtoisie du geste suscita chez Sable un petit rire muet. Puis elle se pencha et l'acier tranchant commença de courir sur la poitrine du ménestrel. Dans la pénombre, Dro mit un certain temps à comprendre que c'était la chemise et non l'homme qu'elle disséquait. Avec délicatesse, en se gardant d'y toucher, elle écarta les lambeaux de tissu de la pointe du couteau. Une poche s'était trouvée ouverte et son contenu se répandit sur la peau de Myal Lemyal : une pièce de cuivre percée d'un trou, un dé presque effacé par l'usure, un rouleau de mince fil métallique qui avait sans doute quelque chose à voir avec l'instrument, un petit chien de terre cuite.

Dro reconnut immédiatement ce chien mais sans pouvoir se rappeler où il l'avait vu. Il se le représenta d'abord attaché à la roue d'un chariot. Puis Cinabre lui apparut dans la lueur de son four, modelant le bibelot dans l'argile.

Toujours en se servant du couteau, Sable déplaça le chien. Il y avait une légère marque diaphane sur la poitrine de Myal à l'endroit où l'objet avait roulé en s'échappant de la poche qui, elle, était trempée.

Par pur réflexe, Dro se pencha.

– N'y touchez pas, l'arrêta Sable. La terre dont est fait le petit animal a été rendue poreuse. On a mis la drogue à l'intérieur afin qu'elle se diffusât au bout d'un certain temps au travers de l'argile, du tissu puis de la peau. C'est un poison de contact. Pas besoin de le boire, le toucher suffit. Porté contre le cœur, là où il le portait, il a parfaitement rempli sa mission. C'est progressif, vous comprenez, ça pénètre peu à peu et puis... *pfuitt*! Ça vous souffle comme une chandelle et adieu votre esprit. Il a dû faire quelque chose qu'elle n'a pas apprécié. C'était un homme à femmes, n'est-ce pas?

– Pas précisément. Pouvez-vous le ranimer?

– Pas précisément non plus. Je puis ôter la petite figurine et la drogue cessera de se distiller en lui. Nous savons qu'il est doté de pouvoirs parapsychiques. Si son corps astral est suffisamment fort, il peut tenter de réintégrer seul son enveloppe matérielle. S'il est faible, il n'en fera rien. Mais dans un cas comme dans l'autre, cela prendra des jours avant que nous ne puissions nous faire une idée. Des jours et des nuits.

9

Le soleil se déplaça, son ardeur s'accrut, et il en vint à pénétrer à flots par la porte ouverte de la masure.

Sable prépara une infusion de simples qu'elle versa dans une petite timbale de fer et la tendit à Dro. Elle semblait ne rien avoir à manger chez elle ni disposer au-dehors d'une quelconque source de nourriture. En venant, il n'avait pas même remarqué de champignons dans la forêt ou dans la clairière ni, à plus forte raison, volailles, vaches, pommiers ou vignes. Sans doute ne vivait-elle que de tisanes.

Alors qu'il trempait ses lèvres dans la sienne, Parl Dro fut traversé par une verte et douce amère réminiscence qu'il n'identifia qu'avec une infinie répugnance. Le breuvage servi par Sable avait le même goût que celui concocté par la grand-mère de

Soyeuse dans cette autre masure, citadine et propre comme un sou neuf, et dans un passé quasiment vieux de trente ans.

Ils restèrent un long moment sans rien dire, tout aussi muets, presque aussi calmes que Myal sur son lit de chiffons. Terre-à-terre, la vieille guérisseuse avait déshabillé le musicien pour exercer sur le corps inerte l'extraordinaire pouvoir de ses mains. Ce faisant, elle ne montrait rien des égrillards quoique vains appétits du grand âge, non plus d'ailleurs qu'une réelle sollicitude pour son patient. A deux reprises, elle chargea Dro de retourner le corps du jeune homme et lui demanda finalement de le placer sur le dos, la tête légèrement inclinée vers l'épaule gauche, et de rabattre sur lui un drap déchiré mais d'une propreté acceptable.

Les rayons du soleil, dans leur progression féline, avaient presque atteint Myal lorsque Dro adressa la parole à Sable.

– Parlez-moi de Ghyste Mortua.

Elle le regarda et aspira une gorgée de tisane.

– Vous savez déjà tout ce que vous avez besoin de savoir.

– Vous qui vivez sur le seuil, vous devez en savoir plus.

– La nuit, les bois résonnent de bruits, dit-elle. Vociférations des cavaliers, tonnerre des sabots de leurs montures. Ils ne se préoccupent pas de moi. Je suis trop vieille, trop près du bord, des portes de sortie. Trop laide aussi. Non, ils ne s'occupent pas de moi.

– Et votre village, dit Dro. Est-ce Ghyste qui en a fait fuir les gens?

– Cela et autre chose. Mais peut-être est-ce une façon de me demander si les morts-vivants gagnent en force dans les parages, alors je vous réponds oui. Ils sont même de plus en plus forts. Je n'ai jamais été dotée du septième sens mais quand j'étais jeune fille, on voyait les arbres au travers des formes pâles comme du lait qui flottaient dans la forêt. Maintenant, les morts ressemblent à s'y méprendre à des mortels. Vous voulez que je vous dise... tout à l'heure, en vous découvrant dans la lumière de l'aube, un doute m'a prise.

– Seraient-ils assez forts pour se manifester après le lever du soleil?

– Ils sont très forts.

– Mais à certaines époques seulement, dit Dro.

– Evidemment. Vous attendiez-vous à être contredit? Au seul moment parapsychique en correspondance avec le moment du glissement de terrain. Pas un jour du calendrier, ni un mois précis, ni une année, mais des retours du cycle lunaire, stellaire, des périodes de conjonction, d'orientation particulière du zodiaque. L'une d'elles est en cours. C'est pourquoi vous êtes là, hein? Et lui aussi... de quelque manière, il a été averti du bon moment. Il est donc plus intelligent que vous ne pensez.

– Ou que lui-même ne le pense.

– Avez-vous trouvé la solution de votre énigme? s'enquit-elle. Je veux dire la femme qui a modelé le petit chien d'argile, y a placé la drogue, et pourquoi elle l'a fait.

– Peut-être.

– Qu'allez-vous faire?

– Que vais-je faire?

– Le plus simple, dit Sable. Suivre la voie qu'elle vous trace car c'est la plus facile. Surtout pour vous, Parl Dro.

– Vous connaissez donc mon nom, dit-il sans intonation particulière.

– Je l'ai deviné, rectifia-t-elle. J'ai toujours entendu dire qu'un jour vous viendriez.

Opiniâtre et morose, la vieille douleur lui rongeait les os de la jambe. Cette vieille douleur si comparable à la peur.

Et commençait à se profiler le souvenir qu'il avait tenté de tenir à distance. Il l'avait relégué, hors de portée, dans quelque obscur grenier de son esprit. Et il avait entassé devant d'autres souvenirs. Des détails de son enfance, de sa jeunesse, et même des images de Soyeuse. Plutôt rouvrir des plaies que de passer à ses propres yeux pour un imbécile!

Mais à présent, il était irrésistiblement entraîné vers le passé. La tisane, la douleur, Myal à moitié mort, le message de Cinabre, toutes ces choses poussaient Dro à rebrousser chemin sur la grand-route de sa conscience. Pas très loin, d'ailleurs. Il se retrouva portant son regard par-dessus cinq années, puis par-dessus plus de vingt ans. Il se vit à quinze, vingt-cinq, trente-cinq ans. Les années de croissance et d'apprentissage, par approximations successives, par la réflexion, la lecture et le dialogue, dans son inéluctable vocation. Il retrouva le visage des deux ou trois vieillards, commentateurs professionnels ès exorcismes, qui avaient été ses maîtres. En fait, il n'avait jamais vraiment eu besoin d'écouter leurs discours. Pour quelque obscur motif, il savait déjà. Il avait toujours su, et toujours eu la force, parapsychique, métaphysique, de porter ce savoir à sa terrible, à son essentielle mise en œuvre. Soyeuse, en mourant, lui avait révélé cet avenir tout comme elle aurait pu, en ne mourant pas, lui en révéler d'autres, meilleurs, plus doux, moins rares. Oui, eût-elle vécu, que serait-il à ce jour? Journalier, peut-être. Ou petit propriétaire terrien, s'il avait eu de la chance. Des fils et des filles, une épouse, une vie comme il faut, un bonhomme de chemin à se briser l'échine, une vie toute simple, d'une merveilleuse banalité. Si elle avait vécu, si elle n'était pas venue vers lui sous la pluie avec ses mains froides et son élémentaire malignité. Mais il ne pouvait s'attarder sur Soyeuse. Le souvenir qu'il évitait n'était pas si lointain. Très proche, au contraire. Très, très proche. Pas celui d'un gosse de treize ans mais celui d'un homme vêtu de noir. Et pourtant, comme de bien entendu, Soyeuse participait à ce souvenir. En avait presque été la cause première.

Il revoyait la montagne avec une exceptionnelle netteté. Elle était devant lui dans son souvenir, pointant dans le crépuscule du nord-est, telle une cheminée qui aurait craché pour fumée un unique nuage et un essaim d'étoiles précoces, vives comme des escarbilles. Par-delà cette montagne s'étendaient des terres qui s'enfonçaient dans la légende, dans le mirage qui l'attirait, Tulotef, Ghyste Mortua. Il avait connaissance de la venue du temps, du temps qui toutes les quelques années revenait, le temps de la manifestation. Philosophes et charlatans lui avaient tous transmis cette croyance qu'il avait faite sienne avec un mysticisme sec et prosaïque.

Etrange néanmoins que cette foi initiale en Ghyste Mortua lui parût si vague et si informe à présent qu'il se la remémorait. Plus un centre d'intérêt comme un autre qu'un objectif irrésistible. Rien de la quête oblative qu'elle était devenue.

Ce qui était arrivé, le problème qu'il avait rencontré avant de franchir la montagne, l'avait probablement influencé. Il était toutefois paradoxal que des obstacles apparemment placés sur sa route aient pu renforcer sa détermination à la poursuivre.

Le versant sud de la montagne était faiblement boisé, les arbres semblant se rabattre sur ces massifs plus lointains qui, au sud et à l'ouest, s'étaient faits d'une telle imprécision dans le crépuscule qu'ils n'étaient plus que des décors peints, des décors animés d'un mouvement de fuite.

Une clairière trouait cette forêt clairsemée. Un morceau de soleil s'y était accroché pendant toute la durée de son coucher, continuant d'y brûler maintenant sur un nid de bûches. Dans la clarté des flammes, on distinguait non loin la masse lourdaude d'un chariot avec un chien décharné au poil mité attaché à sa roue, mais pas de cheval en vue.

Après une arrivée plutôt soudaine sur les lieux, Dro s'était immobilisé. Découvrant cette présence étrangère par l'ouïe ou l'odorat mais, de toute manière, avec un retard appréciable, le chien s'était lancé dans un raffut de tous les diables, tentant de compenser son précédent manque de vigilance par le volume sonore de ses aboiements. Vaguement amusé par la scène, Dro n'en surveillait pas moins l'éventuelle irruption de derrière le chariot ou d'entre les arbres d'un homme armé d'une hache, d'un couteau ou d'un bâton. En fait, ce fut une femme qui parut. Et elle avait les mains vides.

Si elle se contenta d'être là et ne fit franchir qu'à son regard les quelque quarante pieds qui la séparaient de Parl Dro, elle ne lui en infligea pas moins l'un des plus grands chocs de son existence. Car c'était Soyeuse, Soyeuse prise sur le vif – ou reprise à la mort? – et pis que de la revoir telle qu'il l'avait connue du temps de leur enfance, c'était Soyeuse telle qu'elle aurait pu devenir avec les années, une femme dans la splendeur de l'âge, un peu plus grossière peut-être, peut-être un peu plus fine, mais avec une chevelure scintillante, toujours semblable à du miel fondu dans la clarté du feu, répandue sur son dos et sur ses seins.

Avant même d'en avoir pris conscience, il avait commencé de s'avancer vers elle, sans vraiment le vouloir, mais sans pouvoir s'en empêcher.

Le chien abandonna son bruyant cabotinage pour se cantonner dans un grondement guttural, et la femme qui était Soyeuse recula jusqu'à la roue, tendit la main vers elle, prête à détacher la corde qui retenait le chien.

Quand Dro s'approcha, elle lui cria :

– Qui êtes-vous? Comment pouvez-vous avoir l'audace de violer mon intimité? Mon homme sera bientôt de retour; il s'occupera de vous.

Bluff, de toute évidence. Le cheval était parti, et

l'homme avec. On pouvait en déduire une absence pour le moins prolongée.

– Je ne vous veux pas de mal, annonça-t-il, haut et clair.

Il se sentait la poitrine moins oppressée depuis qu'elle avait crié car sa voix n'était pas du tout celle de Soyeuse, même en tenant compte des années écoulées.

Mais son visage... plus il se rapprochait, plus il avait le sentiment de s'avancer vers Soyeuse. D'un pas l'autre, il avait le temps de gravir les degrés d'une terrifiante méditation qui lui disait que, peut-être, un fantôme n'était pas seulement capable de tromper la mort, de prendre corps, de frapper les sens par le réalisme de son apparence mortelle, mais aussi – ultime escroquerie – de paraître mûrir, avancer en âge. Pourquoi pas? Si l'esprit pouvait survivre à sa mort, en occulter les preuves, finir par se mentir à lui-même en se persuadant de la réalité de sa « vie », alors, sûrement, était-il en mesure de se croire en train de grandir, de vieillir, comme le restant des vivants.

Mais Parl avait détruit l'attache de Soyeuse. Il l'avait libérée... assassinée...

La femme était belle. D'une beauté généreuse. En dépit d'une silhouette mince et fragile, il émanait d'elle une capiteuse opulence qui trouvait son expression la plus achevée dans le désordre luxuriant de sa chevelure de miel. De miel aussi sa peau hâlée par le soleil d'été, nervures sur une feuille d'or les fines rides autour de ses yeux. Un anneau de cuivre brillait à sa main. Il y avait donc réellement un homme quelque part. Pas ici, en tout cas.

Dro fit glisser le capuchon de sa tête. Il marchait avec lenteur et, sa claudication n'étant presque plus sensible, seule demeurait l'extrême grâce de son port. Il s'attachait également à garder les mains en évidence hors de la cape, révélant ainsi qu'elles ne tenaient nulle arme et n'en avaient aucune à leur portée.

Le regard de la femme se riva sur le visage de Dro. Puis, soudain, elle se détendit. Sa main s'écarta de la corde du chien sur lequel ses yeux descendirent se poser.

– Calme, dit-elle. Ce n'est rien.

– Merci de me faire confiance, dit Dro.

– Il faudrait être idiot pour vous confondre avec un voleur. Quant au viol, ajouta-t-elle effrontément, vous n'avez sans doute jamais eu besoin d'y recourir. (Elle rougit mais son regard n'en était pas moins remonté se fixer sur le visage de Dro.) Où allez-vous ?

– De l'autre côté de la montagne.

– C'est là qu'est parti mon homme. Traiter une affaire avec quelqu'un. Acheter quelque chose... ou le voler. Le salaud ! Il ne sera pas de retour avant demain. Et encore, s'il est en état de repartir de là-bas au matin. S'il n'est pas ivre mort dans quelque auberge je ne sais où, au lit avec quelque femme je ne sais où. En admettant même qu'il ne soit pas en train de se soûler au point d'être incapable d'aller avec une femme. Oh, excusez-moi.

Le chien avait cessé de gronder pour se coucher, son museau triste entre ses pattes squelettiques. La femme alla jusqu'au feu et se servit d'une longue broche pour extraire de la marmite qui mijotait sur les braises un os bien enrobé de viande. Le chien se dressa aussitôt et, dans un pathétique épanchement de salive, suivit des yeux l'os que la femme refroidissait en l'agitant. Elle le déposa devant l'animal et, tandis qu'il s'attaquait à son miraculeux repas, le caressa avec une douloureuse tendresse.

– Pauvre petit, dit-elle à Dro, parlant du chien comme d'un enfant. Mon homme le bat et l'affame. Il aurait une meilleure vie seul dans les bois. Il y deviendrait loup et apprendrait à se débrouiller. Je le lui ai dit... au chien... oui, je le lui ai dit et je le répète, je lui promets qu'un soir je le laisserai s'en aller, que je le détacherai pour le faire partir. Alors, c'est moi qui serai battue. Mais je le ferai, un soir. Tu me crois, chien? (Ses yeux se levèrent un instant vers Dro qui, tout ce temps, était resté immobile à la regarder.) Vous allez penser que j'ai un grain, n'est-ce pas?

– Non.

– Ça viendra. Mais en attendant, veuillez partager ce ragoût avec moi. Je ne peux quand même pas en donner au chien sans vous en proposer.

– Vous pourriez.

– C'est aussi que je préfère ne pas vous voir partir. Vous comprenez, il m'a laissée seule ici, et j'aimerais mieux qu'il y ait un homme à proximité. Nous sommes du sud, voyez-vous. Je ne suis pas encore habituée à ce pays.

Elle se raidit et le regarda. Sa gorge avait la délicatesse d'un ivoire sculpté, avec sa peau tendue et cependant soyeuse au travers de laquelle il percevait les battements de son cœur.

– J'aimerais rester si vous m'acceptez, lui dit-il.

Elle sourit.

– D'accord. Mais attention, il ne s'agit pas d'une invite.

A cela, il comprit que c'en était une.

Il se demanda stupidement si, de son côté, il ne lui rappelait pas quelqu'un d'autre, ou si elle n'était qu'une femme légère, ou encore simplement esseulée. Que le beau sexe fût attiré par lui se présentait comme une constante. Par lui et par les demi-vérités qui couraient sur le rapport entre célibat et pouvoirs parapsychiques. Par le désir de savoir si un tueur de fantômes éprouvait du désir ou non. A moins, bien sûr, qu'elle n'eût pas deviné ce qu'il était.

Ils mangèrent près du feu, puis elle alla chercher une outre de bière, et ils burent ensemble. Elle commença de se passer les doigts dans sa chevelure qui se transforma en orage électrique de fumée dorée. Dans un demi-sommeil, elle chanta, tournée vers les flammes, d'une voix légère et vibrante. Elle se livrait à une forme de magie intuitive destinée à l'enfermer dans un cercle enchanté. Tout comme jadis avait fait Soyeuse lorsque, juchée dans le pommier, elle avait parlé aux oiseaux ou aux feuilles... et maintenant, alors qu'il lui adressait la parole, elle le regardait sans plus de surprise que Soyeuse n'en avait jadis manifestée.

– Puis-je payer mon écot pour ce repas?

– Je ne crois pas, dit-elle.

Ils parlèrent un moment de la pluie et du beau temps, et du métier de jongleur que son mari pratiquait selon la saison. Elle s'abstint de lui poser des questions, ne lui demanda pas même son nom. Et lui non plus ne s'informa pas du sien. Il n'aurait pu le prononcer, tout comme il n'aurait jamais pu se résoudre à l'appeler « Soyeuse ». L'épisode entier avait un parfum de rêve et d'éphémère.

Le chien s'était endormi sur le flanc, d'or aussi dans la lumière des flammes, puis de rubis lorsque le feu baissa.

Et quand tous deux se penchèrent ensemble pour rajouter une branche sur les braises, leurs corps se touchèrent enfin. Entre eux, l'œuvre de chair s'était faite à ce point inéluctable et désirée qu'il eut l'impression de l'avoir connue maintes et maintes fois par le passé. Chaque baiser, chaque caresse parut être le fruit mûr d'une longue intimité, dénué de toute hésitation, de toute gaucherie, de toute culpabilité. Tout en elle était source d'amour, même ce que les années avaient délicatement estompé, ce qu'elles avaient gravé à l'eau-forte pour y sertir leurs filets de dorure.

Ensuite, ils restèrent enveloppés l'un dans l'autre près du feu et, bercés par la respiration du bois tout autant que par la leur, s'endormirent, puis, plus tard, s'éveillèrent de nouveau.

Puis, une heure avant le lever du soleil, les jappements plaintifs du chien tirèrent encore une fois Parl Dro du sommeil.

Il faisait froid, de cette humidité glaciale qui ruisselle des arbres avant l'aube d'un jour d'été. Le feu s'était éteint. La femme était répandue dans sa chevelure de miel, endormie, la joue contenue dans la coupe de sa main. Un unique sein dénudé ressortait sur son teint mat, d'une étonnante blancheur de neige. Le chien s'était levé. Il avait le poil hérissé. Un cheval, non loin, broutait l'herbe rase. Près du chariot, il y avait un homme.

Il ressemblait trait pour trait au grossier malandrin que la femme avait craint de voir surgir la veille au soir. De cela seul, Dro déduisit que c'était son mari. Trapu, sale, débraillé, il était planté dans une étrange posture à demi accroupie, cheveux et vêtements en désordre, ainsi qu'un bout de boyau qui pendait devant l'ensemble. Seules ses mains, fines et déliées, offraient un curieux contraste avec le restant de sa personne quoiqu'elles fussent pour l'heure transformées en poings rougeauds.

– Ouais, dit-il d'une voix pâteuse et avinée bien qu'il ne fût que trop lucide. Ouais, ouais, ouais.

La situation était d'un ridicule achevé, digne d'une bonne centaine de chansons ou de plaisanteries en vigueur dans les tavernes. Dro se leva brusquement et, ce faisant, rassembla ses vêtements sous le regard flottant et mauvais de l'homme.

– Ouais, ouais, ouais, poursuivit ce dernier.

Dro gardait le silence et l'homme finit par trouver autre chose à dire.

– N'allez-vous pas vous écrier : « C'est une affreuse méprise »? Ou bien : « Ce n'est pas parce que je suis couché entre les cuisses de votre femme que j'ai automatiquement fait quelque chose de mal avec elle »?

– Je vous dirai tout ça si ça peut vous faire plaisir.

– Me faire plaisir? Plaisir? (L'homme se redressa et enjamba un sac de cuir qui traînait dans l'herbe... Le butin de son raid de l'autre côté de la montagne? Lorsqu'il passa devant le chien sans pourtant le regarder, l'animal se plaqua peureusement à terre. Puis l'homme avança droit sur Dro, sans se soucier de contourner les vestiges du feu.) Vous l'avez prise de force, n'est-ce pas? Elle se refusait et vous l'avez violée.

– Oui, je l'ai violée.

– Elle a l'air violée, dois-je dire. Tout ce qu'il y a de plus violée.

Dro sentait dans son dos le regard de la femme, réveillée, assise, mais il ne se retourna pas. L'homme était à présent si proche que le relent d'alcool dont était chargée son haleine envahissait les narines du tueur de fantômes qui se déplaça d'un pouce ou deux afin de s'interposer exactement entre mari et femme.

– Je crois, dit l'homme en baissant les yeux vers son épouse, qu'elle était légèrement consentante.

Dro fit un pas vers lui, le poing droit levé, le bras gauche déjà tendu pour bloquer tout mouvement que l'autre pourrait faire. Mais, tout de suite, la femme fut debout, lui tirant le bras en arrière.

– Non, fit-elle en un souffle. Non. Ce n'est rien.

– Bien sûr que ce n'est rien, dit l'homme. Pourquoi trouverais-je quelque chose à redire? J'ai passé toute la nuit avec une pute. (Il leva vers Dro un visage rayonnant.) Eh oui, nous nous sommes offert une pute, l'un comme l'autre. Vous êtes content de la vôtre? La mienne était très bien.

La femme commença de pousser Dro.

– Partez. Je vous en prie. Partez maintenant.

– Vous feriez mieux de m'accompagner, lui dit Dro.

– Hé là! Qui c'est qui me fera mon petit déjeuner? se récria l'homme. Oh, et puis je m'en fiche. (Il s'assit près du feu éteint et retira ses bottes.) J'ai le gosier sacrément sec.

La femme, crispant de sa main brune la robe sur ses seins blancs, ramassa l'outre de bière et la tendit à son mari.

– Merci, dit-il avant de se mettre à boire bruyamment.

– Allez-vous-en, dit-elle à Dro. Je vous en supplie.

– Bon. Mais vous...

– Allez-vous-en.

Dans la grisaille immobile et mortelle des derniers instants de la nuit, Parl Dro commença de s'éloigner. Au bord de la clairière, il se retourna et la vit en train de rallumer le feu. L'homme avait toujours les lèvres soudées au col de l'outre. Le chien évoquait une roche au ras du sol. Le cheval piétinait lourdement l'herbe rase.

Dro s'enfonça dans le bois jusqu'à ne plus être visible de la clairière et attendit. Il ne se passa rien sinon que le soleil finit par se lever. Alors qu'il ne l'espérait plus, la femme apparut entre les troncs. Elle conserva entre elle et lui quelques toises pour lui crier dans un chuchotement féroce :

– Ne vous ai-je pas dit que vous deviez partir? Si vous n'êtes plus là, il ne me fera rien. Ce n'est qu'un grand gosse. Allez-vous-en maintenant. Faites ce que je vous ai dit. Bon sang, vous n'êtes rien pour moi. C'est lui, mon homme.

Un bon moment, Dro marcha d'un pas lent, l'oreille tendue, craignant d'entendre les cris d'une femme battue. La forêt bruissait, résonnait du gazouillis des oiseaux. Rien d'autre. Il en vint à se convaincre qu'elle avait su ce qu'elle faisait et que tout se passerait pour le mieux. Après tout, elle avait eu le choix. Dro aurait pu la protéger. Rien ne la contraignait à rester avec un homme comme cet ivrogne.

Elle cessa de ressembler à Soyeuse et devint une femme avec laquelle il venait de passer une nuit. L'épisode en prit un aspect gênant et futile.

Atteindre le sentier quittant le couvert des arbres pour grimper à flanc de montagne l'amena aux environs de midi. D'ores et déjà, il avait avalé l'incident comme une pilule amère. Et, à la manière de tout événement isolé, celui-ci s'était fait irréel.

Quatre cents toises au plus le séparaient encore du col lorsque le mari de la femme le rattrapa.

Il entendit le claquement des sabots sur les affleurements rocheux du sentier, sut ce dont il s'agissait mais ne se retourna pas tout de suite et, lorsqu'il le fit, eut l'impression que l'homme tombait du ciel. Dro avait eu largement le temps de n'être pas pris au dépourvu mais n'en avait pourtant rien fait. Son mépris pour l'homme, son mépris pour la femme qui restait avec une telle brute et son mépris – si fugitif fût-il – pour lui-même s'étaient unis pour le faire attendre avec arrogance, parfaitement visible sur le bord du chemin.

Bien sûr, il avait en mémoire les poings de l'homme, faibles de nature, rendus tremblants par l'alcool et, surtout, vides de toute arme. Mais cette fois, un inhabituel et sourd sursaut de violence avait armé l'un de ces poings débiles d'un objet qu'à proprement parler Dro ne vit jamais. Pour la simple raison que, sans mot dire, avec une extrême malice dans la préméditation, la fourberie, la précision du geste, l'homme se coucha sur sa selle et délivra son coup à l'exact moment où il parvenait à la hauteur de Dro. Et s'il ne visa pas comme on aurait pu s'y attendre la tête ou le cœur ou même, avec un obscène à-propos les parties, la cible du coup n'en fut pas moins parfaitement obscène et pleine d'à-propos puisque l'homme, avec toute l'énergie d'une haine qui ne saurait mieux se comparer qu'à la fermentation d'un tas de fumier, abattit son arme non identifiée sur l'infirme jambe gauche du tueur de fantômes.

Une seconde, donc, Parl Dro fut un homme en pleine possession de ses facultés mentales, quoique stupéfait et pris de court, dans le calme d'une après-midi d'été, pour se transformer la seconde suivante en une créature hurlante, précipitée dans un enfer qui ne connaissait ni jour ni nuit ni même l'existence d'un temps autre que l'éternel instant de sa torture.

Il comprit après coup qu'il avait basculé hors du sentier pour dévaler au gré des ravines et des fourrés rabougris qui canalisaient ou déviaient sa chute sur le flanc de la montagne au sein d'une cascade d'éboulis schisteux. Il finit par s'arrêter dans une étroite ravine obstruée. Eût-il été plus loin qu'il eût vraisemblablement quitté la montagne pour tomber dans le vide où il aurait trouvé une fin quasi certaine. De toute manière, il ne sut cela que beaucoup plus tard.

Il revint à lui une première fois dans le maelström de la souffrance, une souffrance dont il avait rêvé alors même qu'il était plongé dans l'inconscience, un rêve au cours duquel le fantôme du pont s'était remis à l'œuvre sur son mollet. Il avait maintenant l'impression de tremper dans un bain d'eau chaude... ou de sueur. Le mari vindicatif ne l'avait pas suivi, ou n'avait pu le suivre, ou n'avait pu le retrouver. Cet homme aussi, de toute manière, était oublié. La douleur n'avait rien de localisé. C'était un océan dans lequel il se débattait en hurlant. Puis il mourut de nouveau. Il continua ainsi de mourir et de se réveiller, de mourir et de se réveiller, sur un très long laps de temps, ou plutôt sur un laps intemporel. Jamais il ne sut vraiment, lorsque, enfin, il retrouva l'usage de sa conscience rationnelle, combien de temps il était resté gisant au creux de cette ravine de la montagne.

Et le premier usage qu'il fit de cette conscience

retrouvée le précipita dans un abîme de surprise car sa jambe n'était pas même cassée... quoique chaque os eût paru voler en esquilles et chaque esquille être réduite en purée.

Lorsqu'il s'extirpa de la ravine, il faisait nuit et la lune brillait dans le ciel. De la forme de cette dernière, et du souvenir estompé des horribles résurrections qui avaient précédé, il déduisit qu'il était resté deux ou trois jours entre la vie et la mort.

De l'horrible douleur il ne subsistait dans sa jambe qu'un flamboiement comme si muscles et tendons avaient simplement pris feu. De toute évidence, les nerfs lésés lors de la première blessure, et mal armés de ce fait pour en supporter une deuxième, avaient décuplé les effets du traumatisme.

Son retour à la conscience fut également marqué par un obsessionnel et fébrile désir de revoir la femme.

D'ores et déjà, il s'était pénétré de façon plus ou moins cohérente de l'idée qu'en le suppliant de partir, elle n'avait agi que pour le protéger. Sachant ce dont « son homme » était capable, elle avait bêtement cru pouvoir concentrer sur elle la colère de ce dernier. En fait, eût-elle accepté l'aide de Dro qu'ils s'en seraient vraisemblablement mieux sortis l'un comme l'autre.

Se traîner jusqu'au bas de la montagne fut un véritable calvaire mais ce fut à peine s'il se rendit compte du supplice qu'il endurait sauf lorsqu'il lui arriva de tomber et de rester dans la poussière d'ardoise avec les étoiles qu'obscurcissait l'accumulation du sang derrière ses yeux. A la fin, la descente se fit plus facile. Il s'habituait à chanceler sur le brandon brûlant de sa jambe.

Une nuit et – sans qu'il sût comment – une journée entière s'en furent avant qu'il n'atteignît la clairière du petit bois. Le chariot aussi s'en était allé. Dans le noir, il ne put déceler la moindre trace de roue sur l'herbe rase et sur le sol durci par l'été. Il ne trouva pas même les vestiges du feu.

Il entreprit, stupidement, de fouiller le bois, sans faire grand-chose d'autre que tourner en rond. Jour et nuit se fondirent. Il tomba sur une ferme abandonnée à l'orée du bois. Quelques légumes retournés à l'état sauvage s'étaient maintenus dans le potager où se trouvait également un puits. Ce fut suffisant pour le garder en vie et, peu à peu, ramener en lui logique et fatalisme.

Il perdit de nouveau trace du temps dans cette ferme en ruine. Cela faisait maintes et maintes années qu'il n'avait connu un tel état d'indécision, qu'il n'avait pas été si manifestement égaré au-dessus des horizons de son propre moi. Les jours semblaient brûlants, les nuits interminables. La vieille bâtisse tournait le dos à la forêt pour regarder vers le sud de minces vallées qui s'étiraient entre les serres des montagnes méridionales. De nuit, comme il les voyait souvent, elles ne paraissaient pas non plus très réelles. En fait, rien ne semblait l'être.

Pour finir, la pensée de Ghyste Mortua se refit jour en lui, supplantant peu à peu d'autres pensées, d'autres regrets. Franchir la montagne septentrionale redevint impératif... se remettre en quête de la légende.

Le souvenir de la femme qui ressemblait à Soyeuse se fit franchement embarrassant. Quelle qu'ait été la nouvelle blessure infligée à sa jambe infirme, elle avait guéri sans autres séquelles que l'atroce et acceptable souffrance d'antan. La même chose pouvait se produire avec le souvenir.

A l'instant même où, passé le col de la montagne, il s'engageait dans le crépuscule sur la route bleu acier qui descendait vers la macabre bâtisse en porte à faux flanquée de sa tour de pierre – la demeure de Ciddey Soban, la maison du fantôme –, il fut saisi d'une intense et merveilleuse sensation de retour au réel, de retour à un monde doté d'une finalité. Dans ce même instant, la femme dorée s'éloigna de lui comme un rêve.

Il ne lui avait jamais été possible de faire quoi que ce fût pour elle. Le malheur l'avait tenue prisonnière et il n'aurait pu l'en libérer. Une chose était certaine : il ne l'avait pas aimée. Il n'avait jamais aimé, ni femme ni homme, ni lieu ni animal ni objet. Pas même Soyeuse. Soyeuse n'avait jamais été qu'une part de lui-même.

10

Sable, une fois de plus, reformait les tresses de ses fins cheveux couleur de fer lorsque son image se reprécisa pour Dro à l'autre bout de la masure, mais le soleil ne se déversait plus sur le lit de chiffons où Myal Lemyal gisait inerte sur le dos, la tête toujours tournée vers l'épaule droite, le drap grisâtre remonté jusqu'à la pomme d'Adam et dont nul mouvement ne dérangeait toujours les plis.

– Vous êtes resté absent un bon bout de temps, dit Sable. A méditer... à moins qu'il ne soit dans vos habitudes de dormir les yeux grands ouverts. J'ai pu compter sur les doigts d'une seule main le nombre de fois où vous avez battu des paupières. Vous vous entraîniez?

Dro posa son regard sur l'agile et magique et pour l'heure absurde activité des mains de la vieille.

– Vous voulez dire que je préfère user de ma propre volonté plutôt que de la drogue de Cinabre pour entrer là-bas? Je n'ai jamais eu d'autre projet.

– En ce cas, vous ne vous demandez pas pourquoi elle a envoyé ce garçon vous y précéder?

– Elle pensait avoir vu quelque chose dans ses tirages divinatoires. Elle me l'a dit en insistant sur le fait que Myal devait m'accompagner. Ensuite, elle l'a persuadé de me rejoindre. A l'en croire, il aurait avec lui quelque bagage surnaturel dont je ne saurais me passer.

Lorsqu'il avait compris le plan de Cinabre, il n'avait pu s'empêcher d'en être légèrement surpris. Qu'elle lui collât le musicien sur le dos en prêtant un cheval à ce dernier témoignait déjà d'une tournure d'esprit bizarre, mais l'astuce de la drogue placée dans le chien de terre cuite afin de plonger Myal dans une transe cataleptique et, libérant son corps astral, de le rendre aussi proche d'un fantôme que pouvait l'être un vivant, frisait carrément le ridicule.

Cinabre devait avoir appris de son amant – ce tueur de fantômes qu'elle n'avait jamais revu – que l'ultime phase du voyage vers Ghyste Mortua ne pouvait s'accomplir qu'en esprit. Ceux qui, vivants, franchissaient la manifestation des portes fantômes de Tulotef mouraient invariablement, prétendait la légende. Il était de fait compréhensible que la mort fût inévitable pour tout être humain surpris dans ces lieux où tant de morts-vivants n'aspiraient qu'à nourrir leur non-chair de sa force vitale... quand bien même leur faim ne les poussait pas à refermer leurs griffes sur ses membres et sur ses os. Donc, ce n'était qu'en libérant le corps astral de son enveloppe matérielle qu'un homme pouvait pénétrer entre les murs de cette cité avec l'espoir d'y survivre. En se faisant aussi spectral que les spectres qui peuplaient Ghyste Mortua. A cette fin, il existait des techniques et Dro, qui ne négligeait nul aspect de la légende, les avait en conséquence recueillies, une bribe par-ci, une bribe par-là, pour en extraire une discipline spirituelle cohérente par le pouvoir de sa volonté. Cette volonté de fer qui, lieue après lieue, le portait sur la ruine déchiquetée qu'il consentait par pur euphémisme à nommer sa jambe. Cette même volonté de fer, avait-il estimé, devait être en mesure d'imposer le sommeil à la vie de son corps afin d'en libérer son esprit. Devait être capable de garder le corps intact dans sa transe et, si la chose était humainement possible, d'y ramener l'esprit une fois que celui-ci en aurait terminé avec Tulotef.

Mais Myal. Projeté en esprit telle une poignée de poussière dans le vent. Capturé par les morts-vivants – le doute n'était pas permis – et par la vierge, la Demoiselle de Vaisseaux, avec sa haine d'aquatique créature à sang froid, avec ses ruisseaux illusoires... A ce destin désemparé, Cinabre avait livré Myal parce qu'elle avait eu la conviction que la proximité du ménestrel était d'une manière ou d'une autre vitale pour Parl Dro. Si le tueur de fantômes devait entrer dans Tulotef, Myal devait nécessairement l'y précéder. Il aurait été rassurant de considérer Cinabre comme une folle, d'être furieux des méthodes qu'elle avait employées pour donner corps à ses idées fixes. Mais non sans un certain malaise, Dro avait reconnu en elle l'un de ces guides mystérieux que la voie parapsychique était susceptible de susciter. Et elle lui avait rappelé la femme dorée du bois de l'autre côté de la montagne. Reine de Flammes, Reine de Feuilles...

Et la Reine d'Epée, sa surnaturelle et immémoriale sœur aînée, préparait une fois de plus de la tisane. L'aromatique vapeur déployait ses volutes entre les murs de la masure puis s'évanouissait comme si, fantôme des simples, elle les avait traversés.

– Vous comptez donc vous plonger dans une transe sans avoir recours à une drogue et pénétrer ainsi dans Ghyste Mortua. Puis, comme tous les autres tueurs de fantômes, vous chercherez à détruire la ville. Mais ils n'y sont jamais parvenus, je me trompe? Alors vous, comment comptez-vous faire?

– Patience, et vous verrez.

Mais Parl Dro se demandait si, pour l'heure, elle pouvait voir au delà du fer, de l'acier, du diamant, du cynisme et de l'abnégation de ce désir de tuer les morts qui était le morne symbole de son existence, si elle pouvait voir au delà de tout ça la noire terreur qui gisait dans son cœur, immuable comme Myal étendu sur son lit de chiffons.

Myal Lemyal ne savait pas que son corps gisait à plusieurs lieues de distance sous un drap d'une propreté relative dans une misérable masure. Son corps médiumnique lui donnait une impression de réalité pour le moins égale à celle que le réel s'était toujours évertué à lui donner, d'autant que ce corps restait affligé des mêmes troubles dus aux nerfs et à la fatigue. Mais à vrai dire, la cité de Tulotef aussi lui paraissait réelle. Réelle comme la jeune fille.

Réelle comme les trois cavaliers qui les avaient escortés jusqu'à ses portes.

En définitive, ces hommes n'avaient pas rossé Myal. Ils ne lui avaient même pas permis de rester en selle, que ce fût affalé ou avec un maintien digne. Au dernier moment, alors que l'irrévocable arche des portes – immensément haute et large, vibrante d'échos – s'arrondissait au-dessus d'eux, ils l'avaient précipité au bas de sa monture. Tandis qu'il atterrissait lourdement sur le pavé, encore une fois rattrapé par l'instrument qui, tout aussi lourdement, lui atterrissait entre les omoplates, quelqu'un bondit sur le cheval vacant. Dans un concert de hennissements suscités par de nerveux coups d'éperons puis dans un criard vacarme d'étincelles et de claquements de sabots réverbérés, amplifiés par la masse des portes monumentales, les cavaliers s'engouffrèrent dans le cœur de l'incorporelle cité.

Myal se releva en se frottant les plus récents de ses bleus. Ciddey Soban était debout, non loin. Elle avait une expression si naturelle et si mortelle qu'il retint de nouveau son souffle dans un tourbillon de fantasmes qui le laissait indécis. Très pâle, d'une humeur manifestement massacrante, les yeux lançant des éclairs, elle tailladait de sa langue de chat l'atmosphère de cave qui régnait sous la vaste voûte.

– Racaille! Manants! glapit-elle avant d'enchaîner avec un débordement de termes si vigoureux que Myal fut choqué – quoique nullement surpris – de l'étendue de son vocabulaire.

Après avoir fait montre de ses connaissances en matière d'épithètes, elle se mit à trépigner à l'instar de toute noble demoiselle gâtée qui n'a pas été traitée comme un homme alors qu'elle pensait que son rang lui donnait ce droit.

Tout ne paraissait que trop réel. Ces portes béantes et non gardées comme celles d'une vingtaine d'autres villes dont Myal avait pu vérifier qu'il était aussi simple d'en être chassé que d'y entrer sans montrer patte blanche. Les simagrées de la fureur féminine. La fraîche humidité de la nuit. Les sons voilés de l'animation et des activités du voisinage : bruits de sabots, de bottes, d'objets métalliques, voix, roues, cloches de temps à autre. Un chien aboyait quelque part, plein de vigueur et d'exigences. Il flottait même une vague odeur ressemblant à s'y méprendre à celle d'une fournée de pain.

La seule fausse note était cette obscurité dominée par le demi-cercle de la lune. Tout cet univers sonore d'industrieuse après-midi citadine étrangement décalé au beau milieu de la nuit.

– Quant à vous...

Myal se retourna par pur réflexe. Ciddey Soban le foudroyait du regard.

– Bon sang, fit Myal sur la défensive. Qu'est-ce

que j'aurais dû faire? Vous êtes tous des fantômes.

– Taisez-vous.

Il frémit sous la venimeuse violence de son regard et reprit, servile :

– Enfin, ce sont eux qui...

– Vous m'aviez offert votre protection, gronda-t-elle.

– Moi?

– Et vous les avez laissés me rudoyer, me menacer de leur épée.

– Et vous, ne vouliez-vous pas me traîner en ville au bout d'un ruban?

– C'est tout ce que vous méritiez, chien-chien à sa mémère.

– Et s'ils m'avaient battu comme plâtre, vous...

– J'aurais éclaté de rire.

– Puisque c'est comme ça, dit Myal en se détournant de l'entrée monumentale, je vais tout bonnement...

– Non, vous n'en ferez rien. Comme protecteur, vous êtes ridicule, mais je n'ai pas le choix. Vous allez rester avec moi. Vous et votre stupide instrument de musique.

Elle franchit les portes. Son attitude ne souffrait aucune discussion. Sans difficulté, Myal aurait pu continuer de battre en retraite et s'esquiver dans la forêt qui, telle une énorme foule, se pressait contre la chaussée par rangs entiers de ténèbres effilées qui étaient des arbres. Mais était-il si simple de reculer? Quelque chose d'autre que l'autoritaire volonté de la jeune fille fantôme le ramenait déjà vers les portes.

Myal fut soudain traversé d'une inquiétante pensée, encore à l'état d'ébauche mais promise à de terrifiants développements. Il venait de se revoir près de la mare, apostrophé par les cavaliers qui lui énuméraient les châtiments encourus par ceux qui frayaient avec des morts-vivants. Bien sûr, c'était à lui qu'ils avaient adressé de telles menaces. Toutefois, il restait étrange qu'ils les aient pour la plupart proférées les yeux rivés sur Ciddey. Comme si, de la fille ou du ménestrel, ils avaient eu des doutes sur celui qui était le fantôme.

Et plus tard, qu'est-ce qui leur avait pris de l'abandonner si brutalement à lui-même – ou à Ciddey – devant les portes de la ville ? Comme s'il n'avait plus d'intérêt pour eux. Les non-morts avaient pourtant besoin de vivants puisqu'ils se nourrissaient d'énergie vitale... n'était-ce pas l'une des rengaines favorites de Parl Dro ? Alors, pourquoi...

– Myal Lemyal, vous allez vous décider à faire ce que je vous dis ?

Ciddey, déjà à l'intérieur d'une porte, posait sur lui son regard noir.

– Qu'est-ce qui m'y oblige ? demanda Myal en s'exécutant.

Une fois qu'il fut dans la cité, un sentiment de totale impuissance le submergea, une impression de faiblesse non pas physique mais morale, et pas vraiment désagréable. Ciddey et Tulotef s'étaient emparés du meilleur de lui-même. La surprise n'était pas bien grande. Il se laissa aller.

Ghyste Mortua n'était pas telle qu'il la décrivait dans les couplets dont il avait jeté l'ébauche. Nul crépuscule permanent. Rien d'estompé ou de parcheminé. Pas de lucioles. Et pourtant, une radicale étrangeté.

La rue grimpait vers les hauteurs de la cité, étroit goulet qu'enserraient les murs aveugles des maisons. Il y régnait d'épaisses ténèbres mais tout était parfaitement distinct, nuances de noir par milliers qui soulignaient jusqu'aux formes des briques et des pierres. Cependant que par-dessus les toits, d'éblouissantes bouffées de lumière montaient dans le ciel, noyant les étoiles, clarté des légendaires lampes de Tulotef, se dit-il... à moins que ce ne fût l'aura de la cité elle-même. Une brillance comparable à celle du phosphore contenu dans les os. Myal se raidit contre un frisson d'épouvante... qui ne vint pas.

Il y avait aussi quelque chose de curieux dans l'atmosphère sonore car les bruits jaillissaient de partout alors que nulle silhouette n'était directement visible. Puis soudain, tandis qu'on avait les yeux fixés sur un espace vide, on y voyait paraître un homme aussi précisément que si l'on avait contemplé sa propre main dans la lumière du jour. Un savetier qui réparait une chaussure. Un forgeron frappant sur son enclume. Des enfants qui jouaient avec un chat.

Hautaine et déterminée, Ciddey remontait la rue et Myal, page empressé ou garde du corps ou chien fidèle ou quelque autre rôle qu'il fût censé jouer, la suivait à une respectueuse toise de distance. Un grand bâtiment obstruait le haut de la rue mais il était percé d'un passage voûté dans lequel on distinguait une volée de marches. Une première lampe brûlait sous cette arche et Myal leva vers elle des yeux méfiants. C'était sans conteste une lampe fantôme, pâle phalène verdâtre qui voltigeait faiblement dans sa prison de verre encrassé par la fumée, claire et manifeste comme une fleur, comme une gemme, dans la pénombre. Et ne jetant pourtant sur les choses ni éclat ni couleur. Pas plus sur les parois que sur les escaliers. Pas même sur Ciddey lorsqu'elle passa dessous. Ni sur Myal. Et, lorsqu'il tendit la main vers sa lumière, nulle rougeur de sang ne frangea ses doigts, et il n'éprouva nulle sensation de chaleur.

– Alors, vous venez? claqua la voix de Ciddey, dix marches au-dessus de lui. Cessez de jouer avec ça. Si vous tenez à jouer, jouez donc de l'instrument.

– Non, grogna-t-il, têtu.

Il commença de gravir les marches pour la rejoindre et elle, méprisante, bondit pour maintenir l'écart. Ils débouchèrent sur une esplanade d'où la ville entière s'offrit à leurs regards, dévalant à flanc de colline sur plus d'un quart de lieue. C'était, comme l'affirmait la légende, une forêt de tours, hautes, minces, couronnées par des corbeilles de pierre crénelées. Des ruelles serpentaient de terrasse en terrasse et des toits cascadaient en recouvrement l'un de l'autre comme les écailles d'un dragon d'ardoise. Tout était plongé dans l'ombre et cependant constellé de lampes aux lueurs citrines. Et tout détail ressortait avec une extraordinaire netteté comme sous l'inverse clarté d'un vaste soleil noir aux rayons glacés. Puis, par-delà Tulotef, le grandiose et dramatique décor du paysage. Révélé par la lune, ou par la splendeur de la ville, le lac étoilé scintillait, vibrait de reflets argentés comme dans l'ardeur d'un midi de mi-été... sans susciter cependant la moindre touche de couleur. La même occulte radiance frappait les dents de scie des lointaines montagnes qui se soulevaient au-dessus de l'omniprésente forêt. D'une blancheur hivernale, elles étaient ainsi que les décrivait la légende. Et la forêt, un manteau de neige noire sous lequel disparaissait le reste du monde.

Ce paysage était muet comme... oui, comme la tombe. Mais la tombe elle-même résonnait de clameurs et de chants, de la symphonie des bruits et des cris de métier qui montaient des rues que Myal et Ciddey surplombaient. Et maintenant que son attention s'était vue ramenée sur Tulotef, le ménestrel distinguait la gigantesque procession qui suivait le cours méandreux des larges artères de la basse ville. Il en voyait les torches, flaques rutilantes, l'éclair figé des vaisseaux d'airain dont émanaient des brillances d'or gris, toutes lumières qui n'en étaient pas. Il y avait des prêtres dans le cortège, des femmes vêtues de robes taillées dans des tissus d'argent, peut-être le seigneur de la cité en personne. Les cloches emplissaient le bruit du brimbalement de leurs battants contre leurs panses piriformes.

– J'ai froid, dit Ciddey Soban.

– Vraiment?

– Oui. N'allez-vous pas vous décider à jouer? Le prince de Tulotef pourrait vous entendre, et vous prendre comme musicien à sa cour.

– J'ai déjà été musicien de cour. Ça ne me correspondait pas. J'ai... j'ai dû abandonner.

– Vous n'étiez pas assez bon.

– J'étais trop bon, répondit Myal, morose. C'est la seule chose que je sache faire, et je la fais trop bien, au point de soulever l'animosité générale.

– S'il vous plaît, Myal, jouez pour moi.

– Non.

– Je vous l'ordonne. Je suis une Soban et vous n'êtes qu'un gueux, un vagabond. Faites ce que je vous dis. Jouez!

– Je ne peux pas.

– En quel honneur?

– Je n'en sais rien.

Quelqu'un bouscula soudain Myal. Lui et la fille furent jetés l'un contre l'autre. Il y avait une énorme foule sur l'esplanade. Peut-être n'avait-elle pas cessé d'être là, inaperçue, peut-être venait-elle juste de s'y répandre. Elle était à présent parfaitement réelle et dotée de ses trois dimensions. Il en émanait même des odeurs humaines... de cuir, de sueur, de parfum, de vin. Elle était manifestement là pour assister à la grande procession qui s'étranglait maintenant dans des rues plus étroites.

– Poussez-vous, dit quelqu'un à Myal.

Quelqu'un d'autre lui marcha sur le pied; il eut mal.

Ciddey, tremblante, était plaquée contre sa poitrine.

Dans une insidieuse et lente bouffée de panique, il prit conscience que des corps se pressaient dans son dos là où il aurait dû sentir l'instrument. Dans un stupide espoir, ses mains cherchèrent la bandoulière effilochée mais, bien sûr, ne la trouvèrent pas.

Il avait dû poser l'instrument et oublier de le reprendre. Non, absurde. Mais alors, quoi ? N'avait-il fait qu'imaginer l'emporter avec lui de la crête? Mais au cours du trajet, il s'était pourtant senti un poids réel entre les omoplates et, à deux ou trois reprises, ce poids lui était violemment retombé dans le dos. Mais alors, pourquoi venait-il de répondre qu'il ne pouvait pas jouer?

L'existence de la foule semblait indéniable, mais il n'en avait pas été de même quelques instants plus tôt.

L'instrument, lui, n'existait plus alors que tout concourait à prouver son existence passée.

Concepts d'un univers flottant. Raisonnements, croyances et fantasmes de... fantômes.

Ciddey lui avait noué ses mains derrière la tête et la forçait à se baisser vers son visage. Englués dans la foule, ils s'embrassèrent. Les pensées de Myal battaient la campagne derrière ses yeux clos.

– Parl Dro va vous suivre, murmura-t-elle en lui enfonçant ses longs ongles dans les bras. Il apportera l'instrument.

– Peut-être. Oui. Je ne saurais dire.

– Il le fera. (Elle leva vers lui un sourire de louve. Puis, comme tout à l'heure, une expression extraordinairement désarmée se peignit sur ses traits.) Protégez-moi, gémit-elle.

Un gros homme ivre s'appuya sur Myal. Quelque part dans la foule alentour, une autre jeune fille parlait à voix basse d'une potion qu'elle avait fait prendre à celui dont elle voulait s'attirer les assiduités. Le ménestrel s'aperçut que, presque par inadvertance, il avait soulagé l'ivrogne de sa bourse. Monnaie fantôme. Mais, après tout, quelle importance?

Ils cherchèrent une auberge, ainsi qu'il est de coutume pour des voyageurs arrivant dans une ville inconnue. L'enseigne de celle qu'ils trouvèrent était richement peinte dans un dégradé de pâleur, de laiton clair et de sang de dragon. Elle représentait une vierge qui maintenait impuissante une licorne en la tenant par la corne tandis qu'un cavalier en cotte de mailles tranchait la tête du légendaire animal. La vue de cette allégorie arracha une grimace à Myal. Près de l'auberge, l'habituel ruisseau dévalait la rue. Un chat sculpté dans le marbre était assis sur l'une des dalles du passage à pied sec, et Myal dut attendre de le caresser pour s'apercevoir de sa méprise.

A l'intérieur de l'établissement, des hommes buvaient, assis autour des tables. Des lampes brûlaient, ainsi qu'un feu dans l'âtre, sans pour autant doter la vaste salle de chaleur ou de clarté, seulement de soubresauts démoniaques et localisés. Un aubergiste apparut et le voleur de bourse régla le prix d'une chambre avec son argent volé. Ciddey flotta jusqu'en haut des marches avec une élégance de grande dame. Ils ne se firent monter ni collation ni boisson. A l'instar des lumières de Tulotef, toute nourriture eût été fantasmagorique et superfétatoire. Toutefois, dans l'escalier, Myal se demanda : « J'ai souvenir que les trois cavaliers m'ont donné quelque chose à boire. Ou l'aurais-je rêvé? Simulation de fantômes, quoi qu'il en soit. Et je dois avoir faim. » Mais il n'avait pas faim, et il avait déjà compris pourquoi. Il était mort. Les morts l'avaient tué. Ce qu'il avait pris pour un évanouissement était en fait l'extinction de sa vie. Ensuite, ils l'avaient amené ici, histoire de plaisanter. Et si Parl Dro venait l'y chercher, la plaisanterie tournerait très mal pour Myal, comme pour tout revenant confronté à un tueur de fantômes professionnel.

Bien sûr, nulle mort-vie n'était possible sans

attache. Et Myal savait quelle devait être la sienne. L'instrument. Ce qui, toutefois, soulevait un nouveau mystère puisque Ciddey...

– N'allez pas vous imaginer, dit-elle en pénétrant dans la chambre, que nous allons partager ce lit. L'épisode dans le bois n'était qu'un jeu. Vous n'avez qu'à prendre le fauteuil. Normalement, vous devriez dormir par terre, chien.

Le lit à baldaquin était tendu de voiles noirs comme des ailes de corbeau. L'étroite fenêtre donnait au loin sur le lac. Deux rues en contrebas, le cortège poursuivait une ascension qui durait déjà depuis près de deux heures. En admettant, bien sûr, qu'il fût possible en ces lieux d'établir un compte des heures. Toutefois, la lune s'étant déplacée, peut-être l'était-ce. Myal, le regard perdu dans les flammes exsangues du feu qui faisait semblant de brûler dans la cheminée, se demandait pourquoi il ne délirait pas déjà de terreur et de désespoir.

– J'ai froid, dit Ciddey depuis son grand lit noir.

Elle tendit vers lui son étroite main blanche. Mais elle ne lui faisait plus peur, ni n'éveillait plus de désir en lui. Il se leva pourtant pour la rejoindre et se glissa dans le lit. Ils s'embrassèrent et s'étreignirent dans un triste et lascif et nonchalant néant. A son oreille, elle murmura :

– Cilny serait jalouse. Oui, ma sœur me détesterait, au lit avec un homme. (Puis, des lieues et des lieues plus tard dans les délices éperdues de baisers sans passion, elle ajouta :) Il ne faut pas essayer de me prendre. Je suis vierge.

Manifestement, d'être morte avec sa virginité lui interdisait de la perdre dans sa mort-vie. Mais n'éprouvant que cette sorte de concupiscence disloquée des rêves de fièvre, Myal était de toute manière incapable, ni non plus désireux, de modifier cet état. Sur un mode lugubre, ces limbes sexuelles constituaient une source d'intense jouissance. Il n'avait à coup sûr pas la moindre envie d'interrompre cette étreinte, ni d'ailleurs celle de la pousser plus loin.

Puis, avec langueur, entre leurs longs, leurs interminables baisers sans objet, ils se mirent à parler.

– Je crois que je suis mort, dit-il. Je dois réellement l'être.

– Chut. Ne crois pas ça. Embrasse-moi. Tu n'es pas mort.

– Mais c'est... mmm... oui, le sentiment que j'ai. Je voudrais seulement te demander...

– Non. Ne me demande rien. Embrasse-moi.

– Oui. Oh, Ciddey... Je voudrais te poser une question à propos de l'instrument. A propos de l'attache.

– Myal...

– C'est mon attache à la vie. Et elle est entre les mains de Parl Dro qui, lui, s'achemine vers cet endroit parce que... enfin, parce que c'est un tueur de fantômes, je suppose, parce que Tulotef l'obsède et qu'il est, de ce fait, obligé de venir ici un jour ou l'autre. Mais toi? Pourquoi?

– Pourquoi quoi? Mon chéri...

– Oui, ma chérie. Comment se fait-il que l'instrument soit aussi ton attache?

– Il est malin, ce Myal Lemyal. Si malin. Et si tendre.

– Ciddey... il faut me le dire.

– Je vais le faire. Tu n'es qu'un manant mais je t'aime. Voilà, c'est dit.

– Dro a brûlé ta chaussure. Et je n'avais sur moi rien d'autre qui pût t'appartenir. Je ne comprends pas comment cet instrument pour l'acquisition duquel mon père a tué un homme peut avoir quelque chose à voir avec toi. Mais c'est un fait. J'étais la source d'énergie qui permettait ton retour, et ta haine pour Dro en était le motif. Mais l'instrument constituait l'attache.

– Si malin. Comment as-tu su? Ah...

– Oh... Je jouais dans mon sommeil cette chanson que je t'ai dédiée et tu es arrivée. Je l'ai jouée à l'envers et tu es repartie. Et quand je t'ai suivie dans le bois, je l'ai pris avec moi, ou, du moins, ai-je cru l'emporter. Puis, ici même, tu as voulu que je joue. Et quand tu t'es aperçue qu'il s'agissait d'une illusion, tu as pris peur...

– Ça suffit. Je ne tiens pas à en discuter. Embrasse-moi.

– Oui... Dis, Ciddey? Arrêtons de faire semblant d'être en vie. Ça ne peut nous faire aucun mal de nous dire la vérité.

– Je t'aime.

– Moi aussi, je t'aime. Seulement, je vais regretter de te l'avoir dit. Au moins...

– Myal...

Longtemps encore, ce ne furent que baisers de mandragore. Dans l'âtre, la palpitation du feu sans chaleur ne projetait ni ombre ni lumière, tout comme les gemmes des torches et des lampes qui s'inscrivaient dans la fenêtre. Dans l'air non conducteur stagnait la sonnerie noyée des cloches.

Ils pouvaient bien se fondre dans la masse du lit. Se transformer en blocs de glace, en statues grises, en gisants enlacés dans un éternel baiser. Myal n'en avait cure. Puis elle dit d'une petite voix, étroite et fine comme les petites mains qu'elle rivait sur son dos :

– Quand Dro viendra, nous devrons être forts pour le combattre. Si tu me promets de m'aider à lutter contre lui, je te dirai tout. Si tu m'aides à le tuer. Accepte, je t'en prie. Pour l'amour de ma sœur.

Tuer Parl Dro ne semblait pas être une formidable entreprise. Tout au plus un acte déprimant, vil, mais parfaitement réalisable.

– Je puis te dire oui sans vraiment le penser.

– Pourtant, quand je suis... quand je... après le torrent... tu l'aurais tué sans hésiter.

– J'étais malade.

– Promets-moi quand même.

Ils s'enlacèrent avec lenteur et, du fond d'une oubliette d'extase, il promit, sans nulle intention de tenir sa promesse. Et, confiante comme une enfant, elle lui raconta tout à propos de l'instrument, jetant Myal dans une telle perplexité qu'il fut ensuite un long moment à l'interroger entre les longs rouleaux de leur mort-vie, intemporel et inimpérieux amour.

Il y avait en fait deux détails particulièrement atroces sur lesquels butait l'identification du souvenir. Et à la fin, lorsqu'il fut convaincu, il se sentit ridicule. Même en tant que fantôme. Une paire de stupides et perverses poutres maîtresses de son existence venaient de disparaître. Mais puisqu'il était mort, peut-être était-ce aussi bien.

D'ores et déjà, un phénomène étrange s'amorçait dans la chambre.

Il avait pris naissance à la fenêtre et se présentait comme une sorte d'épanchement régulier, de saignement de substance. Myal, pour la première fois depuis qu'il avait pris conscience de sa condition, se sentit anxieux.

– De quoi s'agit-il? demanda-t-il.

Puis il comprit, sans avoir besoin d'obtenir une réponse de la jeune fille. Tous deux réagirent sur un mode purement instinctif en s'écartant l'un de l'autre pour se coucher sur le dos comme les plats d'un livre toujours ouvert à la même page. Et, depuis le tombeau du lit, tous deux observèrent à la fenêtre la manifestation de l'aube.

Il n'en avait jamais connu de semblable de son vivant. Elle n'avait ni couleur ni luminosité. Elle aspirait simplement le monde, le consumait dans un invisible incendie.

Myal finit par demander :

– Qu'advient-il de nous?

– Que veux-tu dire?

– Je veux dire : quand il fait jour.

– Oh, le jour est sans importance.

Il avait peur et, atrocement crispé près d'une Ciddey sereinement indifférente, il attendit la perte de conscience. Certes, ainsi qu'il l'avait dit à Parl Dro, on lui avait parlé de fantômes qui erraient dans la journée, mais en lui précisant qu'il s'agissait de cas rares, peut-être même de pures excentricités. La mort-vie réclamait la nuit pour support. La cité de Tulotef ne faisait probablement pas exception.

La chambre n'était plus qu'une vague esquisse. Le lit un vaste océan de brume noire. Et Ciddey... elle se tourna sur le côté comme pour s'endormir et se dissipa. Et pendant que s'effectuait ce processus, l'espace d'un instant, il crut voir un poisson traverser sa chevelure évanescente.

Bandé contre l'horreur qui allait l'assaillir, Myal baissa les yeux vers son propre corps et fut stupéfait de lui découvrir toujours la même opacité. Ce n'était sans doute qu'une hallucination accompagnant le début de sa plongée dans l'inconscience.

Puis ce qui restait de la chambre s'évanouit soudain, comme un lambeau de brume balayé par le vent. Il vit la révoltante enseigne de l'auberge tournoyer dans le ciel illimité comme un oiseau maladroit. Alors, il n'eut plus d'autre matelas sous lui que le roc, et les flammes de l'aube pénétrèrent brusquement dans son champ de vision, l'aveuglant de leur violence toute mortelle.

11

Toutes les couleurs du spectre bondissaient telle une foule enragée à l'assaut de la colline, piétinant les yeux de Myal. Il sentait bien à quel point elles lui étaient insupportables après les nids d'ombre, les lueurs sourdes et les quarts de teinte de Ghyste Mortua. Il éprouvait aussi un âpre sentiment d'insécurité pour avoir été laissé pour compte lors de la retraite de la cité dans le néant. La nuit s'était arrachée du rivage comme une gigantesque chaloupe bondée de rescapés et lui, pour quelque obscur motif, avait raté son départ. Cela signifiait-il – chose inconcevable – qu'il fût encore en vie? Non, puisqu'en tentant de saisir un caillou sur la pente, il vit la parfaite apparence charnelle de sa main traverser la solide masse minérale. Et lorsque le soleil fut plus haut dans le ciel, il se leva, se dirigea vers l'objectif qu'il s'était choisi – un arbre torturé qui, toute la nuit, avait apparemment percé le matelas du lit à baldaquin sans qu'il s'en aperçût – et, au comble du désespoir, en traversa les branches noueuses sans les mouvoir.

Dans un cri de terreur, il s'immobilisa pour écouter les battements de son cœur là où nul cœur ne battait. Il supposait que s'il cessait de croire en l'existence de cet organe, celui-ci s'arrêterait de faire semblant de palpiter, or il voulait à tout prix éviter cette perte ultime. Il promena autour de lui des yeux hagards dans l'intention de se distraire de ses angoisses... et n'en fut que faiblement distrait par la vue de ce flanc de colline couvert d'une herbe livide et desséchée quand ce n'était pas d'affleurements rocheux polis par l'érosion, encore plus nu d'être cerné par les noires vagues d'une forêt sans limites. De jour, il ne restait pas la moindre trace d'une ville. Pas même des tertres d'éboulis, ni les cicatrices du gigantesque glissement de terrain. Tout avait disparu dans le lac, sous le miroir de ses eaux lunaires. Mais lorsque son regard, par inadvertance, descendit vers le rivage de ce dernier et qu'il retint son souffle – inutile précaution, mensonge à soi-même à l'instar de tout fantôme – il ne put retenir un juron.

La vaste étoile argentée du lac s'était évanouie. Il

n'en restait qu'un gouffre aride et raviné, un dépôt de boue qui se pétrifiait et d'où rayonnaient cinq vallées sèches.

Tel un vulgaire réservoir, le lac s'était vidé. Soit que la rivière qui l'alimentait se fût tarie à sa source, soit que quelque bonde en eût été levée. Depuis trente années, sinon plus, l'eau avait déserté son lit et le grandiose spectacle qu'il offrait de nuit, comme tout Tulotef, n'était qu'illusion. Mais qu'en était-il des ruines qui, conservées dans ses profondeurs, constituaient selon les légendes ou les rumeurs son attache au réel.

– Joli coin, n'est-ce pas? fit une voix suave impossible à ne pas reconnaître, quelque dix pieds derrière le ménestrel.

Myal tenta une volte-face, perdit l'équilibre et dévala le long de la pente. Il finit par s'arrêter, un genou en terre et les doigts crispés sur des mottes qu'il ne pouvait saisir.

Dro l'observait. Impassible. Noir de cape, de chevelure, et de pupilles contre l'effervescence bleutée du ciel. L'instrument de Myal était accroché par la bandoulière à son épaule noire.

Myal grimaça.

– Bon, finissons-en.

Les deux sourcils de Dro se haussèrent.

– Je veux dire, poursuivit Myal, furieux dans sa frayeur, que je suis là, que vous êtes là. Vous avez l'attache... mon attache... l'instrument. Alors, détruisez-la. Débarrassez-vous de moi. Bon sang, qu'est-ce qui vous retient?

Les longs sourcils de Dro se refirent parallèles aux yeux noirs comme la mort qu'ils surplombaient. Il n'y avait pas la moindre expression de joueuse cruauté sur ce visage.

– Vous ne semblez pas avoir de doute sur ce que je m'apprête à faire.

– Pourquoi en aurais-je? Ne m'avez-vous pas amplement bassiné les oreilles de vos maudites vantardises? Il faut arracher les morts à la vie comme les dents pourries d'une mâchoire. Les morts-vivants doivent mourir. Je ne résiste pas. Alors, finissez-en.

– D'un point de vue professionnel, dit Dro, c'est on ne peut plus pratique. D'autant que vous semblez être l'un de ces fantômes qui, dotés d'une volonté peu commune et de pouvoirs sorciers, ont la faculté de se manifester en plein jour.

– Ecoutez, dit Myal qui tremblait de tous ses membres et se demandait, abasourdi, d'où provenait chez lui ladite faculté. Je suis lâche, vous ne l'ignorez pas. Tout ce dont je suis capable, c'est d'attendre les yeux fermés que quelque chose d'horrible me tombe sur la tête. Alors, je vous en prie, faites ça tout de suite. A moins, bien sûr, que vous ne preniez un malin plaisir à laisser traîner les choses. A vous montrer sadique avec les morts.

– Vous n'êtes pas mort.

– Précisément, dit Myal. (Il marqua un temps d'arrêt.) Quoi?

– Vous n'êtes pas mort.

– Ah bon? (Myal lança son poing au travers d'un rocher.) Et ça, qu'est-ce que c'est? Vous voyez que je suis mort.

– Vous n'êtes pas dans votre corps mais celui-ci est vivant. Vous êtes même en mesure de le réintégrer. Perspective qui peut ne pas vous inspirer mais qui se présente comme un fait.

– La ferme! cria Myal en se prenant le visage dans les mains. J'ai toujours dit que vous étiez un putain de bâtard.

– Pour autant que je sache, j'ai été conçu dans les liens sacrés du mariage. Votre situation, en revanche, semble un peu plus compliquée.

– La ferme!

– Vous vous souvenez de Cinabre? L'aimable rousse qui vous a prêté un cheval?

– L'aimable rousse qui vous a prêté son...

– Elle vous a donné un petit chien de terre cuite que vous avez mis dans la poche de votre chemise. A l'intérieur, il y avait une drogue qui a filtré au travers de l'argile, du tissu puis de votre peau. Une drogue destinée à vous plonger dans une transe cataleptique.

– A me plonger dans quoi?

– Dans un état où le ralentissement extrême des fonctions vitales favorise l'émergence du corps astral. Il semble que Cinabre vous ait jugé doué d'un parapsychisme assez fort pour que vous puissiez, dans des conditions propices, libérer volontairement votre moi astral. Mais pas assez versé toutefois dans la pratique médiumnique pour provoquer l'indispensable transe par vos propres moyens.

– Vous m'avez complètement embrouillé les idées! hurla Myal.

– Tour de force particulièrement difficile à réussir.

Myal se releva. Ses yeux restèrent fixés à terre.

– Alors je suis vivant... quelque part.

– Dans la masure délabrée d'une vieille femme, à quelque trois lieues d'ici.

– Ma foi, je n'ai pas l'air d'être trop mal installé.

– La vieille prendra soin de votre corps jusqu'à ce que vous soyez capable de le réintégrer.

– Et quand ce miracle se produira-t-il?

– Quand la drogue aura cessé de faire effet. Et que vous aurez terminé ce que vous avez à faire ici.

– Si j'avance vers un arbre, dit Myal, je passe au travers. Comment se fait-il que je ne m'enfonce pas dans le sol?

– Par la grâce du plus élémentaire bon sens. Si limitée que soit votre faculté de vous représenter dans l'avenir, elle vous dicte probablement qu'il serait sans objet de prendre cette direction.

– En d'autres termes, vous n'en savez rien.

– En d'autres termes, dit Parl Dro, vous n'êtes incorporel que dans la mesure où vous désirez l'être. Vous pouvez très bien traverser un mur et prendre ensuite l'assiette posée de l'autre côté. Il vous suffira d'ajuster votre volonté selon le moment. (Il fit glisser l'instrument de son épaule et le tint par ses deux manches. Puis il le leva et le lança vers Myal.) Attrapez!

Myal bondit sans réfléchir, mû par la vision du bois fracassé, de l'ivoire fendu. Il rattrapa l'instrument juste avant qu'il ne touchât terre. Il était solide et lourd entre ses bras, les cordes vibraient doucement comme un chat qui ronronne.

– Une démonstration pratique est souvent plus efficace que de longs discours, conclut Dro avant de s'asseoir à flanc de colline et d'étendre devant lui sa jambe infirme.

Myal vit la douleur aveugler l'espace d'un instant les yeux de jais.

Le ménestrel s'installa sur un rocher, l'instrument sur ses genoux, et, fasciné, suivit d'une main caressante les motifs bariolés de la caisse. Comme toujours, ses doigts s'attardèrent sur les incrustations d'ivoire.

– Vous êtes sûr que je suis vivant? finit-il par dire.

– Certain.

– Cinabre est folle.

– Pas tout à fait. La légende prétend que l'entrée physique d'un mortel dans Tulotef est l'occasion d'un festin... dont il est le plat central.

– Donc, en faisant ça, elle a voulu m'aider? A cause de la chanson que je désirais faire...

– Je crains que ce ne soit moi qu'elle ait voulu aider, l'interrompit Dro dont le regard était maintenant fixé sur l'abîme de boue pétrifiée du lac mort.

– Vous avez prononcé le nom de Tulotef, dit Myal.

– Oui.

– Selon vous, ce n'est pourtant pas conseillé, n'est-ce pas?

– En effet.

L'oppressante mélancolie du retour à la normale submergea Myal. Ses doigts continuaient de glisser autour des cordes mais il ne se sentait nulle envie de jouer. Un silence s'élargit entre lui et le tueur de fantômes. Un silence qui émanait de la terre entière, là où les cloches spectrales de la cité avaient battu à toute volée. Une brise légère remontait la colline et courbait la cime des arbres, mais presque sans bruit ou plutôt dans le seul chuchotement du vide. Même les senteurs résineuses de la forêt semblaient refuser de se répandre, à moins que le mystère des lieux ne les eût absorbées jusqu'à l'extinction, suçant la force vitale des arbres, de la colline, de la contrée, comme il suçait celle des vivants qui s'égaraient, ou étaient traînés de force, entre les murs de Ghyste Mortua.

– J'ai passé la nuit, dit enfin Myal, avec Ciddey Soban. Nous n'avons pas... je ne voudrais pas que vous pensiez...

– Je ne pense rien.

– Bon. Mais elle m'a tout expliqué. L'attache qui lui permet de revenir sur terre. Si je vous le dis, je veux votre parole que vous ne lui ferez pas de mal.

– Pas de mal?

– Que vous ne la bouterez pas hors de ce monde. Du moins, pas avant qu'elle n'y soit prête.

– Vous pouvez deviner ce que vaut ma parole.

– J'aurai confiance en vous.

– Non, vous ne me faites pas confiance. Quelque chose vous tarabuste et vous voulez me le dire afin d'en être soulagé. C'est tout. Et pour ce faire, vous êtes prêt à me livrer Ciddey Soban.

– Elle a l'intention de vous tuer.

– Sa force ne devrait pas encore être suffisante pour autoriser ne serait-ce qu'une tentative.

– Elle est très forte. Elle s'est également servie de votre énergie pour se manifester à travers moi. La force vitale d'un tueur de fantômes doit être particulièrement reconstituante pour un revenant. Et n'oubliez pas, c'était une sorcière de son vivant.

– Vous sous-estimez la puissance de votre parapsychisme. Elle n'a pas eu besoin de moi. Et je ne vous donne pas ma parole.

Myal mordilla le brin d'herbe qu'il s'était découvert, somme toute, capable de cueillir.

– Je vais quand même tout vous dire. Et j'aurai toujours barre sur vous. Vous allez comprendre pourquoi.

– Vraisemblablement, dit Dro, parce que l'attache de Ciddey se trouve quelque part sur cet instrument que je viens de vous rendre.

Myal se renfrogna, spolié de sa victoire.

– Puisque vous êtes si intelligent, vous savez où?

– J'avais pensé aux incrustations d'ivoire mais, à ma connaissance, Ciddey n'a jamais été amputée d'un os quelconque.

– Pas un os, dit Myal. Une dent. Une dent de lait. Elle avait un an lorsqu'elle l'a perdue à la suite d'une chute. (Myal prit une profonde inspiration, profondément inutile aussi. L'absurdité de l'histoire le contrariait. Dire que deux de ses repères dans l'existence s'étaient fondés sur des mensonges.) Le vieux Soban a gardé la dent de Ciddey. Superstition. Puis il a eu l'occasion de vendre quelque chose. Il cherchait toujours à vendre des bijoux de famille, des meubles, pour se payer à boire. C'était un ivrogne, tout comme mon poivrot de père. C'est probablement comme ça qu'ils se sont rencontrés. Dans quelque taverne. Qu'un hobereau comme lui se commît avec de la racaille de jongleur itinérant, cela n'a pas dû beaucoup le troubler lorsqu'ils ont tous deux roulé sous la même table puante. Là, Soban a réussi à intéresser ma putain d'ordure de père à l'acquisition d'un instrument de musique unique en son genre. Il provenait, disait-il, de quelque lointaine contrée. Et personne ne pouvait en jouer : seul détail de son argumentation qui n'était pas trop contraire à la vérité. Mon soûlard de père a donc été chez Soban jeter un coup d'œil – passablement bigle sans doute – sur l'instrument et il s'est dit qu'avec le génie qu'il se connaissait, il n'aurait aucune difficulté à en maîtriser le jeu, et qu'il pourrait ainsi faire fortune, lubie qui le prenait de temps à autre. Puis il a retourné l'instrument sur toutes ses coutures – sans les voir, d'ailleurs –, a gratouillé les cordes, a soufflé dans le chalumeau. Il a fini par dire qu'il l'achetait mais qu'il manquait un fragment d'ivoire dans les incrustations de la caisse. Quelle remise Soban consentait-il en conséquence à lui faire?

– A cela, enchaîna Dro dont les yeux ne s'étaient toujours pas détachés du lac, Soban répondit qu'il pouvait remplacer l'incrustation manquante. Il reprit l'instrument pour l'emporter à l'étage, récupéra la dent de lait là où il l'avait rangée puis la sertit dans le bois à l'endroit du trou.

– C'est ça. Ciddey connaissait l'histoire pour avoir entendu son père la raconter à tout bout de champ. Elle en avait même conçu quelque honte, m'a-t-elle dit. Jusqu'au jour où le hasard m'a ramené sur les pas de mon père à point nommé pour que la dent de vergogne se transformât en précieuse attache.

– Mais ce n'est pas tout, dit Dro.

– Non, j'ai gardé le meilleur pour la fin. Une plaisanterie qui, je suppose, est particulièrement drôle. Soban avait une manie à laquelle je faisais allusion tout à l'heure en parlant de coutures. Il avait l'habitude de souder ou de cheviller ensemble des morceaux d'objets. Et l'instrument... (Les mains de Myal se crispèrent convulsivement sur les deux manches posés contre sa poitrine.)... l'instrument faisait partie du lot. Il s'était procuré deux guitares, deux mandolines, je ne sais quoi, et, après les avoir découpées, les avait assemblées. Il n'avait rajouté le chalumeau que par la suite, pour faire plus... plus bizarre. La plaisanterie, c'est que personne n'était censé pouvoir jouer de ce truc. Personne n'aurait dû être capable d'en jouer. Et mon père qui m'envoyait toujours valdinguer d'un bout à l'autre du chariot lorsqu'il était soûl pour me faire entrer dans le crâne ce qu'il m'apprenait lorsqu'il était à jeun...!

– Et, bien sûr, vous jouez divinement de cet instrument.

– Ça me rend malade. Vraiment. Et s'il n'y avait que ça.

– Quoi encore?

– Mon putain de père. Il n'arrêtait pas de le prendre sur ses genoux et d'en polir le bois, d'en faire vibrer les cordes, en répétant qu'il avait tué un homme pour l'avoir. Mais il n'a jamais tué le père de Ciddey pour cet instrument. Il ne l'a même pas volé. Il l'a payé, et au prix fort.

– Ce qui vous déçoit.

– Non. C'est simplement que... que j'ai fondé ma vie sur une peur atroce de ses accès de violence, sur l'idée qu'il pouvait aller jusqu'à tuer. Et il n'en a jamais été capable. Ce qui est bizarre, car il avait l'air sincère en disant ça.

Dro se leva. Myal le regarda. Avec lenteur, Dro lui demanda :

– Avez-vous gardé souvenir de ce qu'il disait réellement?

– Vous voulez dire des termes exacts? Oui. Il les a répétés assez souvent.

– Dites-les.

Myal, mal à l'aise, se tortilla sur son rocher, réagissant à quelque insidieux frémissement de tension qui flottait dans l'air. Tension qui n'avait jamais cessé d'être présente, bien sûr, mais qui, maintenant, s'amplifiait et les submergeait tous deux.

Finalement, Myal baissa les yeux puis effleura les cordes. Inconsciemment peut-être, en corps astral ou en pensée, il se projeta dans son passé, dans la peau de cet homme terrible et haï dont les mains de ménestrel s'étaient crispées sur l'instrument, dont les petits yeux porcins avaient pris une rouge et froide et vide fixité. Savourant, dégustant ce qui s'était passé, ce qu'il avait fait.

– Il disait toujours : « Tu vas apprendre à jouer de ça, vilain petit rat débile. A cause de ça, j'ai tué un homme. Je l'ai tué, et pour de bon. »

– Oui, fit Dro.

Ses yeux à lui étaient grands ouverts mais paraissaient fermés. Comme les yeux d'un homme qui vient de s'éteindre.

Myal vit s'éclipser l'image de son père. Il en émergea, pantelant, comme s'il remontait d'une eau profonde.

– Qu'est-ce que c'est? demanda-t-il à Parl Dro.

– Un lac asséché, dit le tueur de fantômes. Et nous allons y descendre.

– Quoi?

Dro commença de s'éloigner en suivant la pente, la jambe infirme spontanément animée d'un élégant balancement tout de raideur et de torture.

Myal, abasourdi, oubliant que nulle incorporalité n'avait jamais exigé qu'on jouât des pieds et des mains, se précipita derrière lui dans des gesticulations désordonnées.

Les paliers de l'ancien lac, avec leur vase durcie et déjà partiellement pétrifiée, produisaient un effet de terrasses monolithiques et pulvérulentes qui n'était pas sans évoquer les remblais de quelque extraordinaire château renversé. Çà et là, les défunts bourbiers et marais dans lesquels le lac avait tenté de se transformer à mesure qu'il se vidait s'étaient couverts d'une inextricable végétation d'arbres et de fourrés qui, à son tour, avait péri puis s'était fossilisée. Il ne semblait pas toutefois que le départ de l'eau fût seul responsable de l'hostilité manifestée par les lieux à l'égard de toute vie qui tentait de s'y implanter. La convulsion qui avait décapité la colline et rayé Tulotef du monde des vivants avait probablement joué un rôle primordial dans la disparition du lac. Le séisme de surface s'était nécessairement accompagné d'une activité magmatique accrue dans les profondeurs. Et quelque fluide empoisonné, quelque excrément de la terre au sens littéral du terme, s'était répandu dans les eaux du lac. Ainsi, alors même qu'il mourait, il avait porté la mort.

Nulle part ne s'y voyait rien qui pût faire penser à la beauté d'une ruine. Même la beauté des lieux incultes ou arides en était absente. Plus qu'à toute autre chose, le cadavre du lac et de ses effluents vitrifiés ressemblait à quelque horrible modelage ébauché par un amateur dans de la vase de rivière, puis exposé au soleil et démesurément agrandi.

Il leur fallut deux bonnes heures de descente pour atteindre les anciennes rives du lac et, pendant deux heures encore, ils arpentèrent les sombres terrasses, ou s'y arrêtèrent de temps à autre pour s'asseoir, silencieux, fixant l'abîme d'un œil morne. C'était comme la bouche de l'enfer, mais sans la démoniaque séduction de l'enfer, sans la chaleur de ses flammes.

Plus tard, ils suivirent la corniche branlante et fissurée de brique naturelle qui dominait l'une des cinq branches de l'étoile, contemplant les ombres poisseuses qui s'accrochaient encore au fond de la gorge. Le poison s'était également communiqué à ces eaux insuffisantes. Dans les boues pétrifiées de ses berges, des nervures grisâtres correspondaient aux vestiges fossilisés d'une hécatombe de poissons, strates épaisses comme le tapis de feuilles d'un sous-bois en automne. Myal remarqua que la forêt, aux endroits où elle venait mourir sur les rives du lac ou de ses tentacules, ne le faisait pas qu'au sens figuré. Des arbres morts se dressaient, dénudés comme des arêtes de poissons monstrueux. Pas un oiseau ne traversait le ciel; pas une bestiole ne courait se réfugier dans son trou à leur approche.

Et nulle part il n'y avait le moindre signe de Tulotef qui, poursuivie par le glissement de terrain, était allée se déverser dans les eaux du lac.

– Où est-ce, alors? demanda Myal.

C'étaient les premiers mots – hormis quelques jurons épars – que l'un ou l'autre prononçaient depuis des heures. La conversation qu'ils avaient eue plus haut planait toujours au-dessus d'eux mais inaccessible comme l'herbe de la colline jusqu'à ce qu'ils aient pris la décision de remonter. Myal avait repris son instrument en bandoulière et il ne passait plus au travers des objets comme si la solide réalité du bois, de l'ivoire et des cordes l'en préservait.

– Si vous parlez de la ville, fit Dro, elle est sous vos yeux.

– Non, je ne vois rien. En se vidant, le lac aurait dû révéler des ruines. Des toits effondrés, des pans de muraille.

– Tout est là. Si vous ne voyez rien, c'est soit que ces ruines se sont désagrégées sous l'action des eaux puis du temps, soit qu'elles se sont pétrifiées comme la vase des rives.

– Ah bon.

Myal ramassa une poignée d'éboulis, content d'en être capable, et les lança vers le filet de liquide maculant le lit du canyon. Quelques-uns de ces cailloux s'y enfoncèrent avec un petit bruit d'éclaboussure huileuse, la majeure partie ne suscita que des craquements en s'écrasant sur les berges d'arêtes compressées du ruisseau. Derrière la forêt, les pics blancs et glacés se découpaient sur un ciel bleu qui semblait être la seule chose vivante sur des lieues à la ronde. Myal évitait de se retourner vers les hauteurs de la colline où il avait passé l'essentiel de la nuit, son corps astral collé à celui, spectral, de Ciddey Soban.

– J'en déduis que vous avez quelque plan outrageusement sagace pour les détruire, reprit Myal. Je veux dire ce qui reste des ruines.

– Non.

Myal dansa d'un pied sur l'autre en posant sur Dro un regard méfiant.

– Mais cela constitue pourtant l'attache parapsychique de Tul... de Ghyste Mortua, n'est-ce pas? Et il vous faut la détruire.

– Ce qui libère un fantôme de sa mort-vie, c'est la modification de son attache. Sa métamorphose. L'os doit être broyé, la chaussure brûlée.

– Alors, comment comptez-vous broyer et brûler tout ça?

Dro lui rendit son regard. Il paraissait incroyablement plus vieux que ne l'indiquaient les rides de son visage, et charismatique comme un chat noir et décharné.

– Je ne compte rien brûler, rien broyer, Myal. Ce ne sera pas nécessaire. Presque tout ici s'est déjà métamorphosé. Presque tout s'est effrité ou pétrifié. C'est suffisant. Et ce qui n'a pas encore été modifié ne tardera pas à l'être. Encore quelques neiges d'hiver, encore un été brûlant, et il ne subsistera plus la moindre attache à laquelle puisse se cramponner le fantôme collectif de Tulotef.

– Un instant.

Dro lui accorda l'instant demandé en l'accompagnant d'un regard infiniment courtois.

– J'ai passé la nuit là-haut, dit Myal. C'était réel. Ils sont très forts dans... enfin, là-haut. Toute une cité bourdonnante d'activité... peuplée de gens qui ont l'air aussi vivants que vous.

– Ou que vous, dit Dro.

Myal parut légèrement mal à l'aise.

– Allez-vous m'expliquer?

– Oui, je vais vous expliquer.

Dro parla d'une voix posée, formulant avec soin ses phrases, sans cesser d'observer Myal. Le ménestrel avait parfois du mal à soutenir le regard de son aîné. Il n'y avait entre eux qu'une quinzaine d'années de différence mais un siècle semblait les séparer. Un immense écart d'âge qui se faisait sentir comme une plaie, comme une blessure qui ne s'était jamais refermée, qui jamais ne se refermerait.

Tulotef n'avait offert à Myal l'apparence d'une cité puissante et entière que parce qu'il s'était attendu à la trouver ainsi et parce que lui-même n'était plus dans l'enveloppe charnelle et prosaïque de l'existence humaine ordinaire. Les rues, la foule, l'interminable procession, l'homme dont il avait dérobé la bourse, l'aubergiste, le lit – même les trois cavaliers dans la forêt ainsi que leurs montures –, tout s'était effectivement manifesté, mais là où le ménestrel et, en l'occurrence, le fantôme de Ciddey avaient vu des réalités – ou, du moins, des pseudo-réalités – il n'y avait eu que des échos.

– Ce sont les légendes qui sont puissantes, et leur force a continué de croître alors même que Ghyste Mortua entrait en décadence. Ces histoires auxquelles Cinabre a cru lorsque son homme, qui avait commencé de fricoter dans la magie, s'en est servi comme prétexte pour s'enfuir avec une autre. Ces histoires que l'on raconte un peu partout sur les marches orientales des contrées habitées. Oui, d'année en année, les fantômes sont devenus plus forts, plus présents... mais dans les contes. En réalité, ils ne sont qu'une poignée de vieux papiers que le vent pousse entre les arbres des bois et sur la colline.

Puis Dro parla au ménestrel de Sable qui, dans la forêt, vivait aux portes de la cité légendaire.

– Il lui arrive fréquemment de voir les revenants de Ghyste Mortua. Sous une apparence si solide qu'elle s'attendait même à les voir de jour. En fait, de telles manifestations n'étaient que le fruit de son attente, de la volonté qu'elle avait de les voir ainsi, ou de ce qu'elle imaginait d'eux. Ce qui m'a mis la puce à l'oreille, c'est qu'elle vivait trop près de leur repaire pour ne pas constituer une proie idéale s'ils avaient eu la possibilité de s'emparer d'elle. Selon la légende, Tulotef attire à elle tout mortel pour le saigner de son énergie vitale. Nous retrouvons là les croyances de Cinabre, qui furent aussi les miennes, jadis, lorsque je m'attachais à maîtriser l'art de me projeter en esprit hors de mon corps afin de pouvoir en toute sécurité franchir les portes de Ghyste Mortua. Mais c'était là une précaution inutile. Maintenant, les vivants n'ont plus rien à craindre des morts de Tulotef. Les seuls captifs qu'ils puissent ramener entre leurs murs sont ceux qui ne peuvent être leurs victimes, ceux qui sont dans le même état qu'eux, ou dans un état voisin. Ciddey, ou vous.

– Mais... fit Myal.

Puis il retomba dans le silence en se remémorant le nombre de personnes qui, dans la ville, avaient été tantôt là, tantôt absentes. Le nombre de celles qui s'étaient livrées à des activités répétitives et dénuées de sens. Même les trois fiers-à-bras de la forêt qui l'avaient traîné hors de la mare avaient paru surgir de nulle part. Et leurs sinistres commentaires sur la nécrophilie entre mortel et mort-vivant, leur façon de se tourner alternativement vers lui ou vers Ciddey... comme si deux nouveaux fantômes étaient si frais, si pétris de vitalité, qu'il était pratiquement impossible de n'en pas confondre un, sinon les deux, avec un authentique être de chair.

– Mais, reprit Myal, vous y avez cru, sinon vous ne seriez pas venu.

– Lorsque je me suis mis en route, j'avais de bonnes raisons d'ajouter foi à la légende d'une sorcière et malveillante cité fantôme à l'apogée de sa puissance. Puis cette quête s'est transformée en obsession. Il me fallait absolument parvenir au but. Mais, dans les derniers jours du voyage, je soupçonnais déjà ce que j'allais trouver.

– Vous n'en donniez pas l'impression.

– Non, c'est exact.

– Qu'allez-vous faire, alors?

– La laisser mourir d'elle-même. C'est déjà pratiquement fini.

– Ce ne sont pas là les paroles d'un tueur de fantômes.

– Ce n'en sont plus.

Myal se sentit soudain glacé sans vraiment savoir pourquoi. Il regarda Dro qui lui sourit puis détourna les yeux.

– Vous n'avez donc pas à vous faire de souci au sujet du seul vrai fantôme qui demeure en ces lieux, dit Dro. Je veux parler de Ciddey. Je crains que sa sœur n'ait définitivement souffert de mon zèle vengeur précipité. Ce qui est peut-être aussi bien. Mais Ciddey... c'est votre problème.

– Merci beaucoup! Vous dites qu'elle s'est nourrie de moi.

– Peut-être pas. Je me suis rendu compte de quelque chose. Ça ne se passe pas toujours ainsi, ni de façon permanente. Elle s'est déjà manifestée hors de votre présence immédiate, dans la grand-rue du bourg où demeure Cinabre. Lorsqu'elle est assez forte, il semble qu'elle puisse toujours se maintenir sans que...

Il s'interrompit brusquement.

– Ça continue à ne pas vous ressembler, dit Myal.

Dro se leva et repartit dans la direction d'où ils

étaient venus. A son tour, Myal se leva et le suivit. Alors qu'ils étaient à mi-chemin sur la branlante corniche de brique naturelle, Dro se retourna.

– Pourquoi n'allez-vous pas écrire votre satanée chanson?

– En d'autres termes : Déguerpissez!

– Quel talent vous êtes en train d'acquérir avec les mots, Myal Lemyal!

– C'est à votre contact, rétorqua le ménestrel du tac au tac. Vous ne le savez peut-être pas, mais vous déteignez. Sous peu, je sens que je vais me mettre à boiter.

– Bon, dit Dro. J'ai veillé à ce que vous soyez physiquement hébergé. Je vous ai dit que vous pouviez réintégrer votre corps. Je vous ai expliqué ce qu'il en est de Tulotef. Alors que voulez-vous de plus?

– Parce que vous vous imaginez qu'il suffit d'expliquer? Qu'il suffit de dire? Non, je veux une preuve.

– Quelle preuve?

– Attendez la tombée de la nuit, puis venez me retrouver en ville. Juste comme vous êtes, sans astuce du genre de cette putain de transe que votre rouquine m'a collée sans même me demander ma permission ou mon avis. En chair et en os dans votre personnage de tueur de fantômes repenti. Oui, à Ghyste Mortua après le coucher du soleil. Sain et sauf.

Quelque chose traversa les traits de Parl Dro.

– Je vous prie d'excuser mon refus.

– Vous avez peur.

– Oui. Probablement. Mais pas de ce que vous pensez.

– Je ne pense rien. J'ai l'esprit vide.

Dro garda le silence, s'abstenant même de l'évidente réplique.

– Après le coucher du soleil, répéta Myal. (Il se campa dans une pose théâtrale sans avoir, ce faisant, l'impression d'être ridicule.) Si j'y suis toujours, annonça-t-il, j'ai le net sentiment que vous serez obligé d'y être.

– Votre magnétisme, je suppose, dit Dro, retrouvant son mordant.

– Pas vraiment. Mais il me vient à l'esprit que vous vous êtes toujours débrouillé soit pour arriver quelque part après moi, soit pour me laisser la possibilité de vous suivre.

– Ce qui tendrait à vouloir dire que j'ai besoin de vous.

– Exact.

– Je me demande vraiment quelle absurde espèce de besoin.

– Cinabre le savait.

– Cinabre a vraisemblablement supposé que vous étiez mon mignon.

Myal fit un demi-pas en arrière.

– Et je suppose que c'est également ce que vous en pensez.

– Ce que je pense de quoi?

– Du fait que je... je suis attiré... que je...

Myal rougit, manifestement au supplice. Il se tourna, ramassa un autre caillou et le lança vers la colline de Tulotef où, jadis, des cailloux similaires s'étaient abattus sur des visages tournés vers le ciel en une averse mortelle. Son corps physique avait beau être étendu, insensible et inerte, au fond d'une masure à trois lieues d'ici, l'astral n'en gardait pas moins la faculté de s'empourprer de confusion. Ou semblait le faire, en donnait l'exacte sensation.

– Bon, reprit Myal. A tout à l'heure, là-haut, après le coucher du soleil, dit-il avant de s'éloigner à grands pas vers la colline, laissant Dro debout, immobile, comme fossilisé à l'instar du lac, des terres et du cimetière des poissons.

Quelques minutes après que le soleil eut sombré en barbouillant négligemment l'horizon, Ciddey se retrouva étendue dans un grand lit au dais tendu de draperies aile-de-corbeau, seule.

Les fumées rosâtres du couchant n'avaient aucun effet sur la pièce. Le crépuscule n'était reconnaissable qu'à la matérialisation du mobilier, des murs et des pensées. Ciddey se redressa et, assise dans la sépulcrale fraîcheur des draps, comprit que Myal qui avait été près d'elle un instant plus tôt – juste avant que la brève fusion du jour ne les tînt en suspens – était parti. Et pas seulement parti. La paranoïa inhérente à sa condition l'écrasa instantanément sous la terreur des mauvaises nouvelles.

Parl Dro était à Tulotef et Myal était parti l'accueillir.

Myal était le complice de Dro. Peut-être son disciple.

Et elle, esseulée, avilie, lovée dans les bras chauds de Myal, s'était trahie. Elle avait éprouvé une joie sinistre à tout lui dire mais, ce faisant, s'était trouvée mal inspirée.

Avoir été stupide au point de croire que les morts formaient une fraternité! Myal resterait loyal envers son maître. Dans la mort même, il se tiendrait auprès de Dro pour affronter Ciddey.

Ciddey revit l'adorable visage enfantin de sa sœur, boursouflé, flottant entre deux eaux. Telle était la raison pour laquelle Ciddey ne cessait de rêver qu'elle-même était morte. Elle s'identifiait à Cilny. Absurde. Ciddey n'était pas morte. Le puits, le ruisseau... non, elle était bien vivante. Le mort, c'était Myal. Myal qui l'avait entraînée avec lui dans cette étrange cité.

Le jour était passé si vite. Pourquoi restait-elle incapable de s'en rappeler?

Quelque part, on jouait de la musique dans les rues, et des cloches commençaient de rehausser les ténèbres de dorures. Une goutte d'un vert amande passé s'inscrivit dans la fenêtre, glissa, et fut remplacée par une autre. Ciddey retrouva le souvenir de la procession au sein de laquelle, chaque soir, le duc ou le comte remontait sur son noir destrier les rues de sa ville.

Seule et sans défense, et de bonne extraction, elle se devait de faire appel à sa protection. Le meurtrier n'oserait ainsi lever la main sur elle. De fait, elle pourrait même requérir vengeance contre lui. Dro avait assassiné sa sœur. Oui, elle l'avait poursuivi pour exiger paiement de ce crime. Et maintenant, elle allait le faire. Elle en avait le devoir.

Elle bondit hors du lit et se précipita, sans en prendre conscience, au travers de la porte close puis au bas des escaliers curieusement déserts de l'auberge, dans les rues baignées d'une noire clarté.

12

Quoique la procession fût parsemée de lampes et de cierges pareils à des fruits pâles, elle progressait sur le large cours comme la sombre menace du mauvais temps, comme un vent porteur de noirs nuages. Les religieux étaient vêtus de chasubles d'un pourpre fané, coiffés de capuces d'or passé, comme si ces tenues sacerdotales s'étaient vues ternies par un long séjour dans l'eau. Les encensoirs dispensaient de huileuses fragrances. Des enfants de chœur en aubes livides dominaient de leurs voix suraiguës les sonneries des cloches. Un premier char passa, tiré par de funèbres chevaux aux yeux de vitrail, puis un autre, et un autre encore. Majestueux sur sa monture, venait ensuite le prince de la cité, comte ou duc escorté de ses chevaliers en hauberts de mailles. Un verdâtre orage de capes tournoyait autour d'eux.

Là où le large cours donnait sur une voie tout

aussi large, un vaste escalier descendait d'une artère supérieure. Ciddey s'était immobilisée sur ces marches. Elle se tenait très droite et attendait.

Lorsque prêtres et chars lentement déferlèrent, elle rejeta sa chevelure en arrière entre les peignes de ses doigts écartés. Puis, voyant paraître les cavaliers de fer vêtus, elle chercha dans leurs rangs ses assaillants de la veille. Mais elle s'aperçut qu'il lui était difficile, voire même impossible, de se remémorer leurs traits. Au sein de ce cortège, tous les visages semblaient brouillés. Même celui du grand seigneur chevauchant dans ses riches atours au milieu de ses hommes liges. Indiscernable était l'expression de ses traits pareils aux points élimés et décolorés d'une très ancienne tapisserie.

– Votre Seigneurie! s'écria toutefois Ciddey en dressant vers le ciel ses poings menus. J'implore votre miséricorde! Faites-moi la grâce de prêter l'oreille à ma requête!

Puis, dans une effroyable succession d'instants, elle prit conscience que la procession ne saurait s'interrompre, que sa prière allait rester ignorée. Elle en fut tout à la fois saisie de panique et blessée dans son amour-propre. Proférant un cri de frustration, elle se précipita au bas des marches et se jeta contre le cheval le plus proche.

L'espace d'une seconde, elle eut l'impression de ne pas avoir de prise sur l'animal, de ne pas même le sentir sous ses doigts. Puis les sensations réapparurent; l'une de ses mains tenait une crinière, l'autre une jambe bottée. Lorsqu'elle leva les yeux, elle reconnut le visage de l'un des reîtres du bois.

– Noble chevalier, fit-elle. Je vous en supplie. Ecoutez-moi.

L'homme baissa les yeux vers elle et, progressivement, parut la voir, comme s'il sortait d'un étrange sommeil insomniaque. Mais si le souvenir lui revint de leur précédente rencontre, il n'en montra rien. Il s'efforça de la repousser.

– Doux sire, gémit-elle. Je suis de bonne naissance. Il me faut absolument parler à votre maître. Je dois l'avertir. Il est en grand péril.

– Bien sûr, dit le cavalier en haubert de mailles. (A son doigt, une gemme rougeâtre jeta ses feux macabres comme au bord de la mare lorsqu'il avait levé sa large épée pour l'abattre sur Ciddey.) C'est toujours ce qu'ils prétendent. Laissez-moi parler à votre seigneur, qu'ils disent tous. Rien que pour cinq minutes. Mais nous avons des châtiments pour ceux qui font obstacle au cortège.

Accrochée au cheval et à la jambe de l'homme, elle marchait maintenant à reculons, irrésistiblement entraînée par la procession. Le cavalier avait cessé toute tentative pour l'éloigner. Il l'examinait d'un œil paillard.

– Vous ne comprenez pas, dit-elle. Quelqu'un est en route pour votre cité. Peut-être est-il déjà là. C'est un meurtrier. Il va tous nous tuer.

– Montez, dit le cavalier. (Il la souleva et l'installa devant lui sur sa selle. C'était également lui qui, la dernière fois, l'avait prise sur son cheval. Ne s'en souvenait-il pas?) C'est peut-être moi qui le tuerai avant.

– Oui, dit-elle. Ça me ferait plaisir.

– Y a-t-il autre chose qui vous ferait plaisir?

– Laissez-moi parler au prince.

– Vous êtes nouvelle ici. Vous ne pouvez vous adresser directement au duc.

– Mais vous ne vous rappelez pas de moi? Ciddey?

– Nous sommes à Tulotef. Je ne peux tout de même pas me souvenir de toutes les filles qu'il m'est arrivé de saluer dans la rue.

Il se passait un phénomène étrange. L'homme semblait s'être fait plus patent, plus humain, à mesure que s'était étoffée leur conversation. Et les cavaliers qui l'entouraient étaient également devenus moins imprécis. Ils éclataient maintenant d'un gros rire ou promenaient autour d'eux des regards pleins de morgue. Ciddey voulut se retourner mais l'homme qui l'avait prise avec lui sur sa monture l'en empêcha sans la moindre douceur. Elle sentit monter à ses lèvres une phrase qu'elle ne put retenir bien que sa signification la glaçât lorsqu'elle se l'entendit prononcer.

– L'homme qui approche d'ici. Il se nomme Parl Dro. Avez-vous déjà entendu parler de ce qu'est... un tueur de fantômes?

Il se produisit alors un phénomène plus qu'étrange, extraordinaire. Dans sa gêne, elle n'avait parlé qu'à mi-voix mais le volume sonore de ses mots parut s'accroître au sortir de sa bouche. Ils s'épanouirent, se déployèrent, enveloppèrent la rue, se heurtèrent aux façades des demeures, au ciel abasourdi, tels des oiseaux effrayés d'être libérés à l'improviste de leur cage. Et, tout à coup, l'irrésistible progression du cortège appartint au passé. La procession sembla s'être pétrifiée. Les cavaliers se figèrent dans leur hautaine posture de parade, les chevaux dans le port redressé de leur tête. Les voix des enfants de chœur s'évanouirent alors que les cloches tombaient dans le silence comme si un grand vent s'était calmé.

Ciddey fut parcourue d'un frisson, ou en eut la sensation. Derrière elle, cet homme au visage de tapisserie qui partait en lambeaux parla :

– Qu'on m'amène cette jeune fille.

Le cavalier qui avait pris Ciddey en selle fit adroitement virer sa monture et, à coups d'épaule, se fraya un chemin dans le tableau stylisé. Personne ne leur prêta la moindre attention. Pas un œil ne cligna, pas un gland ne frémit, pas une perle ne brilla, ou si elle crut voir de tels mouvements, elle n'eut aucunement la certitude de n'avoir pas été victime de son imagination. Il n'y avait pas le moindre bruit dans toute la ville.

Le duc de Tulotef la regarda.

– Qui êtes-vous?

– Une Soban. Ciddey Soban.

– Je n'ai jamais entendu ce nom.

Un froid glacial s'abattit soudain sur elle ainsi qu'une atroce sensation de solitude. Elle était seule au milieu d'étrangers, sans le moindre visage ami vers lequel se tourner.

– Je voulais vous avertir. Un voyageur va venir qui...

– Oui, fit le duc.

C'était une poupée de chiffons. Son visage était à présent complètement défait et la trame de son corps entier semblait lâcher, se dévidant de la tête aux orteils pour se rembobiner ailleurs, dans quelque autre dimension.

Ciddey voulait retourner chez elle. Ne plus avoir peur ni chercher vengeance. Ne plus être une héroïne. Elle avait soif d'obscurité, de perte d'identité, de paix. Elle voulait une réponse à quelque question qu'elle ne savait comment poser. Mais il y avait Myal... Myal et Parl Dro.

– Il vous faut l'anéantir. Vous en avez le pouvoir. Vous êtes en nombre suffisant, dit-elle avec amertume sans être vraiment sûre de ce qui la rendait amère ou de ce dont elle parlait. C'est vous ou lui. Il exerce son métier à la perfection. Je l'ai vu à l'œuvre et je sais ce que je dis.

Cet homme, ce duc, avait régné sur Tulotef la nuit où la colline avait dévalé sur lui.

Lorsque Ciddey s'était noyée, il y avait déjà plusieurs siècles que lui retournait en ces lieux. Elle baissa les yeux, sentit dans sa bouche le goût de l'eau puis celui des cendres, et répéta :

– Anéantissez-le.

Lorsque le soleil eut disparu et que la ville morte amorça son retour, elle le fit sans reprendre tout à fait son aspect de la veille. Des nuages s'accrochaient au sommet des tours et, en contrebas, les écailles des toits semblaient baigner dans un cotonneux lac de brume. Car, bien sûr, le lac aussi avait reparu, effluents et bassin central s'étaient remplis comme si le monde avait saigné de l'eau. Cependant, le lac lui-même s'était subtilement modifié; on eût dit, dans le crépuscule de cette fin d'été, qu'il s'était couvert d'une immobile et lumineuse pellicule de givre. Myal observait ces choses et les différences qu'elles présentaient maintenant presque avec impatience. Il se sentait étrangement détendu car tout avait pris pour lui l'aspect d'une farce. Il était vivant – quoique en esprit – dans les murs d'une cité fantôme avec le poids d'un instrument bien réel sur une épaule tandis que l'autre reposait contre le coin d'une maison fantôme qui lui donnait une sensation de réalité pour le moins égale. En pareille situation, il n'existait que deux partis possibles : la folie ou un sublime détachement. Par tempérament, Myal avait automatiquement choisi le dernier terme de l'alternative. Il était donc adossé là, observant l'interminable procession qui évoluait dans les rues en contrebas, caressant même le projet d'improviser un contrepoint mélodique à ces cloches et à ces chœurs sans toutefois, pour un motif ou un autre, aller jusqu'à faire basculer l'instrument dans une position qui permît à ses doigts d'atteindre les cordes.

Le mur qui lui faisait face s'ornait de graffiti. L'instruction limitée du ménestrel lui dicta tout d'abord de ne pas attacher trop d'importance au fait qu'il ne pouvait les lire. Puis il s'aperçut qu'il n'en était incapable que parce qu'il s'agissait d'une écriture en miroir.

C'était Parl Dro qu'il attendait... initialement, avec

une inébranlable certitude dissimulant un vague malaise, puis au bout d'une demi-heure, avec une nervosité qui était le masque du désarroi, de la rage et d'une angoisse inexplicable.

Myal n'était même pas sûr du motif pour lequel il avait réclamé la présence de Dro dans Tulotef. L'argument qu'il avait invoqué lui semblait à présent pompeux et absurde : une preuve. Preuve de quoi? Preuve pour qui? Non, il était conscient d'avoir simplement voulu forcer l'issue des événements. Conscient aussi d'avoir subi depuis le tout premier moment de leur relation – en admettant que ce terme convînt – le magnétisme de Dro. Magnétisme qui le mettait mal à l'aise pour un certain nombre de raisons. D'abord, il lui donnait le sentiment de n'être que la dernière en date de ses morbides fascinations pour le danger. Par ailleurs, il y avait ce prétexte qu'il s'était donné de vouloir faire une chanson sur Ghyste Mortua. Mais quand cette idée lui avait-elle pour la première fois traversé l'esprit? Pouvait-il jurer que cela s'était produit avant qu'il n'ait cru soutirer la bourse du tueur de fantômes dans cette bourgade au pied de la montagne? Plus il y repensait, plus il se disait que quelque destin d'un goût douteux avait dû être à l'œuvre pour lui faire franchir cette montagne et le faire pénétrer dans ce village seulement quatre ou cinq jours avant que Dro ne traînât sa patte folle sur la même route. Douteux et surnaturel. Car ce hasard dans son errance, non content de provoquer la rencontre avec Parl Dro, avait apporté l'ultime révélation concernant l'instrument... qui avait cessé d'être un rare et précieux mystère de Terpsichore pour se transformer en mauvaise blague, en escroquerie, en jouet clownesque. Les coïncidences qui, pour Myal, avaient noué l'intrigue de ces jours derniers semblaient avoir fignolé le travail en enchevêtrant sa vie et celle de Dro – et celle de

Ciddey Soban en l'occurrence – comme des brins de laine.

La procession était le théâtre d'un événement sans précédent. Tout en ne lui ayant pas accordé une attention soutenue, il comprenait rétrospectivement qu'elle semblait s'être arrêtée pour changer maintenant de direction comme un fleuve pris de démence...

– Vous vous amusez bien?

Comme précédemment, Myal faillit perdre l'équilibre. Il pivota sur lui-même avec un cri de contrariété surprise et de soulagement. Immobile comme une statue, Parl Dro se tenait sous l'une des lampes jaunâtres. Comme sur la colline déserte, son arrivée s'était passée de tout préambule perceptible.

– Vous adorez me donner des coups au cœur, n'est-ce pas? grogna le ménestrel.

– Pas spécialement. C'est trop facile.

– Bon. Vous êtes là.

– Apparemment, oui. Qu'allons-nous faire, maintenant?

– Je... n'en sais rien, fit Myal en détachant ses mots. Je crois que nous allons nous contenter d'attendre. Il semble qu'en bas quelque chose soit sur le point de se produire.

– Oui, quelque chose va forcément se produire. (Dro porta son regard sur la pente, vers les contorsions confuses de la procession.) Vous rendez-vous compte que vos facultés parapsychiques, si indisciplinées, si puériles soient-elles, vous ont convaincu de précipiter la crise?

– N'allez pas me coller ça sur le dos.

– Je crains de vous avoir précisément collé ça sur le dos.

Le cortège s'engouffrait maintenant dans une ruelle. L'image d'un troupeau de moutons traversa l'esprit de Myal et il éclata de rire. Le prince de Tulotef et toute sa cour spectrale montaient dans leur direction. Immatériels ou non. Dangereux ou non. Une crise, à coup sûr.

Sur cet itinéraire, ils allaient passer devant l'auberge où Myal et Ciddey s'étaient étreints la nuit précédente. Peut-être était-ce significatif. Le ménestrel avait remarqué la silhouette de l'enseigne entre deux toits à quelque distance en contrebas. Et, bien qu'il n'en pût distinguer les pâles figures, la vierge devait toujours maintenir la licorne dans l'impuissance en la terrassant par la corne et permettre au chevalier en cotte de mailles de trancher la tête du légendaire animal. Fallait-il y voir un symbole de castration? Ou un simple présage? Myal se tourna de nouveau vers Dro.

– Je crois que Ciddey a rejoint la procession. Si c'est le cas, elle a dû toucher deux mots de vous au seigneur de cette cité... elle a dû lui parler de votre genre d'activité. Vous disiez que Tulotef était faible... mais faible jusqu'à quel point? Pourraient-ils encore vous tuer?

– La question ne se poserait pas si, comme vous, je n'étais ici que sous forme astrale. Ce qui était à l'origine mon plan. Ce dont vous m'avez dissuadé, si je ne me trompe.

– Je suis navré. Je pensais... vous disiez.

– En fait, ils ne tuent plus les vivants. Plus de façon systématique. L'énergie leur manque pour ça, et plus rien ne les y pousse vraiment. Hormis en ce qui concerne les exorcistes. La haine qu'ils éprouvent à leur égard est aussi profondément enracinée chez eux que la peur des morts-vivants chez la plupart des humains.

Myal ravala une nausée vraisemblablement imaginaire et dit :

– Mais alors, fuyez. Prenez vos jambes à votre cou.

– Vous semblez oublier que l'une de ces jambes est infirme, lui fit remarquer Dro sur un ton des plus affables.

– Clopinez aussi vite que vous pourrez. Je vais les retenir.

– Comment? En faisant des pirouettes? En organisant une séance de chant choral?

– Je trouverai bien quelque chose. Ils ne peuvent rien me faire, n'est-ce pas?

– Sans doute. Mais, vu les circonstances, je ne saurais jurer de rien.

– Je sais qu'il y a en vous un désir de mort, dit froidement Myal. Toutes les espèces de meurtriers sont dans ce cas. Mais, pour l'heure, n'y cédez pas. Filez sans attendre.

– Pendant que vous vous battrez héroïquement seul contre tous. C'est ce qui va se passer, vous savez?

– Filez!

– Avez-vous déjà livré bataille à des morts-vivants?

– Bon sang, allez-vous...

Profil de médaille, empereur de légende, Parl Dro gardait les yeux fixés sur ce flux de morts qui débordait à chaque carrefour, s'étranglait entre les façades et montait à l'assaut des escaliers. Myal continua un moment de crier, puis se tut, et cessa toute forme de communication. Lui aussi s'absorba dans la contemplation de la marée non humaine avec l'impression que ses organes vitaux absents se rétractaient, et ce, jusqu'à l'instant où les spectres d'or et de pourpre du sacerdoce de Tulotef surgirent devant lui dans la rue. Les prêtres, le chœur des enfants et même les chars qui, d'une manière ou d'une autre, avaient triomphé de l'étroitesse des venelles et de la raideur des marches. Puis cette première vague se fendit en son centre sous la poussée d'une formation de cavaliers portant hauberts de mailles.

Et Myal réussit à voir au travers de cette masse de spectres. Pas au sens littéral puisque leur apparence était assez solide et que leur immatérialité, pour criante qu'elle fût, l'était sur un mode plus insidieux. Toutefois son regard les transperça, comme il aurait transpercé toute foule inconnue, pour chercher et finir par trouver un unique visage aux traits familiers, celui de Ciddey bien évidemment.

De la livide blancheur d'une fleur vireuse, elle montait en amazone un destrier que son habituel cavalier, ayant mis pied à terre, menait par la bride. Cet homme en cotte de mailles avait pour visage une page vierge, comme si émotions et personnalité attendaient d'y être esquissées. Tous ces visages de morts-vivants étaient ainsi, hormis celui de Ciddey.

Un homme chevauchait au côté de la jeune fille, nimbé d'un chatoiement étrangement lointain. Ce devait être le seigneur de la cité. Sans détourner son regard de Myal, Ciddey fit un petit geste pour montrer qu'elle s'en remettait à cet homme. Toutefois, le duc de Tulotef resta immobile, ne semblant avoir d'autre importance que celle d'être inclus dans la sphère de conscience de Ciddey.

Et ce fut elle qui parla :

– Holà, félon! dit-elle à Myal.

Puis elle le gratifia d'un qualificatif particulièrement malsonnant. Et bien que Myal eût été maintes et maintes fois le destinataire d'un tel terme, ce fut la mort dans l'âme qu'il vit ces adorables lèvres s'arrondir pour le formuler. Mais les yeux de la jeune fille s'étaient déjà portés au delà du ménestrel pour se fixer sur Dro.

– Seigneur duc, reprit-elle, cet homme en noir est celui dont je vous ai parlé. Le meurtrier. Il a tué ma sœur presque sous mes yeux. Ma sœur bien-aimée... tout ce que j'avais au monde. J'ai juré qu'il serait châtié pour ce crime et me suis dévouée à cette cause. Pour réclamer justice, j'ai entrepris ce long voyage vers votre ville, vers votre cour.

Le duc fantôme riva son regard sur Parl Dro.

Quelques vestiges amoindris d'une humaine colère marquèrent ses traits qui, maintenant, s'étaient stabilisés. Ses mains aux ongles démesurés se crispèrent sur les rênes serties de gemmes.

– La noble demoiselle vient d'exprimer un grief contre vous, dit le duc au tueur de fantômes. Quelle réponse êtes-vous disposé à lui donner?

– Un bâillement que, par courtoisie, je voilerai derrière ma paume.

– Votre insolence suggère l'outrance du désespoir.

– Désolé. Elle était conçue pour suggérer l'ennui.

– Je... commença le duc.

Tranchante comme une claire lame effilée, Ciddey lui coupa la parole :

– Ne discutez pas avec lui, seigneur duc. Tuez-le. (Elle se pencha hors de sa monture et crispa les mains sur les épaules du cavalier qui la lui avait cédée.) Tuez-le, vous.

L'homme d'armes se tendit, comme de retour à la vie. Mais...

– Comment? dit simplement le duc par-dessus la tête de Ciddey.

Celle-ci poussa un grondement de rage. Ses longues dents lancèrent des éclairs d'argent. Elle avait cessé d'être une jeune fille pour devenir ce qu'elle était réellement. Bien qu'il fût impossible à l'astrale chevelure de Myal de se hérisser sur son crâne astral, il la sentit néanmoins frémir. Un mouvement courut aussi dans la foule. Un bref mouvement préliminaire – qui mesurait l'ampleur dont il était capable –, un mouvement vers Dro. Et Myal put y voir une armée de mains vibrantes, un millier d'ongles, telles de longues dagues aplaties... ces ongles qui continuaient de pousser dans les tombes, ces parties du corps qui, tout comme les morts-vivants eux-mêmes, refusaient d'admettre la mort.

Et, comme en réponse à ce que voyait Myal, Ciddey murmura :

– Comment? Eh bien, pourquoi ne pas le réduire en lambeaux?

Myal se retourna brutalement. Parl Dro se contentait d'attendre, immobile, sans manifester la moindre réaction. Tout aussi brutalement, Myal refit face à la foule. Tel le premier accord d'une hideuse ballade, Ciddey exhorta cette dernière à la suivre par le pur pouvoir de sa haine et de sa volonté. Comment avait-il pu s'étendre auprès d'un tel monstre, le consoler, le caresser?

Elle se laissa glisser au bas de sa monture et commença de marcher vers eux, vers Dro. La masse des spectres s'ébranla derrière elle, pas à pas, des pas gluants, malveillants, des pas de zombis.

Lorsque Myal répondit à leur mouvement, ce fut comme s'il plongeait dans une mer de glace. Affrontant les flots déchaînés de leur haine et de sa propre terreur, il nagea désespérément vers un rivage qu'il ne pensait jamais pouvoir atteindre.

Il s'avança entre Ciddey et Dro, et, de ce fait, entre l'entière foule des fantômes et Dro. Ce faisant, il décrocha l'instrument de son épaule et le prit à pleines mains, les doigts si crispés que ses ongles s'enfonçaient presque dans le bois des deux manches. Aussitôt, Ciddey s'immobilisa, et les autres morts-vivants derrière elle.

Il brandit l'instrument dans sa direction – geste qui ne faisait que répercuter le tremblement de ses mains – et elle recula.

– Rappelle-toi ce que tu m'as dit, lui cria Myal d'une voix qui tremblait aussi, et il se demandait si ses jambes n'allaient pas se dérober sous lui.

Ciddey sourit. Un rictus qui ne dévoila que ses dents du bas. Et ses yeux parurent soudain se fondre dans des orbites noires et vides.

– Oui, traître, je me rappelle, lui répondit-elle en un sifflement. Je t'ai parlé de ma dent de lait. Je t'ai dit que mon père l'avait sertie dans le bois de l'instrument pour remplacer une incrustation d'ivoire manquante. Je me rappelle très bien.

– Cette dent constitue ton attache, dit Myal. (Il chancela quelque peu. Il avait à présent les mains si glacées qu'il pouvait à peine sentir ce qu'elles tenaient. L'instrument risquait de lui échapper. Il ne fallait pas.) Si je le détruis, tu seras obligée de quitter ce monde, n'est-ce pas?

– Oui, j'y serai obligée, dit-elle sans cesser de sourire.

– Je vais le faire.

– Oh, le grand tueur de fantômes! s'exclama-t-elle avant d'éclater de rire, mais d'un rire qui ne produisit aucun son.

En lieu et place, une lame d'argent jaillit de sa bouche ouverte et atterrit près des bottes de Myal où elle s'anima de flasques soubresauts. Ce fut au tour du ménestrel de reculer. Puis Ciddey leva la main gauche; il en sortit un jet d'eau qui traça dans l'air une courbe dégoulinante et vrillée, se répandit autour du poisson échoué puis le prit dans ses tourbillons. Ciddey tenait l'eau comme un châle d'argent dans lequel évoluait le poisson.

– Tu vas détruire cette dent, dis-tu? Mais il te faudra d'abord l'extirper du bois avec ton couteau. Or, as-tu même un couteau? Peut-être pourrais-tu emprunter celui de Parl Dro. Le couteau dont il s'est servi pour forcer chez moi loquets et serrures le soir où il a tué Cilny. Mais alors... (Elle faisait à présent décrire à l'eau et au poisson d'étranges figures circulaires.)... mais alors... je ne sais plus. Qu'importe, car avant même de te procurer un couteau, il te faudra trouver laquelle de ces incrustations d'ivoire est ma dent de lait. Elles ont toutes acquis le même poli, maintenant, la même patine jaunâtre. Elles se ressemblent toutes. N'ai-je pas raison, ménestrel?

Myal la regarda fixement, puis regarda l'instrument. C'était vrai, bien sûr. Une multitude de fragments d'os composait le décor de la caisse, si nombreux qu'il ne s'était jamais donné la peine de les compter.

Ciddey fit virevolter au-dessus de lui son châle d'eau et il se jeta de côté en sentant la vive morsure de l'humide fraîcheur cependant que la queue du poisson, parfaitement palpable et horrible, lui fouettait la joue. Puis la foule des morts déferla, entité unique et palpitante. L'espace d'un instant, il suffoqua, se sentit emporté par le flot, piétiné, paniquant et hurlant, puis brutalement, il se poussa au travers et refit surface, niant simplement que leur force pût l'affecter.

Il se tailla un chemin dans les corps, dans les capes, dans les hauberts, dans les chevelures. Pour quelque motif, il avait une image détaillée de lui-même, comme si une glace était suspendue au-dessus de la scène... et il y voyait un forcené qui, les lèvres retroussées par l'effort, les iris cernés de blanc, courait à perdre haleine. Il se demanda ce qu'il faisait et avant que ne vînt la réponse, il eut atteint le bout de la rue, là où les toits cascadaient en recouvrement l'un de l'autre. Là où, en fait, le versant nu de la colline basculait presque à la verticale dans la nuit. Puis ses bras furent au-dessus du vide, précipitant avec violence quelque chose au loin, chose qu'il crut d'abord n'être autre que lui-même, mais un poids disparut de ses mains, l'abandonnant sur le rebord de l'à-pic. Un cri déchirant lui échappa. Puis ce cri fut couvert par ce qui lui parut être le bruit le plus atroce qu'il eût jamais entendu de sa vie.

Lancé dans le vide, tombant à grande vitesse vers l'impact et la mort, l'instrument hurlait.

Stridence désespérée, mélodieuse au point d'en être terrifiante, bouleversant accord de plusieurs notes jouées sans le moindre temps de pause, on aurait dit que l'âme même de l'instrument poussait son cri d'agonie. Il avait vu le jour sous la forme d'un grotesque et composite bricolage, farce mâtinée d'escroquerie d'un ivrogne au cerveau dérangé, mais sa véritable naissance avait eu lieu lorsqu'il s'était avec lenteur animé sous les doigts du jeune Myal qui, contre toute vraisemblance et sous la menace du fouet, avait commencé d'en jouer. Son âme s'était développée comme un enfant voit se développer la longueur de ses os, l'étendue de sa peau. Il avait pris vie. Une vie que Myal lui avait donnée, dont il avait disposé, qu'il supprimait à présent. Et, tandis que l'instrument fendait le néant de l'atmosphère nocturne vers sa destruction, il lançait à Myal un déchirant cri de reproche et d'amour. Bien sûr, il ne s'agissait que de l'air s'engouffrant dans les trous du chalumeau, et Myal le savait. Mais ce savoir ne changeait rien pour lui.

Il était toujours debout sur le bord de l'à-pic mais ne cessait de gémir comme s'il était blessé. Et il l'était. Il ne lui venait pas même à l'esprit de se retourner pour regarder Ciddey Soban, recroquevillée par la terreur, dans l'attente de l'impact fracassant qui allait faire voler en éclats sa dent, son attache, en même temps que tout le reste, ivoire, bois, cordes. Myal avait oublié Ciddey, oublié Tulotef, oublié Parl Dro. Son seul désir était que le hurlement prît fin, que, pour l'instrument, la torture de la peur prît fin dans la brève explosion de la mort.

Puis le cri s'interrompit et Myal, bras déployés comme des ailes, faillit s'élancer dans le sillage de l'instrument.

Ce fut la voix moqueuse de Ciddey qui le ramena de l'endroit où ses émotions l'avaient emporté, une voix crispante comme le tintement d'une pièce sur le pavé de la rue.

– Tu n'as jamais été fichu de rien faire correctement, n'est-ce pas, Myal? Et pas même ça.

Ce fut alors qu'il se rendit compte, trop abasourdi pour en concevoir joie ou frayeur, qu'il n'avait pas entendu le choc du bois contre le roc. Il scruta donc l'abîme et vit, pas plus grand que l'ongle de son pouce, l'instrument accroché par sa bandoulière effilochée à la potence d'une enseigne, celle de l'auberge où s'était achevée sa première nuit à Tulotef. L'espace d'un instant, cette vision lui parut être une insulte à la raison car l'auberge, l'enseigne et la potence n'avaient pas plus de réalité solide et matérielle que le reste de la cité. Puis il se rappela cet arbre noueux qui, le matin même, lui était apparu à l'emplacement de l'auberge. C'était lui qui avait arrêté la chute de l'instrument. Maintenant qu'il le savait, il en distinguait presque le tronc et les branches.

Et dans son dos, Ciddey, son attache à la mort-vie miraculeusement intacte, disait à Parl Dro, reprenant mot pour mot une phrase qu'un soir de fièvre Myal avait dite au tueur de fantômes :

– Prêtez-moi votre couteau. Je pourrai vous tuer avec.

13

Parl Dro, immobile, regardait la jeune fille fantôme, contemplait son petit visage triste, méchant, adorable. Il n'ignorait pas qu'ils en étaient au moment décisif, inéluctable tout autant que si c'était l'amour qui les réunissait tous deux et non la haine. D'ores et déjà, il s'était armé de courage. En dépit des réponses dilatoires qu'il avait faites à Myal, il tenait ce qui allait arriver pour inévitable depuis son séjour dans la masure de Sable. Peut-être même l'avait-il su bien avant, comme il était possible qu'il eût toujours eu connaissance de tout.

Il s'était servi de Ciddey d'une manière inexcusable, non par opiniâtre et méticuleuse conscience professionnelle, mais pour masquer les brèches de sa propre psyché. Et ce qui allait se produire maintenant n'était que justice quoique ce ne fût pas exactement celle que Ciddey réclamait.

Tranquillement, il sortit le couteau qu'elle venait de lui demander et le lui tendit par le manche.

Elle le prit, non sans toutefois marquer un temps d'hésitation. Même les morts-vivants pouvaient connaître la surprise, comme ils étaient susceptibles de connaître n'importe quel état d'âme qui convînt à leur fondamentale simulation de l'existence mortelle.

– Je vous remercie, dit-elle, mais elle ajouta : Ce sera délicieux de vous poignarder avec votre propre lame.

– Parfait.

– Où dois-je frapper pour vous faire le plus mal sans pour autant vous tuer trop vite ? Voyez-vous, je tiens à ce que Tulotef ait sa part.

Le regard de Dro se porta au delà de Ciddey. A ses yeux, ils n'étaient tous qu'un vague tumulte, des volutes de brume attardées sur la colline, des fantômes archaïques et croupissants. Leurs édifices étaient à demi noyés dans la craie grise sur la toile de fond du ciel. Près des spectres de Ghyste Mortua, Ciddey paraissait très humaine. Quant à Myal, tout portait à croire qu'il était bien là, en chair et en os, agenouillé sur le bord du précipice avec sa chevelure d'or sombre, son habit contrasté de jongleur et son pâle visage rongé par la peur et les tourments personnels.

– Essayez donc les entrailles, suggéra Dro à Ciddey. Le résultat risque d'être assez spectaculaire. Il le sera encore plus si vous tortillez un peu la lame dans la plaie. Si on fait ça bien, on peut espérer trois bons quarts d'heure d'agonie, essentiellement consacrés à vomir du sang.

Il la vit pâlir bien au delà de sa naturelle ou surnaturelle pâleur et ses paupières battirent comme si elle allait s'évanouir. Elle était capable de tuer, bien sûr, mais une pareille description restait plus qu'elle n'en pouvait supporter.

– Peut-être suivrai-je votre conseil, dit-elle en se mordant la lèvre. De toute façon, pendant votre agonie, vous sentirez leurs griffes. Mais vous avez déjà vécu cette sensation, je crois, si les rumeurs qui courent sur votre jambe infirme sont vraies. On m'a raconté cette histoire lorsque j'étais gamine, en insistant sur le baiser des griffes et des crocs.

– Attention, dit-il, vous êtes sur le point d'admettre votre condition. Vous avez certes dérobé à Myal une grande quantité d'énergie et ses pouvoirs parapsychiques latents vous ont permis de devenir forte bien plus rapidement qu'il n'est de coutume. Mais pour que le succès soit total, il vous faut encore croire que vous êtes pleinement vivante. Du moins, pour un temps. Jusqu'à ce que vous soyez installée dans cette conviction. Alors, vous vous apercevrez...

– Vous avez la langue bien pendue pour un tueur de fantômes. Je crois que je vais faire cesser sans tarder ce bavardage.

Myal émit un son incohérent.

Du coin de l'œil, Dro le vit se redresser d'un bond puis, chancelant, s'élancer vers Ciddey. Puis il vit la main de Myal se tendre vers le bras de la morte-vivante pour le saisir mais de trop loin, si bien qu'elle ne fit que traverser la manche sans pouvoir se refermer sur la substance spectrale de l'os ou du muscle. Dro vit aussi, à l'instant même où le couteau plongeait dans sa poitrine, une incompréhension totale se peindre sur les traits de Myal. Malgré ce qu'elle venait de dire, comme la première fois sur le seuil de son étrange demeure penchée, elle avait visé le cœur.

Le coup fit reculer Dro d'un pas mais rien de

plus. Il était toujours debout et continuait d'observer la scène. Pour l'instant, son attention se portait sur la rouge tache de sang s'élargissant de part et d'autre de la lame qui, fichée dans sa chair presque jusqu'à la garde, frémissait comme une feuille au vent. Il prenait un intérêt navré à ce spectacle. Il s'était attendu à souffrir mais la douleur n'était pas venue. Il avait probablement dépassé la possibilité d'en ressentir de nouvelles.

Ciddey aussi avait reculé, mais pour se heurter à Myal. Il y avait eu un bref interlude comique au cours duquel chacun s'était effacé pour laisser passer l'autre. Dro s'était même demandé s'ils n'allaient pas s'adresser mutuellement des excuses. Maintenant, elle s'était immobilisée à quelque distance et regardait fixement le tueur de fantômes. Myal faisait de même. Une bonne minute s'écoula. Finalement, Dro arracha le couteau de son cœur. Il était poissé de sang. Ciddey cracha un petit cri étranglé. Myal était trop sous le coup de la surprise ou trop noyé dans son astralité pour vomir.

Derrière eux, les effervescences brumeuses de Ghyste Mortua s'évanouissaient. Les spectres, du moins, s'étaient immédiatement rendu compte de l'inefficacité du recours à la violence brutale. Peut-être même avaient-ils deviné pourquoi.

Dro laissa tomber à terre la sanglante lame. Comme s'il s'agissait d'un signe dans un cérémonial minutieusement réglé, Ciddey se laissa tomber à genoux puis se traîna jusqu'à Dro. Elle avait oublié le duc fantôme et sa suite, tout comme eux l'avaient abandonnée, oubliant le chemin qu'elle leur ouvrait vers une relative réalité. Ses mains se nouèrent aux chevilles de Dro et elle fut parcourue d'un long frisson.

– Vous êtes un ange justicier, dit-elle. Pas un homme, pas un tueur de fantômes, mais l'instrument de la vengeance.

– Je pensais que c'était vous.

– Il n'y a même plus... même plus...

– Même plus de sang qui sort de ma blessure, acheva-t-il pour lui venir en aide. Et la cicatrice s'effacera d'ici quelques jours. Plus vite, peut-être.

– Vous devez accepter de m'entendre en confession, dit-elle en inondant de larmes les bottes noires. Irai-je en Enfer?

– L'Enfer n'existe pas.

Sous le poids d'une insupportable fatigue, il ferma les yeux. Ce fut à peine s'il écouta Ciddey se confesser à ses bottes.

Elle leur avoua de toute façon des choses qu'il avait déjà déduites des réactions suscitées en lui par la maison en porte à faux, par la pièce au dernier étage de la tour, par le puits sombre, par le zèle vengeur exacerbé de la jeune fille. Ciddey n'avait pas seulement pleuré la mort de sa sœur, elle la lui avait donnée. Entre elles avait éclaté l'une de ces fréquentes querelles rapportées par les gens de la bourgade. Querelle qui n'aurait pas été différente d'une centaine d'autres si, pour la conclure, Ciddey n'avait poussé Cilny dans le puits. La cadette avait tenté de se raccrocher au seau mais son aînée s'était empressée de dévider la chaîne sur toute sa longueur. Alors, s'était éternisé un court instant de pure et perverse malice. Lorsque, dans l'eau, les bruits de lutte avaient cessé, Ciddey s'était réveillée comme d'un cauchemar. Aussitôt, l'horreur l'avait submergée. Avec une énergie qui trouvait sa source aux frontières de la démence, elle avait rembobiné la chaîne sur le tambour, hissant le seau autour duquel s'était lové le léger poids de la morte. Puis elle avait étendu sa jeune sœur sur les pavés de la cour et s'était efforcée de lui vider les poumons de leur eau. Non sans répandre par ses pleurs un inutile surcroît de liquide sur le visage de la noyée, Ciddey s'était ensuite assise pour bercer sa sœur entre ses bras et faire face à l'ultime solitude d'une maison Soban frappée par la folie.

Mais, plus tard dans la nuit, Ciddey avait traîné le cadavre de Cilny jusqu'au ruisseau qui coulait au pied de la montagne. Elle lui avait tressé une couronne d'asphodèles puis l'avait poussée dans le courant, espérant que celui-ci l'emporterait loin des regards et des pensées. Or, quoique morte sans l'ombre d'un doute, Cilny avait coulé comme une pierre pour s'immobiliser au fond du torrent. Même les furieux flots printaniers gonflés par la fonte des neiges n'avaient pu l'en déloger. Puis, au matin, lorsque les hommes lui avaient ramené le corps trouvé par les deux pâtres, Ciddey avait donné un autre visage à son désespoir et à sa culpabilité. Elle avait porté les cendres de Cilny dans la tour et avait fait sur elles œuvre de magie. Ayant ainsi retrouvé sa sœur cadette, elle l'avait chérie morte avec une passion dont la vivante avait rarement bénéficié. Puis Parl Dro, l'exorciste, avait opposé un obstacle majeur et définitif à l'accomplissement de ce rituel expiatoire et les ténèbres tapies dans l'âme de Ciddey s'étaient reportées sur lui. Mais à présent, elle venait de s'apercevoir que Dro ne pouvait subir à sa place le châtiment. Qu'elle seule demeurait vulnérable et pourrait en conséquence être son propre bouc émissaire. Aussi restait-elle plaquée à terre au beau milieu de cette rue de Ghyste Mortua dans l'attente de la némésis.

Mais Parl Dro qui n'était pas l'ange austère et sombre du divin courroux ne fit rien, ne dit rien.

Ciddey finit par lever la tête et elle vécut le déferlement d'une étrange vague de vide, ou plutôt comme une sensation de légèreté, le retrait d'un poids, celui de sa sœur morte qui glissait de sa nuque.

– Je vais être punie, dit-elle d'un ton empreint d'une curieuse dignité. Est-ce vous qui allez m'infliger le châtiment? Que va-t-il se passer?

– Vous subissez déjà le châtiment, dit Dro qui

posait sur elle un regard las. Vous vous êtes punie vous-même.

– Mais je suis destinée à souffrir en Enfer, s'entêta-t-elle quoique, manifestement, la tension quittât son visage et son corps.

– L'Enfer n'existe pas.

– Alors, où vais-je aller?

– Quelque part, dit-il. Ailleurs qu'ici.

– Nulle part, peut-être.

Elle se releva. Tout ce pour quoi, contre quoi, elle s'était battue n'avait soudain plus d'importance. Elle n'en eut pas conscience, mais l'extrémité de ses doigts exsangues, de ses pâles cheveux, redevint en cet instant transparente comme lors de sa première manifestation.

– Quelque part, répéta Dro.

– Bon, dit-elle, vous devez savoir. (Elle promena son regard autour d'elle; une expression d'indifférente incrédulité se peignit fugitivement sur ses traits.) Ils sont tous partis... tous les spectres de Ghyste Mortua.

– Leur faiblesse est trop grande, expliqua Dro. Ils ne pouvaient supporter le choc de la vérité. Laissé à lui-même, tout revenant finit par mourir. Cela peut prendre des siècles, mais la fin est inéluctable.

Elle resta un moment à contempler la lumineuse obscurité du fantôme de la ville. Puis elle se tourna vers Myal.

– Pourquoi ne descends-tu pas chercher l'instrument pour en extraire cette dent et la broyer sous ton talon? Je te montrerai où elle est précisément.

Pour toute réponse, Myal eut un mouvement de recul. Puis il s'éloigna et, comme s'il boudait, leur tourna le dos et se posa le front sur l'une des façades fantômes. Il n'avait rien laissé transparaître de ses pensées ni de ce qu'il comptait faire mais, inconsciemment peut-être, était resté à portée de voix.

– Je suis prête à m'en aller, reprit Ciddey, s'adressant à Dro. J'en ai le désir, vous comprenez. Je suis lasse. Pourquoi ne puis-je simplement partir sans qu'il soit besoin de détruire ma dent?

– Une fois qu'on s'est servi d'une attache, le lien existe. Et il vous enchaîne jusqu'à ce qu'il soit rompu.

– Vous pouvez faire ça, dit-elle, presque comme un ordre.

Il sourit. Il dégageait une impression de vieillesse et d'extrême beauté. Plutôt la statue d'un homme que son modèle. La tache de sang s'était fondue dans le noir de la chemise.

– Je ne pense pas.

– Je ne comprends plus. A moins que...

– Je vous en prie, dit-il, élégante et froide requête en faveur d'un silence plein de tact, requête à laquelle Ciddey passa outre.

– Vous! (Surprise et compréhension firent flamboyer son regard.) Charlatan!

– Pas tout à fait.

– Imposteur!

– Nous y voilà.

– Bon sang! Comment avez-vous pu oser...

– Et vous, comment avez-vous pu oser?

Elle ne sut que répondre et sourit, lèvres closes.

– Je suis sereine à présent, finit-elle par dire. Peu me chaut ce que vous êtes ou n'êtes pas. Je ne désire que dormir. Mais peut-être n'est-ce pas un sommeil? De toute façon, je m'en fiche. Laissez-moi partir. Je vous en prie, Parl Dro.

– Myal, fit Dro sans se tourner vers le ménestrel. Allez donc décrocher l'instrument de cet arbre et rapportez-le.

Myal tenta de s'enfoncer la tête dans le mur translucide mais, pour une raison ou une autre, n'y parvint pas.

– Allez donc voir en Enfer si j'y suis, grogna-t-il.

– L'Enfer n'existe pas, dit Ciddey, songeuse. (Puis

elle partit d'un clair rire de jeune fille.) Je vais peut-être retrouver Cilny. Elle va certainement me punir. Et puis nous serons réconciliées. Oh, j'en ai assez d'être ici. Ne puis-je aller chercher l'instrument et rompre moi-même l'attache?

– Je n'en sais rien, dit Dro.

– Je vous ai haï, dit-elle. Comme je vous ai haï! Vous étiez ma raison de revenir. Mais vous?

– Je vous en prie, dit-il une fois de plus.

Elle haussa les épaules.

– Ah! (Elle jeta un autre regard vers Myal.) Lui, je suppose. Je m'étais dit que vous ne pouviez faire autrement que de le suivre à Tulotef parce que vous l'aimiez.

– Oui, dit Dro. Je l'aime. C'est mon fils.

Trois choses survinrent alors dans un enchaînement chorégraphique d'une exquise précision.

La jeune fille ouvrit de grands yeux et commença, plutôt par gestes que par mots, de poser question sur question; telle fut la première chose. En second lieu, avec une infinie lenteur, Myal s'arracha de son mur et amorça un retour vers Dro et Ciddey dans une espèce de succession d'embardées. La troisième chose survint sans préalable. Ce fut un bruit. Celui d'un tissu qui se déchirait. La bandoulière effilochée, tout ce qui retenait le lourd instrument de musique aux branches torturées de l'arbre, était en train de céder.

Les trois créatures incorporelles qui continuaient de se manifester dans la rue fantôme s'immobilisèrent, pétrifiées. Faible plainte en abrégé, une note unique finit par monter du précipice. Puis ce fut le fracas du bois s'écrasant sur le roc déchiqueté, la sauvage vibration des cordes, le raclement des cailloux, les sourdes et terrifiantes résonances des bonds, des chocs, des glissades. Le doux ruissellement des éboulis, un craquement sec. Et un nouveau fracas, total et définitif. Après, il n'y eut plus que des plumes de silence dérivant vers le bas de la pente.

Ciddey se mit à tournoyer sur elle-même comme une araignée suspendue à son fil. L'ample jupe à volants de sa robe se déploya, la dotant d'ailes d'insecte.

– C'est ce que je voulais, dit-elle. C'est moi qui ai dû le provoquer. Je suis contente. (Puis elle pleura, non les perles d'écume d'un froid torrent poissonneux, mais de simples larmes.) Je voudrais... dit-elle. Je voudrais...

Les ténèbres tournoyèrent comme une roue, l'emportèrent dans leur vaste rotation. Il était parfois possible d'apporter le réconfort, d'aplanir le chemin. Le passage pouvait se faire dans la sérénité, dans la joie même, dans la gratitude.

Mais Dro, toujours immobile et le regard fixé sur la nuit, n'éprouvait qu'un âcre et dévorant sentiment de honte, le désaveu de tous les actes qu'il avait commis au nom de sa prétendue vocation.

Par pur réflexe, sans en avoir vraiment l'intention, il leva le bras pour bloquer le poing de Myal lorsque celui-ci monta vers sa mâchoire. Par pur réflexe, Dro rendit le coup, vif comme un chat. Assis par terre au beau milieu de la rue, Myal le traita de tous les noms.

Si redoutable qu'en fût la perspective, Parl Dro ne pouvait désormais se soustraire à sa propre confession.

– Vous ne pouvez pas, vous n'avez jamais pu être mon putain de père. A moins que vous n'ayez commencé très jeune. Mais après tout, pour vous, ça n'a sans doute rien eu d'impossible. Moi j'avais trop peur... l'occasion ne s'est jamais présentée... non, ça me faisait bien trop peur. J'avais vingt ans lorsque la femme d'un roulier m'a séduit. Oui, vingt ans. Et il n'y en avait pas eu auparavant. Vous pouvez imaginer comme j'étais content de la voir prendre cette initiative. Vous, je suppose que vous avez dû vous y mettre dès l'âge de quatorze ans. Plus tôt, si ça se trouve. Et avec une vraie femme. Ce qui n'a rien de très sain, si vous voulez mon avis. Vous avez donc fait la chose avec elle, puis vous vous êtes sauvé au pas de course – excusez-moi, clopin-clopant – en l'abandonnant. Ouais, en la laissant seule avec mon soûlard de père... à cela près que ce n'était pas mon père. Pas étonnant qu'il m'ait détesté. Chaque fois qu'il me tabassait, c'était vous qu'il cognait. Je ne songe même plus à l'en blâmer. J'ai une de ces envies de vous casser la gueule, père, tueur de fantômes itinérant! Ceci dit, vos tours de passe-passe avec les couteaux sont sacrément au point. Il va falloir que vous me l'appreniez, celui-là. C'est quoi, le truc? Capiton? Blindage? Sans oublier la vessie pleine de sang de lapin. A moins que l'astuce ne soit dans le couteau? Une lame escamotable ou quelque chose du genre? Ah ça, c'est sûr, vous allez me l'apprendre, papa. Vous me devez bien ça. En admettant que ce que vous venez de dire soit vrai.

– C'est vrai.

– Je n'ai toujours pas d'autre preuve que votre parole. Et qu'est-ce qu'elle vaut, votre parole? De toute façon, j'ai perdu la seule chose qui ait jamais eu quelque valeur à mes yeux. Ce qui est là, au bas de cette pente, en morceaux.

– Là où vous-même avez d'abord tenté de le lancer pour me tirer des griffes de Ciddey et de Tulotef. C'est à ce moment-là que je me suis rendu compte que je devais tout vous raconter.

– Je n'ai pas la moindre envie d'en entendre plus.

– Et, pour parler franchement, je n'ai pas la moindre envie d'en dire plus, lui répondit Dro.

– Parfait. On peut donc en rester là.

Myal se leva et, gardant la tête baissée, les yeux fixés à terre, il s'éloigna dans la rue à longues enjambées rapides que le boitement de Dro ne pouvait espérer concurrencer. Puis son regard buta sur les bottes de Parl Dro juste en travers de son chemin et se fit de plus en plus hagard à mesure qu'il remontait le long de la haute silhouette de noir vêtue.

– Que... comment vous y êtes-vous pris?

– De la façon même dont je m'y suis pris avec le couteau. De la façon même dont je suis venu de la masure de Sable dans la forêt jusqu'à cette colline en moins d'une minute.

– Ainsi, vous avez quand même eu recours à la transe, dit Myal. Vous n'êtes ici que sous forme astrale, tout comme moi.

– Il y a un petit muret derrière vous. Profitez-en pour vous asseoir.

Myal eut un mouvement de recul et le muret le saisit derrière les genoux. Il s'y assit sans en avoir vraiment eu l'intention.

– D'accord.

– Maintenant, dit Dro, si vous pouvez ne pas m'interrompre, je vais tout vous expliquer. En dépit de mon peu d'envie, et de vos réticences.

Myal joignit les mains, s'entrelaça les doigts, et s'absorba dans la contemplation de leurs tremblements.

– Mais alors, à quoi bon?

Dro s'abstint de répondre à cette question. Il s'assit sur le muret, à quelques empans du ménestrel, et commença son récit d'une voix basse et régulière qui n'avalait ni n'écorchait le moindre mot.

Exorciste en exercice depuis l'âge de dix-sept ans, Parl Dro venait de passer le tournant de la quarantaine lorsqu'un soir au crépuscule, pénétrant dans ce bois blotti au pied de la montagne, il était tombé sur une femme qui avait la chevelure de Soyeuse, qui était Soyeuse, toujours vivante et devenue femme, une femme qui, tout au plus, avait quelques années de moins que lui. Il ne l'avait pas aimée, mais elle s'était trouvée là. Et elle, en réponse à cette fortuite occurrence, ou à la faim née de son éparse existence, était venue à sa rencontre sur l'inéluctable route. Il aurait pu s'ensuivre n'importe quelle conséquence, séparation ou continuation, mais les conséquences n'avaient pu suivre leur cours naturel, forcées qu'elles avaient été par l'arrivée du jongleur à la trogne et au ventre d'ivrogne, aux mains incongrûment déliées de musicien. Cette nuit-là, il avait quitté le campement pour négocier l'achat d'un instrument de musique unique en son genre que lui avait proposé un autre ivrogne, Soban. Le jongleur avait eu l'intention de passer la nuit dans un bordel mais la somme exigée pour l'instrument ainsi que les copieuses libations inhérentes à la conclusion de tout marché avaient eu raison des espèces dont il s'était muni. Son acquisition accrochée à sa selle dans un sac de cuir, il avait réintégré ses pénates – la roulotte et son épouse – en se demandant tout au long du trajet s'il n'avait pas fait une bêtise. En arrivant, il avait constaté la présence d'un visiteur. « Oh, et puis je m'en fiche », avait-il dit. Il était effectivement possible que, sur le moment, le détachement philosophique dû à l'alcool ait entraîné chez lui cette sublime tolérance. Mais il n'en avait pas été de même lorsque les effets de l'alcool s'étaient dissipés. Il s'était alors rué dans la roulotte et avait choisi une arme : un fendoir à viande en l'occurrence. Puis il était remonté en selle et s'était élancé à la poursuite de Parl Dro sur le sentier qui grimpait à flanc de montagne, guidé par l'instinct bestial de la haine. Lorsqu'il avait rejoint Dro, le jongleur, avec une intuition diabolique, s'était attaqué au point faible : la jambe infirme. Le fil tranchant de la lourde lame avait déchiré la chair, les nerfs, les os; en bref, ce qu'on lui avait toujours demandé de faire. La jambe s'était trouvée coupée juste sous le genou. Parl Dro n'en avait pas eu conscience, n'avait eu conscience que de l'intolérable souffrance. Il s'était effondré loin de son assaillant, et celui-ci, pris de panique, n'avait pas songé à le poursuivre. Il s'était empressé de rebrousser chemin jusqu'à sa roulotte qui, bientôt, avait repris la route vers les contrées méridionales d'où elle était venue. La femme aux cheveux d'or qu'il avait pris soin d'assommer avant même d'aller chercher le couperet s'était réveillée dans une roulotte en marche. Entre-temps, l'arme nettoyée de son sang avait regagné sa place et son inoffensive apparence d'ustensile ménager. Elle avait supposé que la vengeance de son homme s'était abattue sur elle seule, ou, du moins, avait souhaité l'exactitude de cette supposition.

Sur la montagne, après avoir roulé au fond de l'étroite ravine, Parl Dro y resta étendu, inerte, jusqu'à ce que sa conscience disparût dans la souffrance et dans l'hémorragie. Après quoi, si la première cessa, la seconde se poursuivit encore un moment. Puis, vidé de son sang, Parl Dro mourut. Sans la moindre équivoque. Aussi parfaitement que possible. Il était mort.

De son vivant, il en était venu à penser qu'il comprenait presque tout ce qu'un homme pouvait saisir des manies, des motivations, des méthodes et des astuces des morts-vivants. Comme ils jalousaient les mortels, revenaient pour exercer une vengeance, absorbaient l'énergie de ceux qui les aimaient – tout spécialement celle de leurs proches – et dissimulaient en règle générale aux autres et à eux-mêmes leurs plaies, hormis dans les cas d'une extrême rareté où ils les affichaient pour inspirer terreur ou remords. Que la pluie ne mouillait pas leurs vêtements qui restaient toujours ceux du moment de leur mort. Qu'ils se manifestaient de nuit parce que l'obscurité les aidait à masquer les défauts de leur déguisement corporel, mais aussi parce que leur nature foncièrement superstitieuse les amenait – à moins qu'ils ne fussent anormalement forts et confiants – à redouter l'éclat du soleil. Toutes ces choses, il les savait. Et ces connaissances lui furent utiles. Mais Tulotef se révéla d'une utilité plus grande encore. Non seulement parce qu'elle était l'objet de sa quête au jour de sa mort – Ghyste Mortua, pèlerinage essentiel pour tant de tueurs de fantômes, spectrale cité d'où les spectres lançaient leurs razzias contre les humains – mais parce qu'en sus d'un motif pour revenir au monde des vivants, elle lui avait assuré la maîtrise préalable de certaines disciplines. Ayant fait sien le postulat qu'un homme ne franchissait sans péril les portes de la ville fantôme que sous sa forme astrale, Parl Dro avait acquis l'art de se plonger dans une transe cataleptique amenant la libération du corps spirituel de son enveloppe charnelle. Au moment où il mourut sur la montagne, il pratiquait efficacement cette technique depuis plusieurs mois. Survint alors un événement qu'avec toute sa compréhension de la condition de non-mort il n'eût jamais cru possible.

Une bataille s'engagea sur quelque plan extracorporel qui avait à voir avec ce monde mais aussi avec un autre situé au delà. Bataille qui mettait en présence les deux entités distinctes en lesquelles Parl Dro s'était scindé. L'une d'entre elles s'acharnait à vivre et à poursuivre la quête de Tulotef dans son désir d'anéantir la cité fantôme... désir au demeurant ironiquement contraire à sa condition présente. Cette entité, forte de ses compétences parapsychiques, savait qu'elle pouvait se projeter dans le monde sous une forme astrale entière et parfaite, devenir ainsi le plus ressemblant, le plus indétectable fantôme qui eût jamais résisté à la mort. Mais la seconde entité restait exorciste dans l'âme et luttait contre la première pour l'entraîner vers cet autre monde auquel, légitimement, l'une et l'autre appartenaient.

S'il n'y avait pas eu d'autre force attractive que Tulotef pour le rappeler à l'existence, c'eût été vraisemblablement Dro le tueur de fantômes qui eût remporté la victoire finale sur son propre revenant. Mais, bien sûr, il y avait aussi l'attache. Une attache irrésistible. Quelque chose qui provenait de lui. Mais mieux qu'un gant, mieux qu'un os. Mieux qu'une dent ou qu'une touffe de cheveux soyeux. Nettement mieux. Quelque chose de nettement plus solide.

Au début, la femme avait probablement réussi à convaincre sa brute épaisse de mari que la chose lui était due. N'avait-il pas eu de temps à autre pour elle des retours d'affection, ne fût-ce que pour l'outre de bière toujours pleine ou pour les petits plats qu'elle lui mitonnait? Mais après sa mort, et à mesure que l'enfant grandissait, certains détails n'avaient pas manqué de sauter aux yeux du jongleur. La fluette ossature pouvait certes venir de la mère mais ce n'était ni d'elle ni de lui que le garçon avait pu hériter cette taille déjà sensiblement élancée. Et les cheveux, pour blonds qu'ils fussent comme ceux de la femme, étaient d'un or deux ou trois nuances plus sombre. Quant à ces yeux qui tiraient parfois sur le noir, que fallait-il en penser? Et de ce visage qui, curieusement, se modifiait à l'improviste pour se parer d'une exceptionnelle beauté? Et de ce génie qui s'exprimait dans la musique avec un talent que n'avait jamais possédé le jongleur? Myal. La semence de Parl Dro. Une graine qui était devenue un embryon, puis un bébé, puis un enfant, puis un homme. Quelque chose qui, somme toute, était resté de Dro dans le monde des vivants. Myal, son fils : l'attache.

Sur le plan où les deux entités de Parl Dro s'affrontaient, fantôme contre tueur de fantômes, le temps demeurait en suspens. Mais en ce bas monde, il continuait de s'écouler. Et, dans ce cours du temps, Myal emporté vers l'âge adulte devenait une attache qui, avec une force croissante, rappelait Dro à la vie. A la fin, ce fut le mort-vivant qui prit l'avantage. Alors, l'appel s'inversa. A l'aveuglette, car il ne voyait – si l'on peut assimiler ce sens incorporel à une sorte de vision – que l'attache, Dro appela Myal. Et celui-ci, de par ses pouvoirs parapsychiques mais aussi de par une obscure sensibilité à la voix du sang, réagit sans le savoir à cet appel. Puis toujours sans le savoir, il y répondit en quittant les contrées méridionales pour remonter vers les forêts et la montagne qui avaient été les témoins de sa conception. Juste avant de franchir le col, il passa non loin des os depuis longtemps réduits en poussière de son père et, naturellement, cela aussi, il l'ignora. Puis ses pas le portèrent dans la bourgade de la haute vallée où, inconsciemment, il attendit que Dro sortît vainqueur de l'ultime combat et franchît les portes qui le ramèneraient à une apparente mortalité. Galvanisé par la proximité physique de Myal, Dro s'éveilla. Sa stase lui avait conservé le même âge qu'à l'instant de sa mort et il se remémorait des événements vieux de vingt-six ans comme s'ils s'étaient produits deux ou trois jours auparavant. En conséquence, il redescendit dans le bois et chercha la roulotte que, bien sûr, il ne trouva pas. Puis il reprit son voyage interrompu – oh, combien! – vers les contrées qui s'étendaient par-delà la montagne.

Le Parl Dro qui passa le col et s'achemina vers la maison Soban était réellement devenu le Roi d'Epée, la Mort en personne, un prince parmi les fantômes. Et prince de l'illusion. Illusion qu'il exerçait aux dépens des autres et de lui-même.

Car il s'agissait d'un mort-vivant qui, dans sa mortelle existence, s'était exercé à reconnaître les pièges de sa condition présente, les gestes qui pouvaient la trahir. Et il ne s'autorisait pas la moindre négligence. La pluie trempait ses vêtements. La poussière se déposait sur sa peau. Il s'arrêtait pour manger et pour boire. Il dormait. Il faisait l'amour. Les blessures qu'il recevait pouvaient saigner et laisser une cicatrice, quoique pour un temps très court. Et aucune, bien sûr, ne pouvait lui être fatale. Il souffrait atrocement en marchant sur une jambe entière mais infirme car, dans sa mémoire, subsistait le souvenir d'un spectre sur un pont... et couvrait toutefois des lieues et des lieues, grimpait sur les rochers, parfois même aux arbres... Il soulevait plus volontiers le loquet d'une porte qu'il n'en traversait directement le bois. Et souvent, quoique peut-être pas toujours lorsqu'il n'y avait personne à proximité, il avait pour habitude de se manifester en plein jour. Par son apparence, il parvenait même à tromper ses semblables.

Authentique fantôme, il s'était nourri des vivants. En l'occurrence, de Myal. C'était lui et non Ciddey qui avait commencé d'épuiser les forces du jeune homme. A plusieurs reprises, toutefois, il s'était inconsciemment aperçu de ce qu'il faisait et avait désespérément tenté de s'éloigner de Myal qui, tout aussi désespérément, s'attachait à ses pas, s'inventait des excuses, se précipitait dans le piège. Alors, de quelque réservoir intérieur d'autodiscipline et de volonté, Parl Dro avait puisé de quoi s'astreindre à une autre prouesse dont les revenants n'étaient pas coutumiers. Il avait cessé de vider Myal de son énergie vitale pour élaborer en lui, à l'instar de tous ses autres pouvoirs paranormaux, un fac-similé de cette force, une flamme qui s'autogénérait. Rétrospectivement, toutefois, il n'était pas très sûr que le transfert ait eu lieu. Comme tous les fantômes, il lui arrivait de s'aveugler sur sa propre nature. Ainsi s'était-il mépris sur le besoin qu'il avait de Myal.

Myal était médium. Il avait hérité ce don de Dro. Don qui lui avait permis de suivre à la trace le prétendu tueur de fantômes alors que celui-ci s'arrangeait sincèrement pour n'être ni suivi ni vu ni retrouvé. Myal avait d'ailleurs d'autres qualités que Dro n'avait jamais eu le temps de cultiver et qui, chez le ménestrel, s'étaient en fait développées presque par hasard. Myal, dont la bêtise et l'inefficacité pouvaient atteindre un niveau que Dro n'eût pas même rêvé d'égaler, que ce fût dans la vie ou dans la mort, recélait dans son for intérieur, intellect ou esprit, d'authentiques paillettes détachées du bloc d'or qui formait l'âme du monde. Dro ne pouvait détruire cela, quels que fussent les sentiments qu'il nourrissait maintenant sur sa propre condition.

Quelque part de lui-même avait évidemment toujours su qu'il était mort. Si remarquable et puissant qu'il fût dans sa mort-vie, il n'en était pas moins mort. Il avait traqué le fantôme de Cilny avec un zèle impie... le zèle de celui qui ne pourfend les pestiférés que parce qu'il décèle en lui les mêmes symptômes. Et il avait fait une fixation similaire sur Ghyste Mortua. Mais à présent qu'il avait accepté d'être confronté à lui-même et à ce qu'il était, à présent qu'il savait où il devait aller, là où Ciddey s'était finalement retirée, dans une telle allégresse, avec une telle grâce, qu'elle lui avait fait honte, maintenant, il ne voyait plus comment quitter ce monde. Car l'attache avait à subir une métamorphose, elle devait être brûlée, broyée, dissoute. Or, l'attache de Dro, c'était Myal. Pour se libérer de son simulacre de vie, il lui aurait fallu tuer son fils. C'était en fait l'apparente mort de Myal, et le choc qu'elle lui avait causé, qui l'avait amené à prendre conscience de ce qu'il était. Il se sentait dans l'incapacité de faire de nouveau face à cette mort, même si sa propre mort en était l'enjeu.

Il restait une solution de rechange. S'éloigner de Myal, maintenant et à jamais. Car bien qu'il n'eût plus besoin de se nourrir de son énergie vitale, Myal restait sa motivation, l'attache qui l'enchaînait à ce monde, ou plutôt à cette mort-vie de laquelle il ne pouvait se défaire. C'était là ce que Cinabre avait entrevu sans vraiment comprendre. A moins qu'elle n'eût compris. N'avait-elle pas envoyé Myal à Ghyste Mortua pour qu'il protégeât les intérêts de Dro, pour qu'il lui servît d'ancre parapsychique au sein de ce chaos surnaturel. Oui, elle avait probablement su quel amant démoniaque elle entraînait dans son lit profond comme seize océans. Tout comme elle avait su qu'il croyait revoir en elle la mère de Myal. Ainsi avait-elle deviné du début à la fin ce qu'il en était.

Myal, assis sur le muret, gardait à présent les yeux obstinément fixés à terre. Il avait la larme facile, ce qui n'était pas nécessairement une faiblesse quoique lui-même classât de toute évidence la chose dans cette catégorie, à en juger par la manière dont il tentait de dissimuler ses pleurs à l'étrange père défunt assis près de lui.

Dro n'avait jamais rien aimé, ni personne. Pas même Soyeuse qui n'avait été qu'une part de lui-même, tout comme Myal.

– Je suis navré pour l'instrument, dit Dro, terre à terre.

– Au diable l'instrument!

Et les larmes de Myal redoublèrent car il avait aimé d'amour son instrument. Il redoubla d'efforts pour dissimuler qu'il pleurait et ses longs doigts neurasthéniques pianotèrent sur le muret qui, d'ailleurs, n'en était plus un. Il était redevenu la dorsale rocheuse d'une colline vide. Edifices et non-clarté jaunâtre des lampes avaient disparu ainsi que les cloches, les roues, les marteaux et les chants. Peut-être venaient-ils d'exorciser Tulotef, après tout. Simplement en la congédiant par un chapelet de vérités cruelles.

– Je suis navré pour tout, dit Dro.

– Ça ne vous a pas empêché de tout me raconter.

– Vous aviez le droit de savoir.
– Mais je n'ai pas le droit d'espérer qu'il en sorte jamais du bon.

Parl Dro ramassa un silex. Distraitement mais d'une main vive, il grava son nom sur la roche. A l'envers.

– Et maintenant, je vais m'en aller.
– Ne...

Myal leva les yeux. Il avait peur.

– Vous aussi, partez d'ici. Retournez jusqu'à la masure de Sable. Vous n'aurez aucun mal à la trouver, vu que vous y êtes, en chair et en os. Dès demain, vous devriez être capable de réintégrer votre corps. Vous êtes plus fort que vous ne pensez.

– Mais pas aussi fort que vous le pensez, vous. Peut-être croyez-vous que je suis capable d'encaisser de telles révélations sans verser dans la folie. Eh bien non, ce n'est pas le cas. Où comptez-vous aller?

– Quelque part, pour attendre.
– Attendre quoi?
– De mourir. Complètement. Les fantômes meurent aussi. C'est la leçon que j'ai reçue de Tulotef. En l'absence de toute stimulation, la mort peut même être assez rapide.

– Pourquoi ne pas attendre simplement que je meure? fit remarquer Myal avec désinvolture. L'attache serait naturellement rompue, n'est-ce pas?

– Vous risquez de vivre encore longtemps. Et c'est ce que je vous souhaite. Mais moi, je n'ai pas le droit d'être ici. Réfléchissez donc à mon problème. J'ai passé ma vie entière à tuer pour une cause. Je ne peux quand même pas déroger à mes principes en refusant de me tuer.

– Salaud.
– Essayez d'apprendre une nouvelle manière de soutenir un dialogue.

– Quelque chose qui soit plus proche de votre style, peut-être? ricana Myal.

– De préférence plus proche du vôtre.

Myal voulut répondre mais sa phrase lui resta au travers de la gorge car Parl Dro, le beau visage de la Mort, le Roi d'Epée, avait disparu dans le temps d'un soupir.

Pendant dix minutes, Myal courut en tous sens sur la colline, hurlant pour appeler Dro, ou pour l'agonir d'insultes. Puis il trébucha, dégringola sur la pente, et lorsqu'un affleurement rocheux dont la pointe semblait avoir été orientée à dessein pour l'empaler mit un terme brutal à sa glissade, il sentit craquer quelque chose sous son épaule. Il s'aperçut alors qu'il gisait au milieu des débris de l'instrument.

« Tu vas apprendre à jouer de ça, vilain petit rat débile », avait eu plaisir à lui répéter son père – qui n'était pas son père, ainsi qu'il l'avait toujours soupçonné. « A cause de ça, j'ai tué un homme. Je l'ai tué, et pour de bon. »

Oui, c'était bien à cause de l'instrument, parce que son père – son non-père – avait quitté le campement pour acheter l'instrument, que Dro avait couché avec sa mère.

« Je l'ai tué, et pour de bon. »

Myal ramassa la caisse de résonance fracassée, la serra contre son cœur et sanglota dans la noire et morte contrée de la nuit.

14

Alors que le soleil descendait à l'occident, il teignait les grands chandeliers branchus des arbres. Troncs et ramures baignaient dans des flaques de lumière ambrée. Le lustre des feuilles virait au safran, prémices de l'automne proche, tant le couchant du jour semblait être l'allégorie du couchant de l'année. L'été sur sa fin laissait une senteur aride, celle même de la poussière que Myal soulevait en marchant.

Il avait adopté un pas cadencé dont les sursauts du sac jeté sur son épaule marquaient la mesure. Il y avait un instrument à cordes dans ce sac, mais dépourvu, lui, de toute étrangeté, une simple guitare de fabrication locale en assez mauvais état, qui avait constitué l'enjeu d'une partie de dés dans un village quasiment en ruine, et qu'à sa grande surprise il avait gagnée. Depuis, il réfléchissait à la meilleure manière d'en découper la caisse dès qu'il aurait trouvé sa jumelle à laquelle, bien sûr, il ferait subir le même traitement. Puis il lui resterait à trouver un chalumeau qui s'y adaptât et à concevoir un mode d'assemblage qui assurât une bonne solidité à l'ensemble. Il ne prenait pas du tout l'élaboration de ces plans à la légère car le souvenir du prototype lui rongeait toujours le cœur... et ne cesserait jamais de le faire. Myal avait enterré les fragments de bois et les nœuds de cordes sur la colline de Tulotef. La première tombe qu'on y creusait depuis des siècles. A coup sûr, la première sur laquelle on ait pleuré.

Mais le chagrin n'avait pas à compromettre d'autres émotions. La conscience d'être dans une enveloppe de chair bien réelle l'emplissait d'un profond sentiment de sécurité, tout comme la pratique de la transe dans laquelle se libérait son corps astral le portait aux sommets de l'extase. Il avait aussi bénéficié d'une certaine chance au cours de ce dernier mois. La chance du joueur et celle du ménestrel. Et même la chance en amour avec cette fille d'une chaumière des basses terres qui avait voulu passer avec lui tout un jour et toute une nuit sans pour autant exiger ensuite la totalité de ses jours et de ses nuits. Peut-être la vieille femme de la forêt lui avait-elle donné sa bénédiction lorsqu'il lui avait fait présent de trois des chevilles d'argent de l'instrument défunt pour la remercier d'avoir si bien pris soin de lui pendant son... absence. D'autant qu'elle avait même été jusqu'à recoudre la chemise de Myal, déchirée pour y chercher la drogue qui avait provoqué la transe. En fait, elle ne s'appelait pas Sable. Le gribouillis sur la porte se rapportait à l'ancien occupant de la masure. Parl Dro n'avait donc pas toujours eu raison sur tout. Cette constatation avait donné du cœur au ventre à Myal lorsque, non sans avoir le sentiment de se livrer à une farce roublarde, il avait commencé sa quête. Il s'y était également trouvé conforté par le souvenir du succès dont cette même entreprise, contre toute attente, avait été couronnée par le passé alors qu'il délirait sous les assauts de la fièvre et de deux morts-vivants affamés.

Maintenant, toute appréhension l'avait quitté; il ne se sentait même plus poussé par le désespoir. Simplement déterminé, comme tout héritier, à faire valoir ses droits. Dro n'avait qu'un bien de valeur à offrir à Myal, et c'était le caustique élixir de sa compagnie; son érudition, ses jugements acerbes, les rasoirs de sa langue et de son esprit. Myal avait grandi dans l'antre d'une brute, et le monde avait continué de se présenter à lui sous cet aspect. Il était las de voir les choses du fond d'un terrier. Il avait besoin de prendre de la hauteur. Il comprenait que Dro pouvait lui révéler son propre moi, ou du moins lui montrer où le chercher. Il n'avait pas l'intention de laisser Dro, qui l'avait engendré par accident pour l'abandonner ensuite en mourant, s'en tirer à si bon compte. Myal avait peut-être acquis la technique dont il allait user auprès de femmes qui ne lui avaient apporté que des ennuis, ce n'en restait pas moins une technique efficace et pour laquelle il se sentait doué : le chantage.

Il avait par ailleurs l'assurance que Dro ne le

vampiriserait plus puisque ce dernier avait appris, tel un volcan ranimé, à se nourrir de son propre feu. Quant à son autre rôle – celui d'être la raison de vivre de Dro, ou plutôt son rappel à l'existence comme on parle d'un rappel à l'ordre –, Myal l'acceptait de gaîté de cœur et en tirait une fierté amusée, une sorte de coquetterie. N'était-ce pas superbe, cocasse même, que jusqu'à la mort de Myal, Parl Dro ne pût mourir? Sur cette lancée humoristique, Myal voyait à présent ressurgir en lui une vision dont il avait appris à se méfier car elle ne manquait jamais de le jeter dans un fou rire inextinguible. Elle le représentait à l'âge de cinquante-cinq ans aux côtés de Parl Dro, son père, toujours tel que l'avait surpris la mort, paraissant quinze ans de moins que son fils. Ou peut-être Parl Dro allait-il maintenant se mettre à vieillir, conséquence logique pour un maître dans l'art de simuler la vie.

« Ce n'est pas très compliqué de vous suivre, avait dit Myal à Parl près d'un feu dans un château fort en ruine tandis qu'autour d'eux la nuit tremblait de fièvre. Vous laissez derrière vous une sorte d'ombre. Je ne puis la voir avec mes yeux mais je sais qu'elle est là. Je vous retrouve un peu comme je respire. »

Il fallait toutefois reconnaître qu'il était un peu difficile de suivre à la trace un homme qui était en permanence sous sa forme astrale et qui avait décidé de rester la plupart du temps invisible. Pourtant, par endroits, la balise flottante brillait de tous ses feux, l'habitude du corporel s'avérant parfois plus puissante encore que la force morale d'un Parl Dro. Et, entre-temps, l'attache elle-même était le meilleur fil d'Ariane qui fût au monde. Mais qu'allait pouvoir lui dire Myal lorsqu'il le rattraperait? Il n'était toujours pas simple d'avoir des certitudes sur la façon d'aborder un personnage comme Dro. Bien qu'il eût confiance en lui, maintenant. Il savait qu'il y parviendrait. D'une manière ou d'une autre.

Le soleil brûlait dans les flammes noires des peupliers.

Les hauteurs du ciel n'étaient qu'un limpide et lumineux parasol. Pas un nuage. Pas même un oiseau. Pas même une étoile – pas encore.

Mais l'invisible ombre portée sautait aux yeux. Elle lui avait fait quitter la route au sommet d'une colline aux courbes douces pour suivre le cours méandreux d'un sentier qui s'enfonçait entre les arbres. La lumière commença soudain de baisser comme de l'eau qui vous file entre les doigts.

« Vous êtes un magicien, pouvait dire Myal à Parl. Vous pouvez faire croire à quiconque que vous n'êtes qu'un homme mais vous êtes capable de passer au travers des murs. Vous êtes invulnérable à la mort par le fer, par la corde, par le poison ou par toute autre opération normale. Vous pouvez pénétrer dans la chambre forte d'un roi et y dérober en toute quiétude ce qui vous plaît. Et c'est à cela que vous désirez renoncer? En tant que larron professionnel, je m'insurge contre un tel gâchis. »

Et il pouvait aussi lui dire : « Je n'ai jamais eu de père. Je n'ai connu qu'un monstre avec une courroie de cuir à la main. »

Et également : « Vous saviez très bien que j'étais à votre recherche, comme avant. Cessez de prendre vos grands airs et regardez la réalité en face. D'accord, vous vous sentez coupable envers tous vos pairs que vous avez expédiés de l'autre côté. Mais vous n'en êtes pas moins déterminé à survivre tant que vous en aurez la possibilité. »

Le feuillage fauve s'adoucit dans les verts foncés et dans les terres d'ombre, et des ramures émana une fraîcheur de cendres. La clairière était vide, ou du moins semblait l'être.

Myal s'immobilisa et, comme d'habitude, ravala sa salive et son cœur. Son regard, négligemment, se porta sur un vide bien particulier entre deux arbres.

– Bon, dit-il d'une voix claire et dont l'exquise diction portait à la perfection.

Dans l'espace vide entre les deux arbres, l'ombre invisible s'esquissa, translucide et sans forme précise.

– J'ai dit : bon! reprit Myal.

Et il fit jaillir au travers de la clairière un trait de pure volonté, parapsychique aiguillon du dessein et de la survie. Le dard atteignit sa cible entre les deux arbres et distilla son charnel et vital venin. La silhouette s'élabora, se précisa dans les noirs du velours jusqu'à ce que le modelé plus pâle du visage s'inscrivît entre la cape d'ébène et la chevelure aile-de-corbeau.

Parl Dro posa sur Myal un regard où se lisaient un soupçon de colère et un intérêt modéré. Sa réprobation, en cet instant, était presque comique, sa beauté de mauvais augure presque touchante, son désespoir – si désespoir il éprouvait – parfaitement indécelable.

Et Myal se gaussa de lui, Myal qui lui-même, en cet instant, avait l'impitoyable beauté d'un ange d'or tout droit tombé du soleil couchant. Le prince même, qu'il avait toujours eu l'absolue conviction d'être.

– Bon, répéta-t-il pour la troisième fois en laissant traîner la voix. (Il savait à présent ce qu'il allait dire.) Vraiment, je ne me serais jamais attendu à vous rencontrer ici!

Science-fiction

Depuis 1970, cette collection est leader du genre en France. Elle a publié la plupart des grands classiques (Asimov, Van Vogt, Clarke, Dick, Vance, Simak) mais elle a aussi révélé de nombreux jeunes auteurs qui seront les écrivains de premier plan de demain (Tim Powers, Joan D. Vinge, Tanith Lee, Scott Baker, etc.). La S-F est reconnue aujourd'hui comme littérature à part entière, étudiée dans les écoles et les universités. Elle est véritablement la littérature de notre temps.

ALDISS Brian W.	Le monde vert 520***
ASIMOV Isaac	Les cavernes d'acier 404***
	Les robots 453***
	Tyrann 484***
	Un défilé de robots 542***
	Les robots de l'aube 1602*** & 1603***
	Les robots et l'empire 1996**** & 1997****
	La faune de l'espace 392***
	Espace vital 2179***
BAKER Scott	Kyborash 1532****
BLISH James	Semailles humaines 752**
BOGDANOFF Igor & Grishka	La machine fantôme 1921***
BRIN David	Marée stellaire 1981*****
BRUNNER John	Tous à Zanzibar 1104**** & 1105****
	Le troupeau aveugle 1233*** & 1234***
	Sur l'onde de choc 1368****
CHERRYH C.J.	Les adieux du soleil 1354***
	Les seigneurs de l'Hydre 1420***
	L'épopée de Chanur 2104***
CLARKE Arthur C.	2001 - l'odyssée de l'espace 349**
	2010 - Odyssée deux 1721***
	Avant l'Eden 830***
	Terre, planète impériale 904****
	Les fontaines du paradis 1304***
CURVAL Philippe	Le ressac de l'espace 595***
	Cette chère humanité 1258****
DEMUTH Michel	Les années métalliques 1317****

DICK Philip K.	*Ubik 633****
	*L'homme doré 1291****
	*Le dieu venu du Centaure 1379****
	*Blade Runner 1768****
DUVIC Patrice	*Terminus 2122***
FARMER Philip José	*Le Fleuve de l'éternité :*
	*- Le monde du Fleuve 1575****
	*- Le bateau fabuleux 1589*****
	*- Le noir dessein 2074*******
	*- Le labyrinthe magique 2088*******
FORD John M.	*Les fileurs d'anges 1393****
FOSTER Alan Dean	*Alien 1115****
	*Aliens 2105*****
FRÉMION Yves	*Rêves de sable, châteaux de sang 2054****
GALOUYE Daniel F.	*Simulacron 3 778***
HAMILTON Edmond	*Le retour aux étoiles 490****
HEINLEIN Robert A.	*Double étoile 589***
	*Vendredi 1782*****
	*Job : une comédie de justice 2135******
HOWARD Robert E.	*Conan l'aventurier 2036****
	*Conan le vagabond 1935****
	*Conan le guerrier 2120****
JEURY Michel	*La croix et la lionne 2035****
JONES Raymond F.	*Renaissance 957*****
KEYES Daniel	*Des fleurs pour Algernon 427****
KLEIN Gérard	*Les seigneurs de la guerre 628***
	*Chirurgiens d'une planète 2164****
LEE Tanith	*La déesse voilée 1690*****
	*La quête de la Sorcière Blanche 2042*****
	*Tuer les morts 2194****
LEINSTER Murray	*La planète oubliée 1184***
LÉOURIER Christian	*L'homme qui tua l'hiver 1946***
LEVIN Ira	*Un bébé pour Rosemary 342****
LONGYEAR B.B. & GERROLD D.	*Enemy 1968****
LOVECRAFT Howard P.	*L'affaire Charles Dexter Ward 410***
MERRITT Abraham	*Le gouffre de la lune 618*****
MONDOLONI Jacques	*Je suis une herbe 1341****

MORRIS Janet E.	*Le vent du chaos* 1448****
	Le trône de chair 1531***
PELOT Pierre	*Les barreaux de l'Eden* 728**
POHL Frederik	*La Grande Porte* 1691****
	Les pilotes de la Grande Porte 1814****
	Rendez-vous à la Grande Porte 2087****
	Casse-tête chinois 2151****
POWERS Tim	*Les voies d'Anubis* 2011*****
PRIEST Christopher	*Le monde inverti* 725****
RAY Jean	*Malpertuis* 1677**
RAYER Francis G.	*Le lendemain de la machine* 424***
ROBINSON Kim Stanley	*Le rivage oublié* 2075*****
	La mémoire de la lumière 2134****
SADOUL Jacques	*« Astounding Stories »* 532**
(Les meilleurs récits)	*« Unknown »* 713**
	« Famous Fantastic Mysteries » 731**
	« Startling Stories » 784**
	« Thrilling Wonder Stories » 822**
SHECKLEY Robert	*Le robot qui me ressemblait* 2193**
SILVERBERG Robert	*Les monades urbaines* 997***
	L'homme stochastique 1329***
	Les chants de l'été 1392***
	Les chemins de l'espace 1434***
	Le château de Lord Valentin 1905**** & 1906****
	Shadrak dans la fournaise 2119****
SIMAK Clifford D.	*Demain les chiens* 373***
	Une chasse dangereuse 903****
	Au pays du Mal 1781***
SPIELBERG Steven	*Rencontres du troisième type* 947**
présente	*E.T. l'extraterrestre* 1378***
	E.T. La planète verte 1980***
	Les Goonies 1911***
STEINER Kurt	*Le disque rayé* 657**
	Ortog et les ténèbres 1222**
STURGEON Theodore	*Les plus qu'humains* 355***
	Cristal qui songe 369***
THOMPSON Joyce	*Les enfants de l'atome* 2180***

VANCE Jack — *Cugel l'astucieux* 707**
Cycle de Tschaï :
1 - Le Chasch 721***
2 - Le Wankh 722***
3 - Le Dirdir 723***
4 - Le Pnume 724***
Cugel saga 1665****
Rhialto le Merveilleux 1890***

VAN VOGT A.E. — *Le monde des Ā* 362***
Les joueurs du Ā 397***
La fin du Ā 1601***
A la poursuite des Slans 381**
La faune de l'espace 392***
L'empire de l'atome 418***
Le sorcier de Linn 419***
Les armureries d'Isher 439***
Les fabricants d'armes 440***
La guerre contre le Rull 475***
Destination univers 496***
Créateurs d'univers 529***
Des lendemains qui scintillent 588**
L'homme multiplié 659**
Le colosse anarchique 1172***
A la conquête de Kiber 1813**
Au-delà du Village enchanté 2150****

VINGE Joan D. — *La Reine des Neiges* 1707*****
Ladyhawke 1832**
Finismonde 1863***
Mad Max au-delà du dôme du tonnerre 1864***

WILLIAMS Paul O. — *Jestak* 1878***
Le cercle inachevé 1920***

WINTREBERT Joëlle — *Les maîtres-feu* 1408***
Chromoville 1576***

2194
★★★

Impression Brodard et Taupin à La Flèche (Sarthe)
le 7 mai 1987
1614-5 Dépôt légal mai 1987. ISBN 2-277-22194-5
Imprimé en France
Editions J'ai lu
27, rue Cassette, 75006 Paris
diffusion France et étranger : Flammarion